漢字樹 Hanzi Tree

2 人體器官所衍生的漢字地圖

廖文豪——著

作者序

遠古時代，人類用簡單的圖像符號來溝通，這是象形文的基礎，然後再由這些獨立符號的象形字再合成會意字及形聲字等。漢字保留了全世界最完善的圖像文字，我期望藉著《漢字樹》能讓讀者重新從圖像表達的角度來看待漢字。

我原本以為《漢字樹》要經過幾年的工夫，才能被讀者群所理解與接受，沒想到一推出就得到相當熱烈的迴響。這除了感謝上天的恩賜，感謝祖先所留下的文化瑰寶，也要感謝過去在文字學領域貢獻的先輩們所提供的研究文獻。在本書寫作過程中，初蒙古文學專家高大鵬教授的指導，復經台師大文字訓詁大師賴貴三教授的指導與慷慨校閱，我在此致上十二萬分的謝忱。

《漢字樹》出版之後，我接到了許多人的回應，大多表示驚喜與欣賞，也有少數提出疑慮。對於各方的意見，我甚為珍惜感謝，在此謹以問答的方式來說明我的想法。

(一) 什麼是漢字樹？為什麼要建構漢字樹呢？

英文字母只有二十六個，拼寫容易，但是漢字部首將近兩百個（康熙字典有一七六個部首），行政院全字庫系統所公告的漢字基礎構件更超過五百個，要熟悉這麼多的漢字基礎構件談何容易？更何況這些構件之間似乎並無可依循的規律，無怪乎能學好漢字的外國人實在少之又少。但是，我找出古字中具有獨立構形及意義的漢字符號，以圖像方式建構出具有衍生關係的漢字樹。

而且，漢字樹的衍生路徑隱藏著漢字的發展脈絡，由簡入繁，由具象到抽象，因此，漢字樹其實就是一部漢字衍生史，有助於我們有系統地理解古人造字的發展脈絡。同時，漢字樹使得每個符號的意義明確化且合於邏輯，其衍生路徑可以幫助學習者（包括以中文為母語的學童或是中文讀寫不得要領的外國人）直覺地產生線性聯想，學習漢字是一串一串地學，會更有效率。

(二) 什麼是圖像字？

古字的字型結構相當不一致，常常同一個漢字在甲骨文或金文就出現各種不同樣貌，如「方」的甲骨文就有大約三百種寫法，以致於許多文字學者難以破解其構字本義，即使破解了這個字，也難以挑選出具有代表性的古字與現代漢字對應。我為了解決這個問題，自行開發了一套「示意圖像」字體，也就是圖像字。圖像字除了要符合甲骨文及金文所表達的構字本義之外，還要與現代字體的筆劃相接近，使它發揮實用價值。

三、《漢字樹》寫作動機是什麼？

為什麼一個學資訊的理工人願意花十幾年的工夫研究漢字呢？

其實一開始，我並沒有想要寫書。我從小學漢字，卻不知道一筆一畫代表什麼意義。這種疑惑隱藏在心裡，日積月累，最後我實在受不了，於是我開始探究漢字背後的世界。我彷彿是一個好奇的小孩，推開了一扇門，然後掉進一座漢字的迷宮花園。我被這座花園裡的甲骨文與金文迷住，對於古人的造字智慧，充滿驚奇與讚嘆。走著走著，發現自己其實已經迷路了。我不斷摸索著出路，先按著前人的蹤跡，以為能找到出路，但卻沒想到引發更多的迷惑。

我經過一番坐定沉思之後，決定學福爾摩斯，先廣泛蒐集資訊，再尋求破案之道。《漢字樹》的系列書籍，就是我把破案經過公諸於世的結果。簡單地說，我寫作《漢字樹》的遠因是在學生時代就對漢字的來源產生好奇，而東漢許慎的《說文解字》又無法完全令我信服。近因則是甲骨文、金文逐漸普及，使我有機會較全面地進入古文字的世界。但是我廣泛閱讀知名甲骨文學者的著作，如徐中舒的甲骨文字典以及王國維、郭沫若、董作賓、陳夢家、唐蘭等知名甲骨文學者的論著，覺得各家的說法相當分歧，同一個符號往往出現許多不同版本的詮釋意義。

有些文字學者往往只看見局部的甲骨文及金字，未能看見全貌，故難免產生以偏概全的弊病。唯有全面彙整分析，才能找出更加一致可靠的答案，而這種工作就必須藉助於完整的資料庫及資訊技術。

中研院研究員李宗焜認為甲骨文有四千多個字，而每一種字又有許多不同構型，數量龐大。一般人聽到要彙整分析幾萬個古字，往往就打退堂鼓。而我，憑著一股傻勁，鑽研了十年，才大致弄通每一個甲骨文及金文符號的意義。

四、漢字樹的詮釋，根據在哪裡？

本書的漢字解密乃遵守作者所設定的五項檢驗原則。首先，必須符合甲骨文、金文構形，其次，必須符合歷史事實或有先秦典籍為依據，再其次，對每一個漢字符號的詮釋必須具有一致性，使它能完全套用在所有含有此符號的漢字上，除此之外，還必須能據此合理詮釋所有引申意義，最後，還要檢驗字形字義演化的一貫性，甚至與此符號有相關的其他符號之間都不能有不合理現象發生。簡而言之，除了邏輯上的正確性外，一定要在古文物或古籍中有證據。

例如「辛」是一個很常用的字，但構字起源卻眾說紛紜，其中，東漢許慎的《說文解字》認為「辛」像人股（人的大腿），但從甲骨文、金文等構形卻是怎麼看都不像；近代有學者有的認為是砍柴的斧頭，有的說是拘捕罪犯的木枷，而大多數是支持郭沫若的「剞劂」說，他提出：「辛象古之剞劂形，剞劂即曲刀，乃施黥之刑具」，近來更有學者直言郭的「刑刀說」已成定論，（事實上，先秦典籍裡所謂的剞劂都是指工藝用的雕刻刀，並無用於刑罰之紀錄）。以上各家說法，若以上述五項原則加以檢驗，將發現有不少矛盾現象，如在先秦典籍中，「辛」具有罪的意涵，並不具有刀的意涵。如何定義一個罪人呢？堯、舜、禹、孔子、孟子等都是以「逆天之人」來形容罪犯，因此，本書作者提出辛是由「屰、上（二）」所組成，代表逆天之人。就構形而言，逆天之人的構形極其吻合「辛」的古字構形，反倒與刑刀構形相去較遠，而考古文物中，也找不到與此構形相合的刑刀。若將所有含「辛」的古字加以匯整，更將發現刑刀說充滿矛盾，如「新」的古字是由「辛、斤（斧頭）」所組成的，斧頭豈會砍刑刀？「龍」也含有辛，難道是拿黥面的小刑刀去殺大蛇龍嗎？「辟」是古代殺頭之刑，難道也是拿黥面小刑刀砍罪犯嗎？「劈」是砍罪犯之意，顯然所使用的工具是「刀」而非「辛」，此外，「刑、劓、刖」等與古代刑法有關的字，所使用的刑具全都是「刀」而非「辛」。另外就意義而言，每一個含有「辛」的漢字都可以用「逆天的罪犯」全面詮釋，卻有不少字無法以「刑刀」來合理詮釋。

漢字解密的五項檢驗原則可以說是撐起漢字樹系統的五根柱子，使得漢字成為一套系統化、貫穿古今、合理化、容易被理解的完整文字系統。

五、漢字樹是否有過度詮釋的疑慮？

文字學界當中向來有保守派與較前衛的實用派。保守派認為，若是古文獻中沒有解釋的字或沒有具體證據的字，就不要強加解釋，甚至他們認為將漢字圖像化都是不允許的。我個人是支持較前衛的實用派的。因為古文獻所解釋的也是後人依據有限的證據加以揣測的，不見得是真正的構字本義。

而且古體字當中，有許多有不同的造字來源，非常不一致，也難以系統化，以致於產生學習的障礙。為了使漢字更有系統化，本書主要是選取最能與現代漢字相呼應的甲骨文、金文或篆體。我認為唯有如此才有助於有系統地學習現代漢字。

如果要推廣漢字，就必須以易學易懂的方式來解說漢字的構字意義。在這方面，我開發了圖像字，並將相關聯的基本符號組合成有意義的敘事，例如「聊」代表兩個人面對面（卯）互聽（耳）對方談話。

漢字的構字，本身就有理路可循，因此，漢字樹是試圖重新有系統、大規模地勾勒漢字的邏輯，有些個別的詮釋或許因為個人才學經歷有限，還有疏漏之處，但是大的架構與方向，應該是正確的，在此也感謝讀者的賜教，盼望與讀者的交流。

候教處（Email: liao@mail.ntcb.edu.tw）

廖文豪

人體器官

在漢字中，「身」是指人的軀體。就構字而言，「身」（）就是「人」（）的「肉」體（）。金文、及篆體、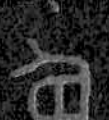都是意表「人」（、）腳盤（）以上的所有「器官」（、）。、是肉（月）的古字，許多具有器官意義的漢字都包含這個構件。「身」的另一個篆體則是調整筆順並加以美化之後的結果。

人的軀體所衍生的字，可以分成三大類。第一類是實體器官（肉）及抽象器官（心）所衍生的字；第二類為頭部器官、、、、所衍生的字；第三類為肢體器官、所衍生的字。

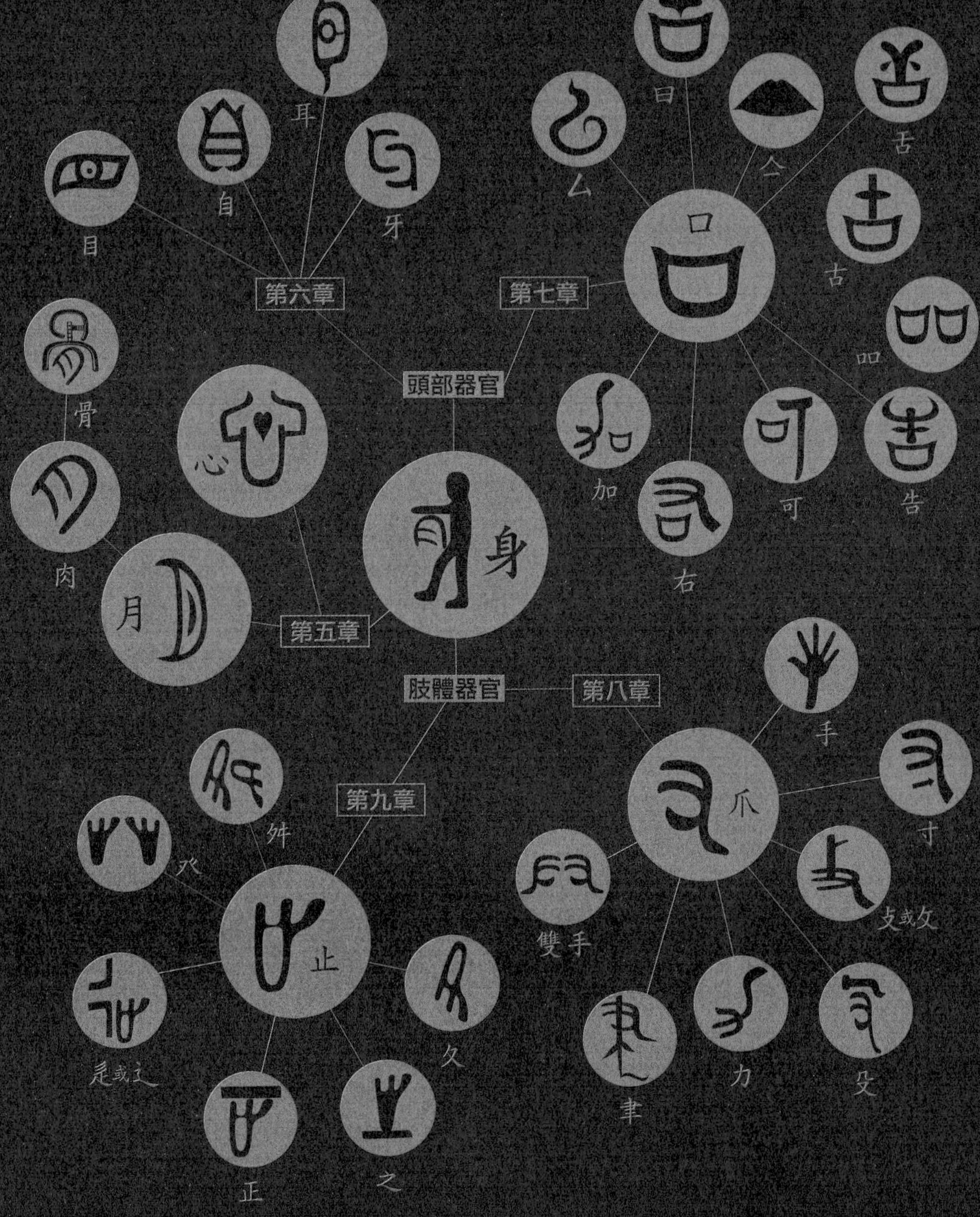

頭部器官
肢體器官
第五章
第六章
第七章
第八章
第九章
身
心
月
肉
骨
目
自
耳
牙
口
厶
曰
亼
舌
古
吅
加
右
可
告
爪
手
寸
攴或攵
雙手
聿
力
殳
止
癶
舛
久
辵或辶
正
之

目次

第七章 口

「高」的衍生字 156

高 156
京 157
就 157
亭 158
亮 158
嵩 158
臺 158
豪 159
亳 159

「石」的衍生字 159

石 159
宕 160
厚 160
磊 160

「品」的衍生字 161

區 161
臨 161
器 161

「呂」的衍生字 162

呂 163
予 163
紓 164
抒 164
杼 164
序 164
預 165
野 165

「串」的衍生字 166

串 166
毌 166
貫 167
實 167
患 167

「中」的衍生字 167

中 167
沖 168
忠 168

衷 168
史 169
仲 169

「豆」的衍生字 169

登 170
豎 170
短 170
豈 171
愷 171
凱 171

「壴」的衍生字 172

壴 172
鼓 173
喜 173
豐 173
豊 174
禮 174
醴 175
彭 175
尌 175
樹 176

「口」的衍生字 176

口 176
或 176
惑 176
域 178
國 178
韋 178
圍 178
違 179
衛 179
囚 179
困 179

「田」與「用」的衍生字 180

男 180
虜 180
番 182
翻 182
播 182
審 183
奧 183
粵 183
甫 183

苗 184
圃 184
匍 184
尃 184
傅 185
博 185
敷 185
周 185
甬 186
通 186
勇 187
佃 187

庸 187

「㕣」的衍生字 187

㕣 188
沿 188
鉛 188
船 188
谷 189
容 189
欲 189
浴 189
裕 189

第八章 手 190

第五章

肉與心

古人造字，將人體的器官分成「實體」與「抽象」兩種。含有「月（肉）」的字多表示看得見、摸得著的器官，而含有「心」的字則大多賦予看不見、摸不著的抽象意義。實體器官幾乎都是由筋肉所組成，所以與「實體器官」有關的字大多被賦予「月」（肉）的構件。古人認為「心」是掌管「思想、情感及生命氣息」的內在器官，所以便賦予與這些活動有關的字「心」的構件。這一章就從「月」（肉）和「心」這兩個觀點來詮釋相關的漢字。

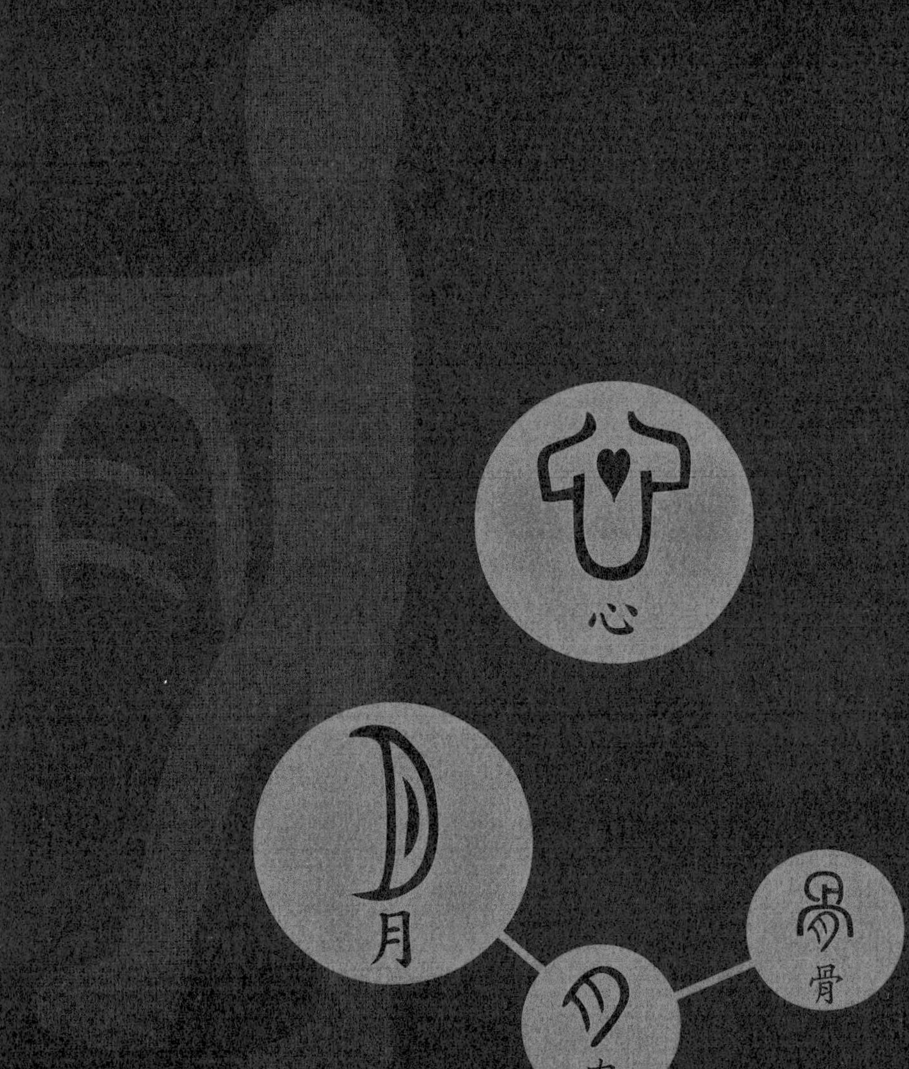
心
月
肉
骨

「月」的衍生字

漢民族對於月亮有特別的情懷。月有陰晴圓缺，而且隨著雲霧的遮掩產生無窮的變化，於是引發了許多引人遐想的神話故事，如嫦娥奔月、吳剛伐桂、玉兔搗藥等。然而，落實到字的形體上，則反映了月亮所衍生的各種意義。

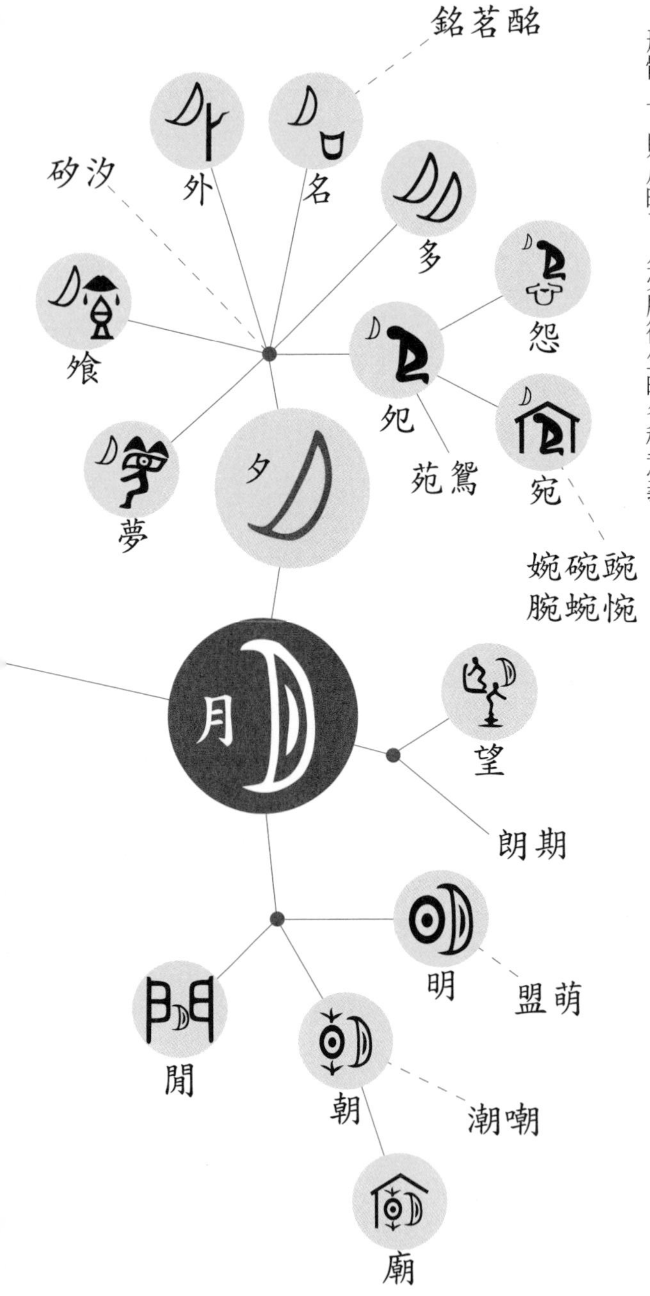

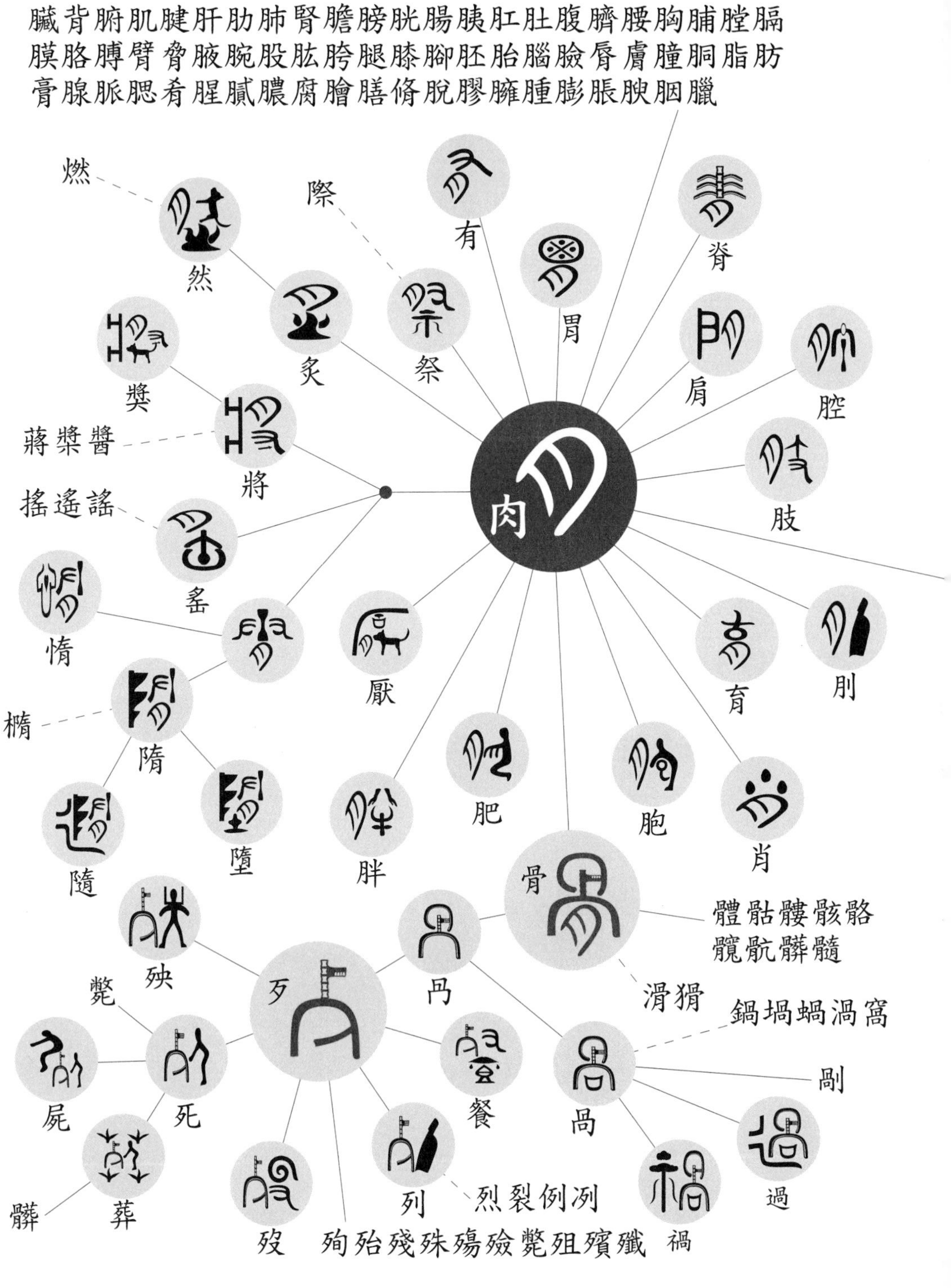

臟背腑肌腱肝肋肺腎膽膀胱腸胰肛肚腹臍腰胸脯膛膈
膜胳膊臂脅腋腕股肱胯腿膝腳胚胎腦臉脣膚膧胴脂肪
膏腺脈腮肴腥膩膿腐膾膳脩脫膠臃腫膨脹腴胭臘
燃
際
有
脊
然
胃
炙
祭
肩
腔
獎
蔣槳醬
將
肢
肉
搖遙謠
䍃
惰
厭
育
刖
橢
隋
肥
胞
肖
隨
墮
胖
骨
體骷髏骸骼
髖骯髒髓
滑猾
殃
歺
冎
鍋堝蝸渦窩
斃
屍
死
餐
咼
剮
葬
過
髒
歿
殉殆殘殊殤殮斃殂殯殲
列
烈裂例冽
禍

農曆初三至初五呈現一輪彎月，古人稱為「眉月」；初七至初八呈現半個月亮，稱為「上弦月」；初十至十二呈現四分之三個月亮，稱為「盈凸月」。月亮的古字演變過程為、、、，由這個過程可以看出歷代是如何記錄月亮的變化。甲骨文像眉月，金文像是由眉月增長至上弦月，而篆體、則是逐步調整筆順的結果。

當月亮出來了，也就表示夜晚來臨，於是由「月」衍生出「夕」。包含「夕」構件的字大多具有「夜晚」的意涵。另外，甲骨文代表一塊肉，而篆體的構形則像一塊帶著一根根骨頭的肉，因此，也代表「肉」，而肉又可衍生出「骨」。許多字都有「月」的構件，但意義卻大不相同。有的代表「月亮」或「夜晚」，有的代表「肉」，還有的甚至代表「船」。

「夕」的衍生字

夕 ㄒㄧˋ xì

月亮顯現的時刻。

「夕」與「月」的甲骨文都是。金文及篆體、則是逐步調整筆順以區分兩者之間的差異。「夕」引申義為夜晚，相關用詞如夕陽、朝夕等。以「夕」為聲符所衍生的形聲字有矽、汐等。

甲 金 篆

多 ㄉㄨㄛ duō

夜（，夕）復一夜（），連綿無盡也。

金文及篆體都是由兩個「夕」所構成的會意字，表示一「夜」（）過了又有一「夜」（）。古人日復一日的重覆相同的生活作息，因而發出感嘆：「一天過了又有一天，一夜過了又有一夜。」引申義為數量大、超過

甲 金 篆

等，相關用詞如多心、多管閒事、事務繁多、多元化等。以「多」為義符所衍生的漢字有夠、夥、移等。（甲骨文、原代表兩塊「肉」，但後來演變為「夕」。）

名 ㄇㄧㄥˊ míng

「夜晚」（）時，「報」出（）姓名與來歷。

「名」是古人在夜間彼此確認對方身分而衍生的字。古時候，人身安全缺乏保障。若有人在漆黑的夜晚來訪，主人聽見聲音通常會問：「是誰呀？」，目的是要確認是敵是友，待對方報上名，弄清來歷之後，才能安心。

甲骨文、金文及篆體都是由「夕」與「口」所構成的會意字，表示兩人在漆黑的夜晚（）相遇，各自報出（）自己姓名。「名」本義為報出姓名，引申為稱號、聲譽等，相關用詞如命名、地名、名聲、名人等。以「名」為聲符所衍生的常用字有銘、茗、酩等。

甲 金 篆

外 ㄨㄞˋ wài

「夜間」（）起來「卜」（）卦。

金文及篆體都是由「夕」與「卜」所構成的會意字，表示夜間起來卜卦。商朝後期，君王遇到重大事情都以卜卦詢問神。卜卦儀式一般都在白天進行，但若是邊疆發生重大變故，表示有敵人來襲。要如何因應，必須向天請示，因此只好於夜晚緊急進行卜卦，所以「外」引申為邊境之外，相關用詞如外國、外賓、外表等。

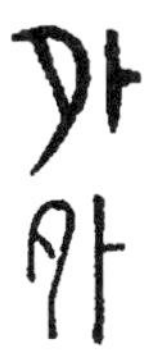

金 篆

夢 ㄇㄥˋ mèng

「夜晚」（）時，眼皮下垂的人（）。

甲骨文是由「牀」（）、「眼皮下垂且以手撐頭的人」兩個構件所組成，篆體、是由「眼皮下垂的眼睛」、「人」、「夕」

甲 篆

三個構件所組成，表示在「夜晚」睡覺時，「眼皮下垂」的「人」（ ），漸漸進入夢鄉。「夢」的簡體字為「梦」，這麼一簡，做夢的人就不見了。

飧 ㄙㄨㄣ

sūn

吃晚餐。篆體 是由「夕」（ ）與「食」（ ）所構成的會意字，意表吃晚餐。

篆

代表月亮意涵的字

明 ㄇㄧㄥˊ

míng

「日」（ ）與「月」（ ）能將黑暗變為光亮。

引申為光亮、清楚。相關用詞如光明、明白、失明等。對於古人而言，日與月為生活中主要的光源。

甲 金 篆

朝 ㄓㄠ

zhāo

或ㄔㄠˊ，cháo。「太陽」（ ）已從「草」叢（ ）中升起，但「月」亮（ ）尚未隱沒，這是清晨的景象。

甲骨文 表示太陽已從草叢中升起，而月亮還在天際。金文 將 （月）變為 （水流），小篆 再將其變更為「舟」（ ），最後，隸書將「舟」還原為「月」。朝的相關用詞如朝陽、朝會等。在周朝，官員必須於「天亮前」就進入王宮，與君王商討國事，稱之為「上朝」或「早朝」，而一大清早商議國事的地方則稱之為「朝廷」。因為

甲 金 篆

一大清早就要去面見君王，所以又稱為「朝見」。

廟 ㄇㄧㄠˋ miào

朝（）見天子的地方（，广）。「广」代表正屋旁的活動空間，如廣場、側廳、屋簷、廊下等。

「廟」原來是指天子與諸侯商討國事的處所。《禮記》說：「天子居大廟大室。」王宮的前殿稱為「廟」，後殿稱為「寢」。而古代所謂「廟堂」就是指「朝廷」，如范仲淹說：「居廟堂之高，則憂其民。」《六書故》：「宮前曰廟，後曰寢。今王宮之前殿，士大夫之廳事是也。」由於天子與大臣商議國事之前，都會祭拜天神與祖先，所以後世多將「廟」引申為祭祀的地方。「廟」的簡體字為「庙」，清晨朝見的概念不見了，被簡化成一個麻袋。（「由」代表張開口的麻袋。）

金 篆

望 ㄨㄤˋ wàng

「站在地上的人」（）賞「月」（）時，思念起流「亡」（）的親人。

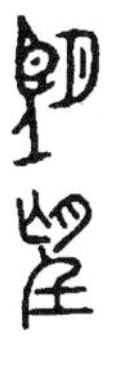

金 篆

閒 ㄒㄧㄢˊ xián

「月」（）光從「門」（）縫裡穿透進來。

夜晚時將門窗關閉，但月光仍從縫隙裡穿透進來。「閒」的本義為縫隙、間隙，具有這個意義的字後來改做「間」，意表「日」光從「門」縫裡透進來，相關用詞如間隔、無間等。「閒」引申為繁忙期間所抽出的空檔，也就是空暇時刻，相關用詞如閒暇、閒置等。

金 篆

「肉」的衍生字

「肉」的篆體有及兩種構形，兩個都像一大塊帶有肋骨的肉，後來，演變為「肉」，則演變為「月」，是「肉」的偏旁。具有這個偏旁的形聲字很多，如臟背腑肌腱肝肋肺腎膽膀胱腸胰肛肚腹臍腰胸脯膛膈膜胳膊臂脅腋腕股肱胯腿膝腳胚胎腦臉肫脣膚膧胴脂肪膏腺脈胼胝腮肴腥膩膿腐膾膳脩脫膠臃腫膨脹腴胭腆臘等。除了有「肉」的意涵之外，大部分是指身體的「器官」，無論是各種內臟、肢體、感覺等器官，大多包含月（肉）的構件。

器官

肩 ㄐㄧㄢ

jiān

像門「戶」（）轉軸的「身體器官」（）。

肩膀是「身體」與「手」的連接處，可以像門軸一般靈活地轉動。

篆

腔 ㄑㄧㄤ

qiāng

人體內，中「空」（）的「器官」（），

如鼻腔、胸腔等。《說文》：「腔，內空也。」

篆

肢 ㄓ

zhī

分「支」（）出去的身體「器官」（），

人的手腳也，「支」也是聲符。

篆

胃 ㄨㄟˋ

wèi

身體的「器官」（），會將吃進去的「米」（※）「包圍」（囗）起來處理。

篆體（）表示吃進去的「米」（※）被某一器官「包圍」（囗）起來；金文（）及篆體（）加了「肉」（），表示身體的「器官」，會將吃進去的「米」「包圍」起來處理。《說文》：「胃，穀府也。」

脊 ㄐㄧˊ

jí

支撐許多支肋骨（）的「器官」（）。

篆體（），上構件是連著肋骨的「胸椎」，下構件是「肉」（），表示身體的「器官」。《說文》：「脊，背呂也。」

肥胖

肥 ㄈㄟˊ

féi

「肉」（）多的「巴」（）人（請參見「卩」，第二章）。

胖 ㄆㄤˋ

pàng

古代祭祀用的「半」邊（）牲「肉」（）。

「胖」描寫獻祭時，因牲體過大，所以切開分成兩盤。引申義為身軀廣大，相關用詞如肥胖、心寬體胖等。《說文》：「胖，半體肉。」

半 ㄅㄢˋ bàn

將一隻「牛」（）切「分」（）開來。

有 ㄧㄡˇ yǒu

「手」（）中拿著一塊「肉」（）。

以「有」為聲符所衍生的字如侑、宥、囿。

金 篆

祭 ㄐㄧˋ jì

「手」（）持牲「肉」（）獻給「神」（，示）。

相關用詞如祭壇、祭祀、獻祭、祭品等。

金 篆

厭 ㄧㄢˋ yàn

「狗」（，犬）把「甘」美（）的「肉」（）叼到「岸」（，厂）邊。

狗吃飽了，把多餘的肉叼到岸邊。引申義為（一）飽足，相關用詞如貪得無厭等；（二）嫌棄，相關用詞如厭棄、厭倦、討厭等。金文表示「狗」（）的「口」（）裡咬著一塊「肉」（）；篆體把「口」改成「甘」，並添加了厂（），「厂」表示山崖或河岸。「厭」的簡體字為「厌」，肉不見了，僅剩下河岸邊的野狗。

金 篆

胞 ㄅㄠ

bāo

「包裹著嬰兒」（，包）**的「器官」**（），**也就是「胎衣」**。

「包」是義符，也是聲符。「胞」引申為同一個母腹所生的孩子，或同源所出之人，相關用詞如胞兄、同胞、細胞等。

由母體而出的骨肉至親

育 ㄩˋ

yù

「初生嬰孩」（）**是母親身上的一塊「肉」**（）（請參見「子」的衍生字，第一章）。

「骨」的衍生字

甲骨文代表一根根相互連接的骨頭，而則代表一塊大骨頭，這些都是古人對骨頭的描寫。但秦始皇統一文字後，小篆便以頭隆骨來表示。（冎）像是人的頭骨（頭殼及牙齒）連著胸骨的象形文，這是「骨」的本字。因為骨頭是身體「器官」，所以後人添加「肉」（）而成（骨）。是一副完整骨骼，但若死亡後，骨骼就漸漸支離破碎，頭殼被除去就成了（歺，ㄉㄞˇ），「歺」是人的「殘骨」，所以許多具有死亡意義的字都包含這個構件。

骨 ㄍㄨˇ

gǔ

賴以支撐「身體器官」（，月）**的「骨骼」**（，冎）。

「骨」是重要的部首之一，以「骨」為義符所衍生的形聲字有體、骷、髏、骸、骼、髖、骯、髒、髓、骰等，包含這個構件的漢字都與骨頭有關。

篆

篆

甲

篆

冎 ㄍㄨㄚˇ guǎ

將中的剔除。無肉之骨。

「冎」現在都改為「剮」。「剮」表示用「刀」將「骨」頭的肉剔除，相關用詞如千刀萬剮等。《說文》：「冎，剔人肉置其骨也，象形，頭隆骨也。」

「冎」及「咼」的甲骨文及金文除了代表一根根相互連接的骨骼之外，也具有曲折歪斜的意義，後來小篆將具骨骼意義的字改成「冎」（），而將曲折歪斜意義的字改成「咼」（）。

咼 ㄎㄨㄞ kuāi

口（）中所說的話，像骨骼一般（，冎）曲曲折折。

「咼」引申為歪斜不正。以「咼」為聲符所衍生的字有過、鍋、堝、蝸、渦、窩、萵等。《說文》：「咼，口戾不正。」

過 ㄍㄨㄛˋ guò

旅人所「行走」（）的「曲折不正」（）路線。

金文、代表旅人所走的路線像相互接連的骨頭（）一樣，從一個關節到另一個關節。過的本義為所走過的路徑，引申為跨越、已發生過的，相關用詞如經過、過繼、過錯等。篆體將骨頭改成「咼」，表示旅人所行走的曲折路線，咼也是聲符。

禍 ㄏㄨㄛˋ huò

人因行事「歪斜不正」（）而遭「神」（）降災。

「禍」的簡體字為「祸」。

歹 ㄉㄞˇ dǎi

殘骨。

甲骨文及篆體是將冎「去除頭殼」且「肋骨斷裂」的象形文，表示死掉的人或獸所遺留的殘骨。「歹」本義為殘骨，引申義為遭遇禍害、惡事，相關用詞如歹運、歹徒、為非作歹等。以歹為義符所衍生的字有死、歿、餐、列等。《說文》：「歹（歺），列骨之殘也，從半冎。」

甲 篆

歿 ㄇㄛˋ mò

人沉「沒」（）於水中，只剩下「殘骨」（）。

引申為死亡。住在黃河流域及長江流域附近的先民，河水氾濫時，不僅房屋、田產被淹沒，許多人也都淹死。

篆

沒 ㄇㄟˊ méi

或ㄇㄛˋ，mò。**東西沉入「迴旋」（）的「水」（）流之中，「手」（）撈不著。**

「沒」本義為消失不見，引申義有兩個，一個是無，音發ㄇㄟˊ，相關用詞如沒有、沒辦法等，另一個是消逝，音發ㄇㄛˋ，相關用詞如沉沒、隱沒、淹沒等。

金

死 ㄙˇ sǐ

「人」（）的魂魄離開後，只留下一堆「殘骨」（）。

（請參見「尸」，第二章）。

金 篆

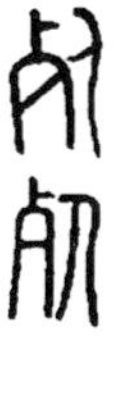

屍 ㄕ shī

一個「橫躺」（ ）的「死」（ ）人，也就是死人的身體。

葬 ㄗㄤˋ zàng

把「死」人（ ）掩埋後，再用「草」（ ，茻）覆蓋。

列 ㄌㄧㄝˋ liè

用「刀」（ ）將犧牲的「屍骨」（ ，歹）按次序分解後再排列整齊。

「列」引申為擺設、歸類、橫排、眾多的，相關用詞如排列、列舉、陳列、列國等。古代人將牛羊等犧牲宰殺獻祭。祭祀完以後，君王或諸侯便將這些犧牲分解，再分送給宗親或大臣同饗。漢字「列」描寫分解祭牲的情景，而「餐」則描寫享用祭肉的情景。

餐 ㄘㄢ cān

「手」（ ）持「殘骨」（ ）而「食」（ ）。

表示用完了一餐，肉已經吃完了，只剩下殘骨。「餐」引申為一頓飯，相關用詞如午餐、餐廳等。

篆

篆

篆

篆

有些漢字的古字構形及意義本來是舟、丹等，但後來的隸書為了書寫美觀及流暢，因而簡化為「月」。由「舟」訛變為「月」的有前、俞、朕、勝及服等，由「丹」訛變為「月」的字主要為「青」及青所衍生的字。另外，古字「朋」原來的構形及意義為一群結伴飛行的候鳥，最後卻訛變為兩個「月」。

月 「舟」訛變為月的字

「舟」是一條船的構形，甲骨文為，金文為，篆體為、。「舟」所衍生的字大多具有「船」的意涵，但是許多包含構件「舟」的古字，到了隸書卻被簡化為「月」，以至於失去原意，這類漢字主要有前、俞、朕、勝、服及其衍生字。

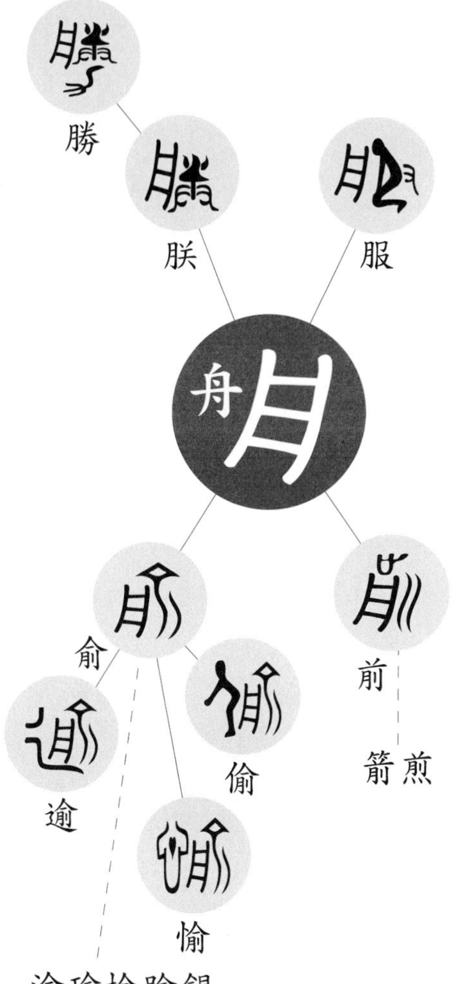

前 ㄑㄧㄢˊ qián

一艘「船」（）順著「水流」（）快速「行進」（，止）。

是一隻腳掌（請參見「止」，第九章）。

甲骨文及金文都是由「止」與「舟」所組成的會意字，表示「船」在「行走」；篆體添加了「水流」（），表示「船」（）順著「水流」（）「行走」（止）。隸書為了書寫美觀與流暢將「舟」訛變為「月」，「水流」訛變為「刀」，失去了造字原意。「前」引申義為向前行進，相關用詞如前進、前途等。《說文》：「不行而進謂之前，從止在舟上。」

甲 金 篆

朕 ㄓㄣˋ zhèn

雙手（）拿著「火把」（）來到「船」（）邊進行檢修。

船使用一陣子之後，可能會因破損而導致漏水沈船，因此出航前必須檢修一番。甲骨文及金文表示「兩手」拿著「棒狀物」來到「船」邊。另一個金文表示「人」來到「船」邊。篆體表示「兩手」拿著「火」把來到「船」邊，檢查船會不會漏水。「朕」的引申義有兩個，一個是徵兆或船的縫隙，另一個是「我」，意指拿火把檢修船隻的人就是我。古人以「朕」自稱，後來，秦始皇改為皇帝的自稱。《戴震．考工記圖》：「舟之縫理曰朕。」《說文》：「朕，我也。」《莊子．應帝王註》：「朕，兆也。」與「朕」類似的構字概念請參見「送」（第九章）。「送」（）是「兩手」拿著「火」把「走在路上」，護送他人離開。

甲 金 篆

勝 ㄕㄥˋ shèng

強而有「力」（）者方能稱「王」（，朕）。

引申義為贏得，相關用詞如得勝、勝任、勝利等。

「勝」的篆體可能是自稱為「朕」的秦始皇所創造的漢字，而「勝」

正是描寫秦始皇——一個強而有力的人，一統天下而得稱為朕。春秋戰國時期，諸侯林立，弱國遭強國攻打或吞併的紛亂局面持續約五百年，最後由秦國君主嬴政滅六國一統天下。嬴政自稱「始皇帝」，並將「朕」定為皇帝的稱號。「勝」的簡體字為「胜」，看起來像是一塊「生」「肉」，「王者之手」的字義消失了。

俞 ㄩˊ yú

一艘「船」（）順著水流輕快地向前滑行（）。

古人挖空樹木以做成獨木舟，使其能輕快航行，因此，許慎認為「俞」本義為挖空樹木做船。金文描寫一個順著「水流」（）輕快地「向前滑行」之物；另一金文添加了「舟」，表示一艘「船」順著「水流」輕快地「向前滑行」；篆體則是調整筆順後的結果。但是隸書將「舟」訛變為「月」，「水流」訛變為「刀」，原義頓失。「俞」的本義一艘輕快的船，引申義為身體康復、應允。「俞」本身雖然不是常用字，但卻衍生出許多常用字，如偷、愉、逾、渝、瑜、榆、愈、喻、諭、癒、輸等。

偷 ㄊㄡ tōu

行動如「快艇」（）的「人」（）。

愉 ㄩˊ yú

「心」情（）如輕快航行的「快艇」（）。

逾 ㄩˊ yú

航行（，辶）的「快艇」（），超越了目的地。

「丹」訛變為月的字

自古以來，「丹」與「青」都是常用顏料，被用於繪畫及編寫重要文冊。由於「丹、青」具有歷久不褪的特性，所以常被比喻為忠貞與信實。另外，「丹青」或「青史」都表示「史書」。

丹 ㄉㄢ dān

將開採的「礦石」置入「框器」（，凡）之中，準備熬煉出朱紅色染料。

「丹」是紅色染料，也被古人認為是可以使人成仙的藥。為「凡」的古字，但不少學者誤認為「井」，因而將「丹」詮釋為挖井開採丹砂。凡，本義為有邊框之物（請參見「凡」，第七章）。

甲 金 篆

青 ㄑㄧㄥ qīng

顏色像「茂盛植物」（，丰）的「顏料」（，丹）。

「青」本義為青色，引申義為年輕、茂盛等，相關用詞如青春、青澀等。以「青」為聲符所衍生的常用字有清、蜻、鯖、氰、情、晴、請、精、睛、菁、靜、靖、倩、猜、靛等。後來隸書將「丹」訛變成「月」，然而，「青」的本義與「月」並無任何關聯。

甲 篆

「朋」——將一串貝殼或群飛野雁訛變為月

朋的甲骨文代表相連接的兩串貝殼，另一個甲骨文是一個人手抓兩串貝殼。貝幣是商周時代的貨幣，而朋是貝幣的計量單位，到底朋代表多少貝殼呢？《漢書》說：「兩枚為一朋。」但以古字來看，應是兩串為一朋，一串是多少枚呢？有的說是3枚，有的說是5枚。甲骨卜辭有：「易貝二朋」及「貝十朋」的記載，《漢書》也有「大貝百朋」的紀錄。到了秦朝，秦始皇使用鑄造的錢幣代替當時混亂的六國貨幣，如貝幣、刀幣或布幣等。於是乎，貝殼不再成為貨幣，文字統一編定後的小篆便以（朋）代表兩串貝殼，並將「朋」改作飛鳥或，因此，許慎認為「朋」是一隻鳳凰，他詮釋說：「朋，古文鳳，象形。」許慎所說的鳳凰，又稱為大鵬鳥，應是指帶領群雁飛行的大鳥，他說：「鳳飛，群鳥從，以萬數。」鳳凰雖然是古人所虛構的神鳥，但群飛的大型候鳥卻是古代常見景象。

朋 ㄆㄥˊ péng

一群結伴飛行的雁鵝（），有志一同也。

金文及篆體像是一隻為首的雁鵝帶領一群夥伴排成「人」（或V）字型往前飛行的象形文。領隊的雁鵝以較寫實的方式描寫，而後面的雁群則簡單地以橫畫來表示每一隻大雁。篆體及則是將帶頭飛行的鳥省略，然後逐步調整筆順後的結果。隸書以後的字體更將其簡化為兩個並排的「月」。「朋」引申為一群相同志趣的人，相關用詞如朋友，呼朋引伴、朋黨等。此外，也表示帶領飛行的大鳥，是「鵬」的古字。以「朋」為聲符所衍生的字有棚、硼、崩、繃、蹦等。

古人的生活與大雁之間有密切關係，許多古字、古籍也都與大雁有關：

雁 ㄧㄢˋ yàn

人（ ）所喜愛的「岸」（厂）邊大「鳥」（ ）。

雁的篆體有 、 、 、 等構形， 表示棲息在水岸邊（ ，岸）的鳥（ ）； 及 表示岸邊（厂）的鳥（ ）； 添加了人，意表有人獵捕的岸邊大鳥。

大雁又稱為野雁、野鵝或雁鵝，是一種大型候鳥，每年深秋從西伯利亞飛往中國南方過冬。春分後，再飛回北方老家繁殖。群雁南飛時，往往千百成群。為何大雁喜歡結伴飛行？因為群飛較為省力且速度快。當前面的大雁拍動翅膀時，所產生的氣流可以減少後面大雁的空氣阻力，能使群體飛行效率更高。根據科學家的研究，大雁群飛時的速度比單飛時提高了百分之七十。以飛行隊形而言，人字型的隊形可以產生最佳的引流作用，所以群飛的大雁多採此種隊形前進。當然，飛在前頭的大雁總是比飛在後面的要費力，所以大雁輪流帶頭，前面的大雁飛累了，後面的大雁就會上前遞補。雁群不但目標一致，而且又能保持互助合作，終於能雁行千里，完成遷徙任務。「朋」字以結伴南遷的大雁來詮釋志同道合的朋友關係，真是再貼切不過了。

古代讀書人喜歡以雁為賀禮，因為大雁是極為聰明且合群的動物。由「雁」的相關用詞可體會出古人對雁的看法，「雁行千里」說明大雁的候鳥習性與能耐；「雁天」表示入秋，是雁鳥南遷的季節；「雁奴」是雁鳥棲息時專司警戒的雁鳥；「雁字」是雁鳥飛行的隊形；「雁序」是雁鳥飛行的順序，「雁行失序」則是雁鳥中箭掉落而打亂了飛行次序，古人用此描寫失去兄弟的悲慟；「魚雁往返」則是以雁鳥定時飛行的特性來形容好友間書信的一來一往。

篆

「心」的衍生字

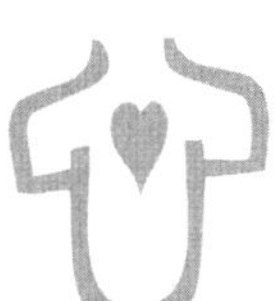

（心）是一個身藏於人體之中，難以具體描寫的抽象器官。在所有包含心的構件的漢字，幾乎皆與情感、意志、思想有關。甲骨文代表深藏在裡面，金文是在人的上半身驅體裏添加一點，這一點就是心之所在，代表人的內心。心的相關用詞如心情、心思、中心、良心等。從現代醫學角度來看，心臟是血液循環的控制中樞，其實，古人早已有此發現。《黃帝內經》記載：「心主身之血脈」。古人還發現心與血脈能運行呼吸系統所引入之生命氣息（氧氣）。《黃帝內經》也記載：「宗氣積於胸中，出於喉嚨，以貫心脈，而行呼吸焉。」心不只控制血液循環，更是生命中樞，也是精神之所在，因此，《黃帝內經》說：「心者，生之本也，神之變也。」荀子說：「心者，形之君也，而神明之主也。」《禮記》也記載：「總包萬慮謂之心。」總之，對古人而言，心是控制情感、意志的抽象器官。（《黃帝內經》為戰國時期的醫學專家假托黃帝之名所作。）

有關「心」的衍生字極少甲骨文與金文，只有少數有篆體字形，所以這些字應為晚期所造，而且主要為形聲字，包含忖、想、悸、惦、憧、憬、懂、懸、惕、怎、慮、懷、戀、憶、惟、忙、快、怡、悅、撫、慰、恭、慕、懇、忱、感、應、恰、恢、恆、慣、恃、恙、情、恣、懼、怕、忌、憚、怪、恐、怖、憾、懾、悚、惶、慌、憎、忿、惱、恨、憤、慨、悻、懊、悔、惋、惜、悔、惺、憐、

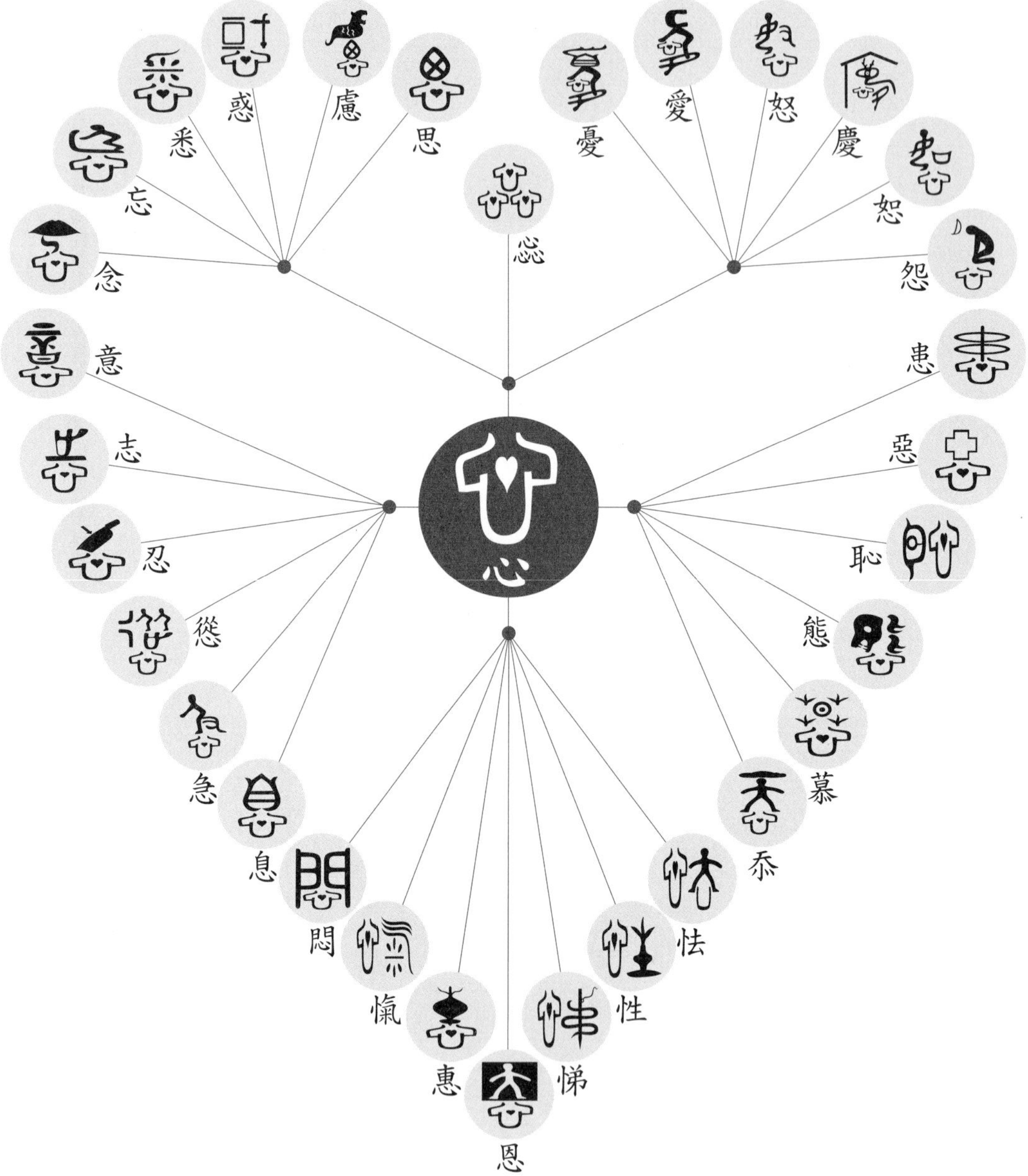

心
惢
思
慮
惑
悉
忘
念
意
志
忍
慫
急
息
悶
愾
惠
恩
悌
性
怯
忝
慕
態
恥
惡
患
怨
恕
慶
怒
愛
憂

憫、慈、慚、愧、怔、愣、悽、慘、惆、悵、憔、悴、悲、慟、懶、惰、懈、怠、慎、慢、憊、忸、怩、愚、懦、恍、忽、悟、悄、惻、惴、愈、悍、悖、惘、慫、懲、懺、恤、忠、愉、惹、愕、慾、悠等都是。由於形聲字難以從組成構件推知精確字義，所以在此僅就心所衍生的會意字加以說明。

惢 ㄖㄨㄟˇ ruǐ

三顆心（），三心二意，疑惑不定也。

「蕊」是以「惢」為聲符所衍生的形聲字，指的是花心，雄蕊與雌蕊是指花朵中央數個分離的生殖器官。漢字常以三代表多，三心即多心。

《說文》：「惢，心疑也，從三心。」

篆

思 ㄙ sī

用「心」（）與「腦」（，囟）來考慮事情。

決策講求「合情合理」，不單要以理智分析，也要考慮他人的感受。頭腦控制人的理智，而心控制人的情感，兩者兼顧稱為思。篆體是由囟（）與心（）所構成的會意字。囟（ㄒㄧㄣˋ）就是腦門，位於頭頂上方。隸書將「囟」訛變為「田」而成為現代漢字「思」。思的相關用詞有思想、思念、心思等。

篆

惑 ㄏㄨㄛˋ huò

「防守疆域」（）的戰士，無法確定未來命運如何，所以「心」情（）迷亂。

春秋戰國時代，諸侯國之間征戰不斷，弱國常被強國併吞，士卒的性命朝不保夕。「惑」正是描寫古代守城將士恐懼不安的心。「惑」引申為疑慮、迷亂，相關用詞如困惑、疑惑、迷惑、蠱惑等。《說文》：「惑，亂也。」

金

篆

「或」的金文表示以武器（）防守城市（）的疆域（上下各一橫畫）（請參見「或」，第七章）。

慮 ㄌㄩˋ

lǜ

「思」想（）到老「虎」（）就害怕。

引申為擔心、籌畫，相關用詞如思慮、憂慮等。「慮」的簡體字為「虑」，頭（）不見了，如何能思考呢？

篆

悉 ㄒㄧ

xī

用「心」（）地將「米中的石礫剔除」（，釆）。

引申義為詳盡、仔細，相關用詞如悉心照料、悉數等。釆（，ㄅㄧㄢˋ）表示將米（）中的石礫剔除。《說文》：「悉，詳盡也，從心從釆。」

篆

念 ㄋㄧㄢˋ

niàn

現「今」（）「心」裡（）所想的事情，會意字。

篆

忘 ㄨㄤˋ

wàng

「心」中（）的記憶「失去」（）了（請參見「亡」，第二章）。

篆

意 一ˋ

yì

內「心」（**）所發之「音」（****）。**

引申義為心志、心念。相關用詞如心意、意志、意外等。以「意」為聲符所衍生的字有億、憶、臆等。

志 ㄓˋ

zhì

「心」（**）之所「往」（****，之）。**

引申為心中的願望。金文是由「心」與「之」所組成，表示心中嚮往。篆體將「之」變形為，隸書更將訛變為士。相關用詞如志向、志氣、志願、志同道合等。以「志」為聲符所衍生的形聲字有誌、痣等。之（，）意表前往，（請參見「之」，第九章）。

忍 ㄖㄣˇ

rěn

「心」（**）頭上一把「刀」（****，刃）。**

「忍」引申為耐心承受，相關用詞如忍耐、忍氣吞聲、忍痛、忍辱負重等。

息 ㄒㄧˊ

xí

氣息從「鼻子」（**，自）吸進去一直通到「心」臟（****）。生命氣息也。**

人所吸進的氣氣會進入肺，然後經由肺動脈回到心臟，再送到全身。古人很早就發現呼吸系統與血液循環系統是有關連的。根據《黃帝內經》記載：「肺者，氣之本也。」「肺通於鼻。」「宗氣積於胸中，……，以貫心脈，而行呼吸焉。」「息」引申義為呼吸、停歇等，相關用詞如氣息、鼻息、嘆息、休息等。

篆 

金 
篆 

金 
篆 

篆 

慫 ㄙㄨㄥˇ sǒng

鼓動他人的「心」（），使其跟「從」（）。

慫恿就是勸誘或教唆的意思。「慫」的簡體字為「怂」。

急 ㄐㄧˊ jí

人被「追趕上」（，及）的「心」情（）。

人被仇敵或野獸追上，心裡一定會很焦「急」。「急」引申義為危險萬分、焦躁，相關用詞如著急、緊急、危急、急診、急躁等。「及」的甲骨文、金文及篆體表示「人」（）被「手」（）抓住了，被追上的人。

聰 ㄘㄨㄥ cōng

能打開心「窗」（，囪），將他人話語從「耳」朵（）聽進「心」（）裡去。

「聰」用來形容一個人聽覺靈敏、有智慧，相關用詞如耳聰目明、聰明等。「聰」的簡體字為「聪」。

憂 ㄧㄡ yōu

「心」裡（）愁苦，「頭」（，頁）低垂，「腳步遲緩」（，夊）。

金文描寫一個憂愁的行人，張開手掌不知道該怎麼辦，頭頂的延伸線意表思慮纏繞，刻意凸顯的腳掌（）意表踏著沉重腳步。篆體則變更為由頁、心、夊所組成的會意字，表示心裡（）愁苦，使得頭（）低垂，腳步也變得遲緩（，請參見「夊」，第九章）。憂的相關用詞如憂愁、憂傷、憂慮等。「擾」是以「憂」及「扌」所形成的會意字，表示受外界事物的打動（扌）而變得愁煩（憂），相關用詞如

篆 

篆 

篆 

金 

篆 

打擾、叨擾等。「憂」的簡體字為「忧」。

悶 ㄇㄣˋ mèn

「心」（）被「關」（，門）起來，會意兼形聲字。

「悶」引申為將……封閉起來，相關用詞如鬱悶、悶熱等。

愾 ㄎㄞˋ kài

「心」（）中有一股亟待宣洩的「氣」（）。

引申為憤怒，相關用詞如憤愾、同仇敵愾等。

惠 ㄏㄨㄟˋ huì

一顆擅於操作「紡錘」（，叀）的「心」（）。

（叀，ㄓㄨㄢ）是紡錘（spindle）的象形文。紡錘又稱紡磚或紡墜，是一種原始的紡線工具，植物纖維透過紡錘的纏繞，便可接續成一條綿長的絲線。「惠」有兩個主要引申意涵，一個是聰明的心，同「慧」；另一個是施捨予人的心，因為紡線過程必須不斷地將植物纖維送進紡錘，因而聯想出接濟他人之義，相關用詞如恩惠、惠顧等。另一個漢字「專」具有相近的構字意象（請參見「專」，第八章）。

以紡錘紡線的方法：紡錘（）是由紡輪及輪桿所組成。紡輪是中間有孔的陶製或石製圓盤，孔內可插入一根木桿，稱之為輪桿。紡線工人首先將一撮植物纖維（如棉絮、天然麻）繫在輪桿上，然後將紡輪轉動。紡輪一轉動便可扭動纖維使其成為緊密的絲線，這時工人必須不斷遞補新的纖維使成為連接不斷的絲線，所形成的絲線會一圈圈的纏繞在輪桿上，最後製成

篆

篆

金 篆

一大捆的絲線以供織布。

慶 ㄑㄧㄥˋ qìng

誠「心」（）地「緩步」（）呈獻「鹿皮」（）到他人家中祝賀。

商周時代，鹿（與祿同音）象徵吉祥。鹿皮除了可做聘禮，也可做祝賀或酬賓的禮物。金文是一張有鹿角、頭及尾巴的鹿皮；另一個金文添加了一個「心」，表示誠心誠意；篆體又添加了夊（），代表緩步前行以表恭敬。「慶」引申義為喜事、祝賀，相關用詞如喜慶、慶祝等。「慶」的簡體字為「庆」，表面字義像是一隻狗在屋簷下。

金 篆

鹿 ㄌㄨˋ lù

豢養在家門外（）的鹿（）。

甲骨文、金文及篆體都是描繪一頭鹿，但到了隸書則添加了「广」（），用以表示豢養在庭院的鹿。古代的鹿苑就是指用來養鹿的園子。

甲 金 篆

愛 ㄞˋ ài

心（）中愛慕，頻頻回頭（，旡），不忍離去（，緩步也）。

當人看見愛不釋手的寶物，或當年輕人看見所暗戀的對象，心頭就碰碰跳，頻頻回頭，捨不得離去。篆體生動地刻畫出此戀慕之情。篆體表示一個因心中渴慕而頻頻回頭的人（，請參見「旡」，第二章）；另一個篆體添加了夊（），意表緩步前行，不忍離去。愛的相關用詞如喜愛、愛慕、愛情等。「愛」的簡體字為「爱」，「心」消失了。

篆

恕 ㄕㄨˋ

shù

「如」（**）人之「心」（****）**（請參見「如」，第四章）。

怒 ㄋㄨˋ

nù

被「奴」（**）役的「心」（****）**（請參見「奴」，第四章）。

怨 ㄩㄢˋ

yuàn

在「夜間無法安睡的人」（**，夗），想必是「心」中（****）有許多不滿**（請參見「卩」，第二章）。

患 ㄏㄨㄢˋ

huàn

為一連「串」（**）不如意的事，憂「心」（****）不已。**

「患」的引申義有兩個，一個是憂心，另一個是禍害，相關用詞如禍患、病患、患得患失等。

惡 ㄜˋ

è

「心」（**）「不方正」（****，亞），有歪斜意念也。**

「亞」是一塊缺四角的土地。古人講求正心誠意，認為有德行的人必定具有直心、方正之心。惡者心中常懷著歪斜的意念，所行的事都是惡事。

相關用詞如險惡、惡臭、醜惡等。惡與悳（德，直心也）的構字概念相近（請參見「德」，第六章）。

篆

篆

亞 ㄧㄚˇ yǎ

或ㄧㄚˋ，yà。一塊缺四角、不夠方正的次等土地。

自古至今，購屋買地均講求方正，上好的土地都是方正之地，歷朝歷代的京城或富貴人家的宅院都是如此。甲骨文及金文描寫一塊缺四角的土地，表示次等土地；篆體是調整筆劃使其易於書寫的結果。「亞」引申為次一等、次於，相關用詞如亞軍、亞熱帶等。

另外，（亞）字型也是古代穴居常見的布局，河南安陽西北岡殷商遺址的一〇〇一號帝王大墓，就是一個規模龐大的亞字型墓穴。「亞」的簡體字為「亚」。

甲

金

篆

忝 ㄊㄧㄢˇ tiǎn

上「天」（）能鑒察人「心」（）中惡念，所以人要有自我譴責的良知（請參見「天」，第三章）。

篆

恥 ㄔˇ chǐ

「聞」（，耳）過而「心」（）生慚愧。

有羞恥心的人犯了錯，受到別人勸戒時，會深覺慚愧，面紅耳赤，生出悔改之心。

篆

態 ㄊㄞˋ tài

「心」（）中才「能」（）的彰顯。

人的能耐自然會顯現於外，觀察人的外在言行舉止就可推知內在能力。「態」引申為神情舉止或樣式，相關用詞如態度、態勢、型態等。

「能」的金文及篆體是一隻熊的象形文，清楚描寫出熊的一張大嘴及兩隻熊掌。

篆

現代漢字，將頭寫成「厶」，大嘴寫成「月」，熊掌寫成「匕」。黃帝的部族稱為「有熊氏」，並以熊為圖騰來象徵族人的強壯。「態」的簡體字為「态」。

怯 ㄑㄧㄝˋ qiè

「心」（）中害怕而逃「去」（）。

引申義為膽小害怕，相關用詞如膽怯、怯場等。

性 ㄒㄧㄥˋ xìng

從出「生」（）就具有的「本質」（）。

《中庸》：「天命之謂性。」

悌 ㄊㄧˋ tì

「弟弟」（）應有的「心」（）態。

弟的構字本義為順服兄長的約束。

弟 ㄉㄧˋ dì

受「繩子」（，己）約束的「弋」（）箭。

「弟」的甲骨文代表將射雁的短箭綁上絲繩，金文與篆體代表將「弋」箭（）繫上「絲繩」（）。弟，本義是一隻以絲繩約束的弋箭，引申義為須受兄長約束的人，相關用詞如弟妹、兄友弟恭等。《廣雅》：「弟，順也，言順於兄」。

第六章 頭

漢字基礎構件中，與頭有關者主要為（囟）、（甶），而與頭部器官有關者主要為目、自、耳、牙、口。目（）衍生出許多與視覺有關的字，如等；自（）衍生出許多與嗅覺有關的字，如等；耳（）衍生出許多與聽覺有關的字，如、、等；口（）衍生出許多與嘴巴有關的字，如等；牙則衍生出與牙齒有關的字，如等。

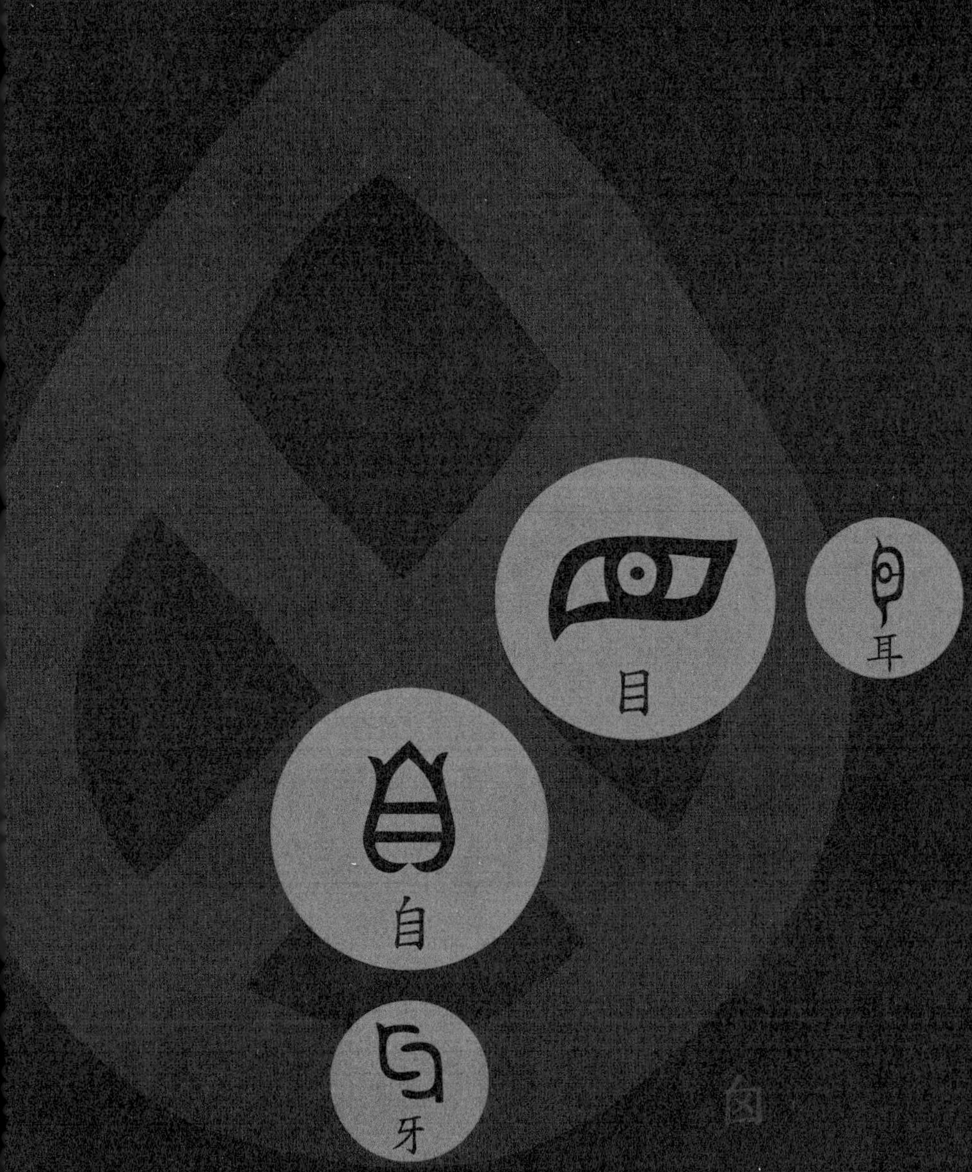
目
耳
自
牙

「頭」的衍生字

要以簡單的筆劃來表示「頭」並不容易。在古漢字中，代表頭部的符號主要有（口）、（囟）、（由）、（首）、（頁）。以「」代表頭的字有（子）、（呆）、（辟）、（黃）等。以「首」及「頁」代表頭，基本上是以「鼻子」為特徵所衍生的字（請參見「自」的衍生字，61頁）。（囟）及（由）可以代表人頭、鬼頭及動物的頭，由於此兩種符號都是代表頭，古字中也常加以混用，故本文將它們的衍生字合併如下圖。其中，代表人頭的有「黑、思」，代表鬼頭或面具的有「鬼、異」，代表動物頭的有「萬、禺」，當作聲符的有「細」。值得注意的是，無論是（囟）或（由），到了隸書，都被改成「田」，以致於後人誤以為與田地有關。

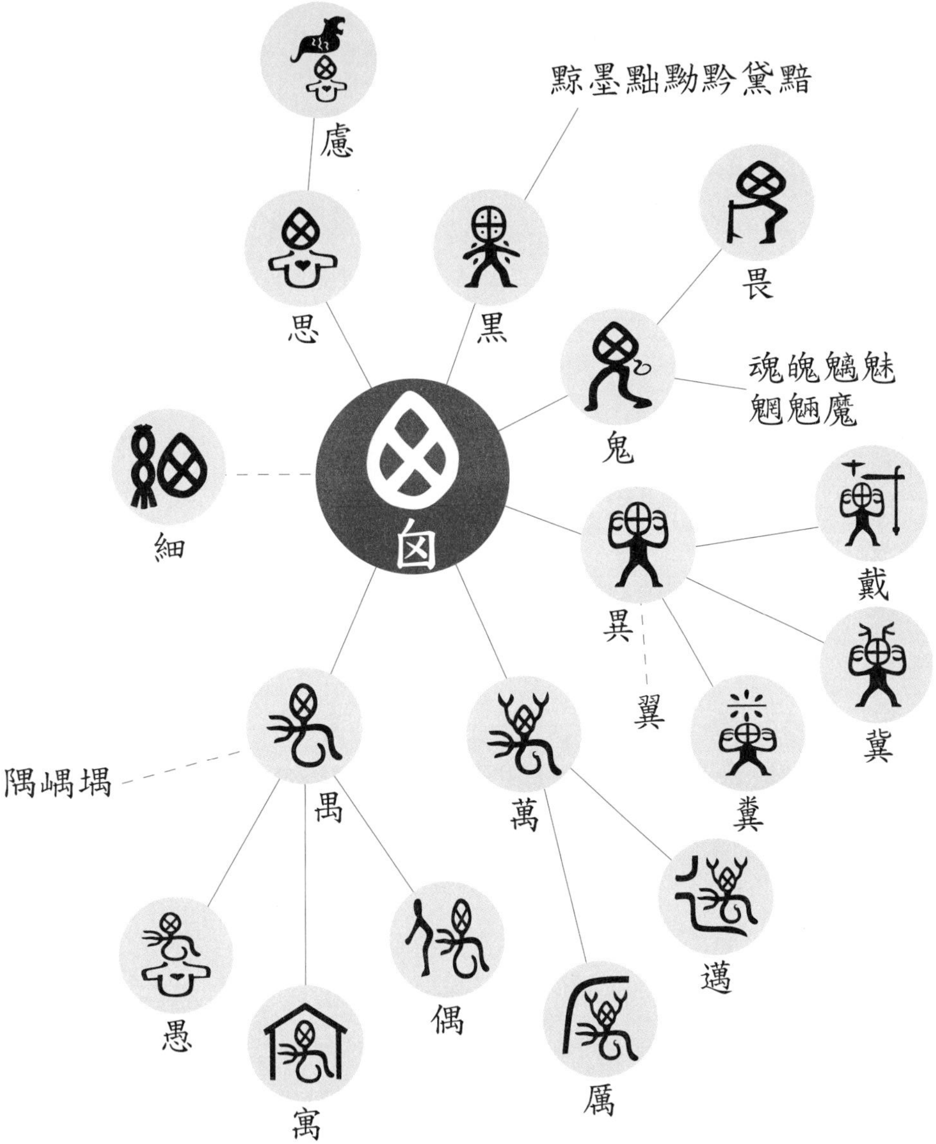
慮
黥墨黜黝黔黛黯
思
黑
畏
鬼
魂魄魑魅
魍魎魔
細
囟
異
戴
翼
冀
糞
禺
萬
隅嵎堣
邁
愚
偶
寓
厲

人頭與鬼頭

思 ㄙ sī

用「心」（）與「腦」（，囟）來考慮事情（請參見「思、慮」，第五章）。

黑 ㄏㄟ hēi

臉上被刺字並塗墨（）的人（）（請參見「黑」，第三章）。

金 篆

鬼 ㄍㄨㄟˇ guǐ

發出陰森「氣息」（，厶）的「鬼頭」（）人（）（請參見「儿」，第二章）。

甲 金 篆

戴面具的頭

畏 ㄨㄟˋ wèi

拿著棍棒（）的「鬼頭人」（）（請參見「儿」，第二章）。

甲 金 篆

異 ㄧˋ yì

張開雙手（ ）抓著面具（ ）的人（ ），變換面具也。

商周時期即有戴面具的文化習俗，在戲劇中，舞者一戴起面具立刻變成另一個角色，面具可以讓人產生各種變異。甲骨文、及金文及篆體刻畫一個人張開雙手抓著面具的景象，表示此人在變換面具，於是「異」又引申為不同的、特別的，相關用詞如驚異、差異、奇風異俗等。

「異」本身就有「戴面具」的意義，後來添加「戈」，改做戴（ ）。「異」的簡體字為「异」，面具消失了。其中的「已」，既非義符，也非聲符，失去了構字意涵。

戴 ㄉㄞˋ dài

雙手持面具（ ，異）像「植樁」一般（ ，戈）深深地套進頭部。

引申為套進、擁護，相關用詞如戴面具、戴戒指、擁戴等。

冀 ㄐㄧˋ jì

擅於角鬥（摔跤）的古代冀州人民。

大禹將天下劃分為九州，並以冀州為首，因為，堯、舜、禹將首都設在冀州。如今的河北省簡稱為「冀」，因為它曾經是冀州的一部份。若要考究「冀」的地名由來，就要追溯到五千年前冀州所發生的一件大事。冀州所在地原本是蚩尤的根據地，蚩尤不斷壯大後便向西發展，而雄據西方的黃帝則是向東發展。此兩大氏族最後大戰於涿鹿之野，蚩尤戰敗奔回老家冀州途中被殺。《山海經》記載蚩尤最後在中冀之野被黃帝擒殺。蚩尤是冀州人民的首領，當地人擅長於角鬥（摔跤），蚩尤更是其中的佼佼者，於是，這個地方便以角鬥的形象（冀）來命名。「蚩尤戲」是冀州的傳統戲劇。在劇中，假扮蚩尤的人，頭戴牛角，與人相鬥。此習俗，南朝任昉的《述異志》如此記載：「蚩尤氏頭

有角，與軒轅鬭，以角觝人，人不能向。今冀州有樂名蚩尤戲。其民兩兩三三，頭戴牛角而相觝。」冀的金文、是一個人頭戴有角的面具，這是一個假扮蚩尤形象的人。篆體、調整筆畫後，將它拆解為北與異的組合，可意會為跳面具舞（，異）的「北」方人（）。古人跳儺舞或演蚩尤戲，都是戴著兇惡面具的，目的就是為了驅邪，希望瘟疫、惡鬼都不要來，故「冀」引申為希望，相關用詞如希冀、冀求等。

糞 ㄈㄣˋ fèn

發出「異」（）味的「米」（）。

人吃進去的「米」，排出來後就成了有味道的「糞」。篆體表示「兩隻手」拿著「畚箕」將「米」倒掉，另一個篆體則表示在「土」中有一堆發出「異」味的「米」。「糞」的簡體字為「粪」。

金 篆

動物的頭

萬 ㄨㄢˋ wàn

「伸長手臂」（，九）去除「蠍子」（），毒蠍子也。

甲骨文是一隻蠍子，但因蠍子是有毒的害蟲，要用叉子將它殺死，故金文、、、在蠍子中間添加了一隻（單齒、雙齒或三齒的）叉子。後來，金文及篆體將叉子變形為伸長的手，代表伸長手臂去除蠍子。一般而言，中國地區的紅蠍子毒性極低，有不少人會抓來把玩，甚至吃它，但黃或白蠍子就比較毒，要迅速遠離。「萬」的本義是蠍子，但因古代中原地區的蠍子多不勝數，抓不勝抓，故被引申為數以萬計的「萬」。

甲 金 篆

邁 ㄇㄞˋ mài

「蠍子」（，萬）向前「行走」（，辶）。

古代，蠍子到處爬行，越過沙地、崖邊，也常常橫越門檻爬進屋子裡，所以引申為巡行、跨越，相關用詞如邁步、邁進等。六隻腳的蠍子爬行時，腳步細碎，好像老人的碎步，故「邁」也引申出衰老的意涵，如年紀老邁。「邁」的簡體字為「迈」。

厲 ㄌㄧˋ lì

在「山崖」（，厂）邊的毒「蠍子」（，萬）。

古人登山時，稍一不慎，就會遭到蠍子的毒害。「厲」引申為兇猛，相關用詞如厲害、嚴厲等。「厲」的簡體字為「厉」。

禺 ㄩˊ yú

「大頭長尾」（）的動物，也就是人猿。

禺，大概是像狒狒之類的長尾猿猴，牠的臉像戴著鬼頭面具，又有一根長尾巴。《正字通》說：「禺似獼猴而大，赤目長尾，山中多有之。」

偶 ㄡˇ ǒu

長得像「人」（）的「猿猴」（，禺）。

引申為長得像人的東西。禺（），本義是一隻長得像人的猿猴，所以，古人將長得像人的東西也稱為禺（ㄡˇ），如木頭雕刻出的假人，稱為「木禺人」，稱泥雕的人為「土禺人」。後來，篆體將「禺」添加人字旁改做「偶」（）。

據《史記．孟嘗君列傳》記載，春秋時代，秦昭王聽說齊國孟嘗君很賢能，想要召他來秦國，於是派涇陽君到齊國當人質以換取孟嘗君來秦國。孟嘗君因擔心別人笑他膽怯，所以決定

金 篆

金 篆

金 篆

篆

前往秦國。他所供養的賢士們覺得此行太危險，然而卻勸阻無效。臨行前，有一位蘇代前來對他說：「今天早上，我從外面走來的時候，看到一個木禺人（雕刻的木頭人）對一個土禺人（泥雕人）在談話。木禺人嘲笑土禺人說：「你想要前往嗎？待會只要下一陣雨，就會把你整個沖散了。」土禺人回答說：「哪有什麼關係，我本來就是從泥土中製造出來的，既然沖散了，我就重新回歸為泥土囉。」木禺人不以為然地說：「可是你肢離破碎的身體，不知道會被漂流到哪裡去，想要回復原形可就難囉。」話鋒一轉，蘇代鄭重地對孟嘗君勸戒說：「秦國是個虎狼之國，而您卻執意前往，倘若中了圈套，無法歸回，豈不更被人嘲笑？」於是孟嘗君就打消此行。

《史記》也將木頭雕出之馬、龍、車稱之為木禺馬、木禺龍及木禺車等。從出土之考古文物中，較知名的土偶莫過於秦朝的兵馬俑，而較知名的木偶則為西漢馬王堆之彩色木俑及商朝的奴隸俑。

愚 ㄩˊ yú

「心」（）智像「猿猴」（，禺）。猿猴雖然長得像人，但遠比人愚笨。

寓 ㄩˋ yù

「猿猴」（，禺）的「住處」（，宀）。

《楚辭》說：「深林杳以冥冥兮，猿狖之所居。」猿猴雖然住在茂密的森林裡，但卻居無定所，常常更換睡覺的地方。所以，「寓」引申為暫時的住處。「寓客」則是指寄居他鄉的旅客；「寓食」意指寄居在別人家裏生活；「寓言」乃指將智慧警語寄託在一篇故事裡。

金

篆

篆

「自」的衍生字

「自」就是鼻。甲骨文的像是動物鼻子；金文清楚描寫人的鼻樑、鼻孔及氣息；篆體是調整筆順後的結果。以「自」為構件的字，大都表示鼻子，如「臭」表示狗用鼻子聞；「息」意表空氣從鼻子進入內臟。然而，「自」單獨成字的時候，大都表示本身，如自己、自身、自殺、自私等，或許是因為人習慣用手指指著自己的鼻子說：「就是我」、「是我的」，因此，本義為鼻子的「自」就引申為「本身」，原本的意思以「鼻」來代表。

鼻 ㄅㄧˊ bí

具有竹「畀」（）功能的鼻子（）。

「鼻」的甲骨文及金文與「自」相同，但為了加以區分，篆體則添加了畀。「畀」即古代的蒸屜。

畀 ㄅㄧˋ bì

一個有許多孔隙（，田）可以讓水蒸氣通過的竹製基座（，丌）。

本義為蒸煮食物所用的蒸屜，引申為託付、給予。早自商周時期，古人便已普遍使用三層式蒸煮器具，下層為煮水用的「鬲」，中層為讓蒸汽通過的「畀」（箅），上層為置放食物的「甑」（相關構字概念請參見「箅、曾、甑、會」，第七章）。

(篆)

自
首
頁
鼻
臬
臭
息
嗅
劓
鼾擤
鎳
溴
媳熄螅
廈
夏
頃
鬚
須
頒
順
煩
憂
頭顱顏頑額頂
領嶺頰頸項顎
頷預願顧顫頓
頗顆題
邊
皋
面
麵緬湎
靦
道
導
縣
懸

「割鼻」之刑

許多學者認為，戰國時期的秦國之所以強盛，商鞅功不可沒。兩千三百多年前，商鞅實施兩次革新，將秦國帶入法治國家。剛開始推動革新時，為了讓人民相信他改革的決心，在城門口豎立一根大木頭，公告說：「若誰能將此木移到北門，便賞十金。」然而，經過的百姓沒有一個相信天底下有這麼好的事，都不予理會，商鞅於是將賞金提升到五十金。有個人抱著姑且一試的心態，將這根木頭移到北門，果然獲得五十金。從此，大家都相信商鞅改革的決心，史家稱之為「徙木立信」。後來，雖然人民守法，貴族卻仍繼續違法。在當時的周朝，貴族犯法只能用禮法規勸，而不能用刑法懲處，商鞅決心打破這個制度。太子公然違法，大臣對於這位未來的君王都相當忌憚，沒有人敢勸阻，商鞅於是將負責教導太子的大臣公子虔施以「劓刑」，割去他的鼻子。

劓 ㄧˋ yì

以「刀」（）割去犯人的「鼻子」（），「割鼻」之刑也。

墨、劓、刖、宮、大辟，這是西周施行的五大肉刑。劓刑重於墨刑，輕於刖刑。金文表示將「鼻子」（，自）以「刀」（）割除掛在「樹」上（，木）；篆體及則表示以「刀」割去犯人的「鼻子」。

金 篆

臬 ㄋㄧㄝˋ niè

將割下的「鼻子」（，自）掛在「樹」上（，木）供人當箭靶。

「臬司」為古代掌管刑獄的司法官。「臬」本來的意思是箭靶，引申為標準或準則，如圭臬。《說文》：「臬，射準的也。」

甲 金 篆

首 ㄕㄡˇ shǒu

有鼻子（，自）有頭髮的身體器官。

一隻鼻子再加上幾根頭髮就產生了代表頭部的「首」。「首」的甲骨文是一個動物的頭部側寫，有突出的鼻子，頭皮與毛髮，還有一隻眼睛；金文將其簡化，只剩下頭髮、頭皮、鼻子三者相連，成為現代漢字主要的構字意象。「首」具有頭部、最重要等意涵，相關用詞如首領、元首、昂首、叩首等。

「首」衍生出具有斬首示眾意義的「縣」，以及具有分辨道路的「道」。

甲 金 篆

縣 ㄒㄧㄢˋ xiàn

用「繩子」（，系）將人頭（，首）倒吊起來，懸的本字。

「縣」是描寫古代縣府將重大罪犯斬首之後，將首級懸掛在衙門前以警戒百姓的習俗。金文及篆體都表示以繩索（）將人頭（）倒吊在樹（）上，篆體則將樹木省略。「縣」引申為有權審判罪犯的地方政府，相關用詞如縣府、縣令、縣城等。「縣」的簡體字為「县」。

金 篆

懸 ㄒㄩㄢˊ xuán

一顆心（）被倒掛（）起來，相關用詞如懸掛、懸念等。

道 ㄉㄠˋ
dào

一顆頭（，首）在尋找「路徑行進」（，辶）。

貓狗擅長使用嗅覺尋找回家的路徑，但人類呢？古時候並沒有寬廣的馬路，只有人獸踏出的小徑，路上也沒有指標，到了寒冬，人跡絕滅，春夏則荒草蔓生。旅人必須眼觀四面、耳聽八方，善用頭部各種器官才能正確到達目的地。「道」就是在這種背景下所產生的構字概念。金文表示一顆頭（，首）在尋找「路徑」（，彳）行進（，止），引申為道路、方法等，相關用詞如車道、人行道、傳道等。

「道」的字面意義是一顆頭（首）在走路（辶），而這條路也可以是抽象、思想性的。孔子認為他所傳承的「道」，是從堯、舜、禹、湯、文、武、周公，一脈相傳的道統。有一次，孔子到了宋國的匡城，忽然被官兵圍起來，原來他們把孔子誤認為陽虎。陽虎在匡城做盡壞事，他跟孔子長得很像。雖然孔子極力否認，但官兵就是不相信，跟隨的弟子眼看就大禍臨頭，各個膽戰心驚。這時候，孔子安慰大家說：「文王雖死了，但文王所傳的道統並不會消失，現在不就落在我們身上嗎？上天是不會滅絕這個道統的，既然如此，匡城的人能對我們怎樣呢？」說完，彈琴歌唱，毫無畏懼，官兵聽了各個動容，最後，一個個都離去了。孔子自認為所傳的道就是「天道」，是不可能消失的道，永遠存留的道。

金

篆

導 ㄉㄠˇ
dǎo

用手（）指引「道」路（）。

旅人走在分叉的路上，不知何去何從，只好向人問路。好心的路人便以手指引出正確的道路，「導」就是這麼來的。金文表示一個頭（，首）與一隻手（，寸）在指引道路（，行，四通的道路）。「導」引申為指引，相關用詞如引導、導師等。《說文》：「導，導引也，從寸，道聲。」「導」的簡體字為「导」，

金

篆

其中的「巳」，既非義符，也非聲符。

鼻子的功能

鼻子的功能主要為呼吸及嗅味，代表的字為「臭」與「息」。

臭 ㄒㄧㄡˋ xiù

或ㄔㄡˋ，chòu。狗（，犬）用鼻子（，自）追蹤獵物。引申為辨別氣味。古人知道狗的嗅覺很靈敏，甲骨文畫的是狗（）鼻子（）在追蹤獵物，篆體及是逐步演化的結果。臭（ㄒㄧㄡˋ）本義為「嗅」，辨別氣味，後人改作（嗅）。又因犬能聞出屍體的臭味，所以「臭」引申為難聞的氣味，同「臰」，音發ㄔㄡˋ，相關用詞如惡臭。《說文》：「禽走，臭而知其跡者，犬也。」

甲

篆

息 ㄒㄧˊ xí

由「鼻子」（，自）進入再透過「心臟」（）傳送到全身的生命氣息（請參見「心」，第五章）。

篆

面容

面 ㄇㄧㄢˋ miàn

人臉。

鼻子位於臉部的中央，因此古人描寫「臉部」時，刻意忽略眼睛、嘴巴及耳朵等器官，整張臉只有一隻鼻子，如「面」的篆體就是這種精簡的寫意手法。另一個篆體則添增了「頭頂」，漸漸接近於現代字體，相關用詞如顏面、面孔、面具、面談等。

靦 ㄇㄧㄢˇ miǎn

「面」容（）被人瞧「見」（）了，

西周時期就有媒妁的習俗，媒人帶著男方家屬到女方家裡提親。這時候，亭亭玉立的女子從閨房走出來，出現在大廳側門，被未來夫家人給瞧見了，立時羞怯難當。「靦」記錄了這種有趣場景。篆體表示「面」容被人瞧「見」了，引申為害羞或羞愧，相關用詞如靦腆、靦臉等。

篆

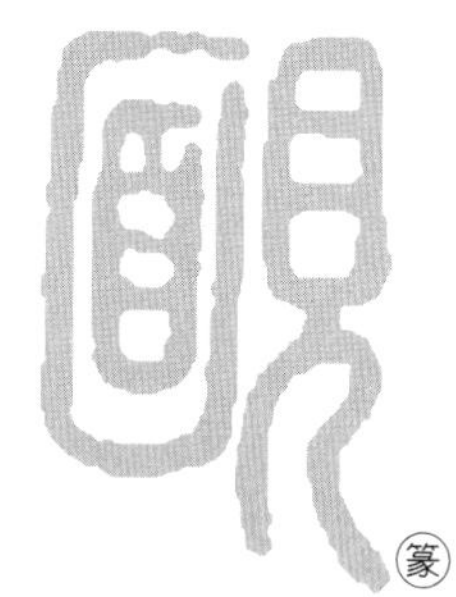
篆

頁 一ㄝˋ yè

人頭。

「頁」的造字過程從甲骨文的寫實手法，逐漸演變到篆體的寫意手法，大致分為三個階段。甲骨文是一個頭連著身體的側寫，這個頭的構形與「首」的甲骨文構形相同；金文將頭的輪廓去除，只剩下鼻子及頭頂上的毛髮；篆體又進一步將頭髮去除，最後只剩下頭頂、鼻子、雙腳三個構件，這是一種寫意手法，僅突顯頭部特徵，而將細微或次要部位省略。以「頁」為形符（或意符）所衍生的字非常多，如頭、顱、顏、頑、額、頂、領、頰、頸、項、顎、頷、預、願、顧、顫、頓、頒、顆、題等，這些字幾乎都與頭有關。頁的本義為頭，因人常常仔細端詳自己的顏面，故「頁」被假借為需要仔細閱讀的書頁，相關用詞如頁碼、頁緣等。《說文》：「頁，頭也。」

煩 ㄈㄢˊ fán

「火」（）燒「頭顱」（，頁）。

相關用詞如煩惱、煩躁等。

憂 一ㄡ yōu

「心」裡（）愁苦，「頭」（，頁）低垂，「腳步遲緩」（，夊，請參見「憂」，第五章）

篆

順 ㄕㄨㄣˋ shùn

心思意念（，頁）如「川」水（）一般流動。

金文（）描寫「一個人低頭注視」流動的「川」水（），另一個金文（）是一個人的「心」（）隨著「川」水流動（），篆體（）是一個人的「頭」（）隨著「川」水（）流動。綜合這三個古字，可以推知其本義為心思意念依循著川水流動，引申為依循、服從，相關用詞如順服、溫順、順道、順延等。《釋名》：「順，循也，循其理也。」

須 ㄒㄩ xū

「頭顱」（，頁）底下長出的「毛髮」（，彡）。

甲骨文（）是下巴長出毛髮的象形文，金文（）及篆體（）描寫頭顱長出毛髮。「須」為「鬚」的古字。許慎：「須，面毛也。」為什麼「須」會引申為必須的意思呢？因為古代男子長鬍鬚是俊秀的象徵，也是成年男子的標誌，因此，「須」引申為必要、應該之義，相關用詞如必須、須知等。《釋名》：「須，秀也。」

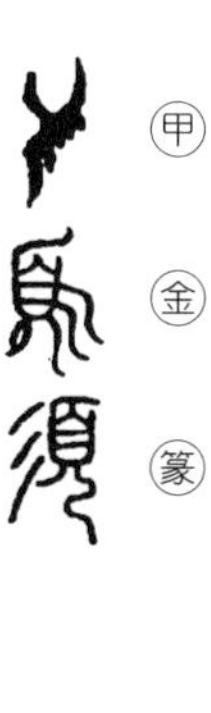

頒 ㄅㄢ bān

「分」岔（）在「頭」（，頁）兩側的髮鬢。

「頒」的本義為髮鬢，但因為髮鬢是從上而下分散而出的頭髮，所以引申為由上往下分發而出，相關用詞如頒發獎狀、頒贈、頒佈等。

頃 ㄑㄧㄥˇ qǐng

低「頭」（，頁）向「人」（，匕）行禮。

「頃」的本義是向下傾斜的頭，後來改作「傾」。「頃」引申為極短暫的時間，因為傾頭行禮只需一會兒工夫，相關用詞如頃刻、俄頃等。

「目」的衍生字

甲骨文 及金文 是描寫眼眶及瞳仁的象形文，篆體 則是調整筆順使其變為工整的結果。包含「目」構件的字大多與「眼睛」有關，先秦時期多以「目」來表示眼睛，漢朝以後才逐漸使用「眼」。「目」的相關用詞有目光、目擊等。

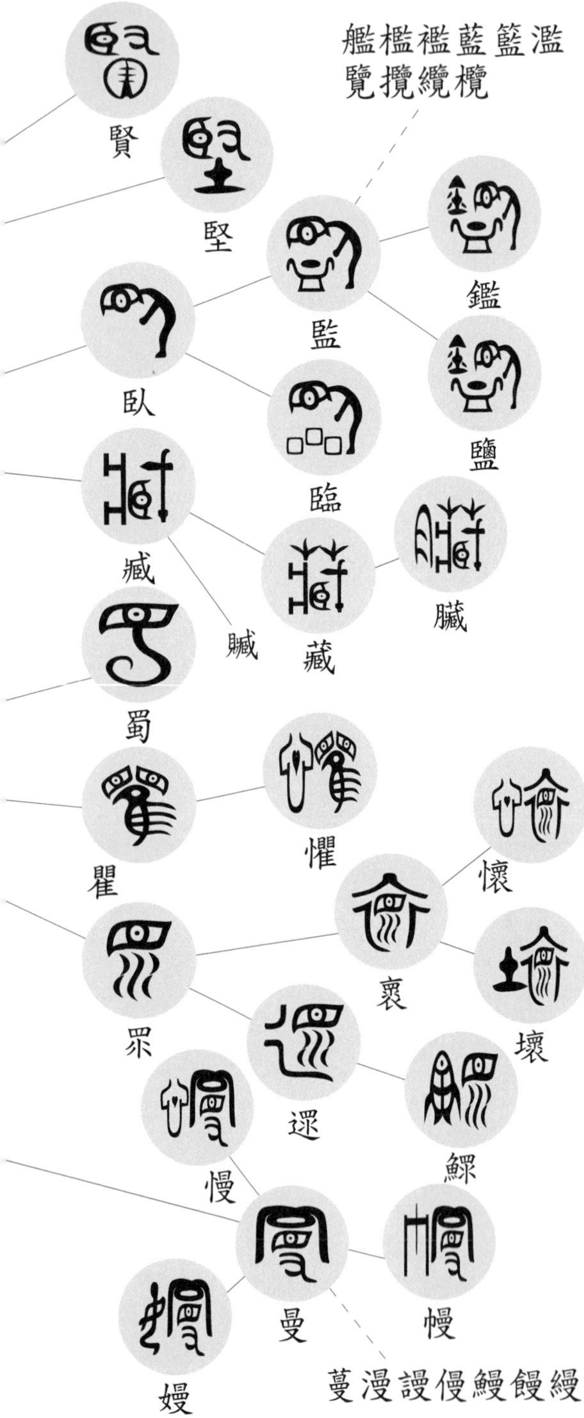

很
恨
限
跟根墾懇
狠
眼
痕
覔
艮
見
視觀覬覦覺覽親
湄楣嵋
禨
媚
蔑
眉
夢
豎
緊
臤
宦
臣
看
目
省
值植殖
直
德
悳
聽
盾
循
相
憲
睡
眔
冒
帽瑁
最
眇
渺
盲
盯眼睛睫瞳眶眸眠盹瞑睏眩瞌
瞇瞎瞽矇瞄瞥瞬睜瞠睽瞧盼睬
瞻眺瞰睥睨瞭督睦睹眷睞眨

眉毛

眉 ㄇㄟˊ

méi

「目」(　)上「毛」(　)。
甲骨文(　)、金文(　)表示眼睛上面的毛髮，也就是眉毛。

媚 ㄇㄟˋ

mèi

「女」人(　)挑動「眉」毛(　)向人示好。
媚的本義為女子挑眉，引申為取悅於人、美好動人，相關用詞如諂媚、嫵媚、明媚等。

「目」——衍生出的觀看、省察

觀看

看 ㄎㄢˋ

kàn

將「手」(　)放在「眼睛」(　,目)上，向遠處眺望。
相關用詞如觀看、看見、看管等。

見 ㄐㄧㄢˋ jiàn

人（）以眼（，目）視物（請參見「儿」，第二章）

甲 金 篆

艮 ㄍㄣˋ gèn

人（）回頭以眼（，目）瞪視。

「艮」與「見」兩者呈現左右對稱的構形，由下表可看出兩者構形與意義有一些差異。

篆

現代漢字	篆體	示意圖	構字意義
見			往前觀看的人
艮			回頭瞪視的人

限 ㄒㄧㄢˋ xiàn

因為無法越過「城牆」（，阝）而「回頭瞪視」（，艮）。引申為無法超過的障礙，相關用詞如限制、期限、極限等。（阜，阝）是陡坡或城牆的意思。

金 篆

恨 ㄏㄣˋ hèn

因「心」（）裡懷恨而「回頭瞪視」（，艮）。

篆

很ㄏㄣˇ

hěn

走在「路上」（，彳）卻頻頻「回頭瞪視」（，艮），表達出非常……的情緒。（彳）表示路徑（請參見「彳」，第九章）。

狠ㄏㄣˇ

hěn

露出如「犬」（）一般的兇狠眼神，以威脅的眼神「回頭瞪視」（，艮）。

眼ㄧㄢˇ

yǎn

「回頭凝望」（，艮）的「眼睛」（，目）。

痕ㄏㄣˊ

hén

「回頭凝視」（，艮）傷「病」（，疒）後所留下的疤痕。（疒）以牀及屋頂來表達生病的概念。許多與生病有關的漢字都含有此構件。

仔細省察

許多人都有異物掉入眼睛裡的經驗，古代人從事農耕，常因細微的植物掉入眼睛裡而難過不已，此細微的植物與睫毛很像，必須分辨清楚才能將它從眼睛裡取出來，而「省」就是在這

篆

篆

篆

篆

樣的背景下所創造出來的字。

省 ㄒㄧㄥˇ xǐng

挑出掉入「眼睛」（，目）裡的「小草」（），檢視也。

甲骨文及金文都表示掉入眼睛裡的小草。「省」引申為仔細檢查，相關用詞如省察、省悟等。

甲 金 篆

相 ㄒㄧㄤ xiāng

或ㄒㄧㄤˋ，xiàng。以眼（，目）觀察樹「木」（）禾草。

植物是人類食物的來源，漢人自古即詳加研究並記載於古籍上，哪些可食用？哪些可治病？哪些有毒性？又有哪些可以做成家具或建材等等，都必須仔細分辨、相互比較其特徵或樣貌，因此，古人便以「相」這個字來記錄對樹木禾草的仔細觀察與研究。「相」引申為仔細觀察，相關用詞如相機而動、相女配夫等。又因為觀察植物時，會將其樣貌、特徵相互比對，所以「相」又可引申出容貌、彼此等意義，相關用詞如相貌、相互、相配、相同等。

甲 金 篆

視力不佳

眇 ㄇㄧㄠˇ miǎo

「少」（）了「眼睛」（，目）。

引申為眼睛瞎了或模糊不清，如蘇軾的《日喻》：「生而眇者不識日。」

篆

渺 ㄇㄧㄠˇ miǎo

所見的東西因為處在遼闊的「水」中（）而顯得「模糊不清」（）。

「渺」引申為微小，相關用詞如渺小、渺茫、渺渺等。這或許是古人看見船離岸之後，船身顯得愈來愈渺小而產生的感受吧！

篆

盲 ㄇㄤˊ máng

視力（，目）「失去」（，亡）了。

掀起了妳的蓋頭來

冒 ㄇㄠˋ mào

以「纏頭巾」（，冃）包頭，只露出「眼睛」（，目）。

中國人使用纏頭巾應有相當久遠的歷史，東漢時，曹操就曾經贈送才貌雙全的文姬纏頭巾，《後漢書》記載：「時且寒，賜以頭巾履襪。」甲骨文是一條纏頭巾或遮面巾，生長在北方黃土高原的古代漢人用一條長巾纏繞在頭上以抵擋風沙及寒冷，甚至只露出一雙眼睛。「冒」是帽的古字，本義為帽子，引申為假充，也就是以纏頭巾或帽子覆蓋頭部以假充他人。冒的相關用詞如冒名、假冒、冒牌等。

有一首新疆民謠：「掀起了你的蓋頭來，讓我來看看你的眉。你的眉毛細又長呀，好像那樹上的彎月亮……。」以下由「曼」所衍生的漢字，頗能表現這樣的民族文化。

甲 金 篆

曼 ㄇㄢˋ màn

女子以「手」（，又）緩緩地解開「纏頭巾」（，冒）。

金文、及篆體、表示女（）子以手（）解開纏頭巾或遮面巾（）。由於姿態緩慢優雅，於是引申為輕柔細長，相關用詞如曼妙、曼（漫）長等。說文：「曼，引也。」

幔 ㄇㄢˋ màn

女子的纏頭「巾」（）。

由於表達的目標是纏頭巾，故在「曼」旁添加了「巾」。「幔」引申為垂掛的帷幕。相關用詞如布幔、帳幔、幔子（簾子）

嫚 ㄇㄢˋ màn

被「掀開纏頭巾」（，曼）的「女」子（）。

引申為褻瀆、輕侮，相關用詞如嫚辱、嫚罵（又做謾罵）。「嫚」也用於對女子的暱稱，如小嫚。

僈 ㄇㄢˋ màn

任意「掀開女子頭巾」（）的男人（）。

引申義為輕薄無禮。《荀子．不苟篇》：「君子寬而不僈。」

慢 ㄇㄢˋ màn

「掀開纏頭巾」（，曼）的「心」（）。

在結婚典禮上，依照習俗，新郎必須緩慢地掀開新娘的面紗，內心雖然激動，但必須耐著性子，將面紗由下往上輕柔地捲動。相關用詞如

金
篆

篆

篆

篆

篆

緩慢、慢條斯理等。

流淚的眼睛

罘 ㄊㄚˋ

tà

流淚（，水）的眼（，目）。

甲骨文、金文、都是在描寫一隻流出淚「水」的「眼睛」。

遝 ㄊㄚˋ

tà

「淚水」（，罘）奔流（，辶）不止。

引申為眾多，相關用詞如紛至遝來。

褱 ㄏㄨㄞˊ

huái

「淚水」（，罘）濕透「衣」襟（）。

「懷」的古字。

懷 ㄏㄨㄞˊ

huái

心（）中因思念某人而「淚濕衣襟」（，褱）。

相關用詞如懷念、關懷。「懷」的簡體字為「怀」。

壞 ㄏㄨㄞˋ huài

因土（　）造建築物或器具毀敗而「淚濕衣襟」（　，褱）。

相關用詞如毀壞、敗壞。「壞」的簡體字為「坏」。

篆

鰥 ㄍㄨㄢ guān

「眼睛流淚」（　，眔）的大「魚」（　）。

引申為憂傷的喪偶男人，因為到了夜晚，他就像無法閉眼睡覺的魚。《孔叢子．抗志篇》：「衛人釣於河，得鰥魚焉，其大盈車。子思問曰：如何得之。對曰：吾垂一魴之餌，鰥過而不視，更以豚之半，則吞矣。」《釋名》：「愁悒不寐，目恆鰥鰥然也。故其字从魚，魚目恆不閉者也。」《禮記．王制》：「老而無妻曰鰥。」宋．陸游《晚登望雲》：「愁似鰥魚夜不眠。」

金　篆

低垂的眼睛

睡 ㄕㄨㄟˋ shuì

眼（　，目）皮下「垂」（　）。

這是描寫一個極為疲倦的人，眼皮不自覺往下閉合。「睡」引申為閉目休息，相關用詞如睡覺、睡眠、睡衣等。

篆

蔑 ㄇㄧㄝˋ miè

一個「人」（　）將「兵器」（　，戈）棄置一旁，眼皮低垂（　）看著敵人。輕視敵人也。

甲骨文　描寫一個「人」將「三叉戟」棄置一旁，眼皮低垂（　）看

甲　金　篆

著敵人。敵人當前，還能擺出這樣的姿態，顯然是對敵人藐視至極。金文（）將「三叉戟」變為「戈」（），篆體（）則是調整筆順的結果。「蔑」引申為輕視，相關用詞如蔑視、侮蔑等。

夢 ㄇㄥˋ
mèng

「夜晚」（）時，眼皮下垂的人（）（請參見「夕」，第五章）。

金 篆

警覺的眼睛

瞿 ㄑㄩˊ
qú

雀鳥（，隹）警覺地向左右觀看（，目）。

篆體（）描寫雀鳥一邊啄食一邊警覺地環顧四周的樣子。「瞿然」是驚視的意思。「懼」（）是從瞿衍生而來，表示「雀鳥驚惶張望」（）的「心」（），引申為驚恐害怕的意思。

篆

眾 ㄓㄨㄥˋ
zhòng

看見（，罒）許多人（，乑）。

「眾」引申為多數的意思，相關用詞如眾人、觀眾等。商朝將平民百姓稱為「眾」，地位較貴族低，但是較奴隸高。「眾」的簡體字為「众」。

甲 金 篆

「臣」的衍生字

在古代，奴僕對於主人的一舉一動，都要專心注意。發覺主人口渴了，立即奉茶；主人流汗了，立即幫他擦汗搧風；主人一個手勢，奴僕要能領會並迅速執行。同理，君王在朝時，服事君王的臣子也都是個個誠惶誠恐地注視著他，隨時聽候差遣，唯恐遺漏了君王所釋放的訊息。

要如何表達一個服事君王的臣僕呢？「臣」的甲骨文是眼睛專心向上注視的圖像，金文及篆體則是逐步調整筆順後的結果。臣的本義為恭敬注視，引申為聽候差遣的人、屈服，相關用詞如臣服、君臣等。

宧 ㄏㄨㄢˋ huàn

在宮室（，宀）裡「恭敬注視」（，臣）著主人，隨時聽候差遣。

「宧」是古代太監或官吏的統稱，因為他們都是在皇宮內侍候君王的人，相關用詞如仕宧、宧途、宧官等。

眼明手快的人

手眼協調（hand-eye coordination）是現代科學所創造的名詞，然而遠在周朝，已經藉著臤、賢、堅、豎、緊等金文來表達這個概念了。

臤 ㄑㄧㄢ qiān

眼明手快的人。

金文以一隻專注的眼睛（）及靈巧的手（）來描寫一個手眼協調能力好的人。「臤」引申為善於做事的人，所衍生的字都與這個意思有關。

金　篆

堅 ㄐㄧㄢ jiān

「善於做事的人」（，臤）以「土」（）打造建築物。

古人以土做磚、製瓦罐、蓋房子、建宮殿等，只有手眼協調能力好的巧匠才能做得堅實牢固，所以「堅」就引申為牢固，相關用詞如堅固、堅等。「堅」的簡體字為「坚」。

金　篆

賢 ㄒㄧㄢˊ xián

「眼明手快的人」（，臤）賺取很多「錢財」（，貝）。

做生意講求掌握時機，眼明手快的人常常能創造財富。「賢」引申為有才能的人，相關用詞如賢能、賢慧、賢妻良母等。「賢」的簡體字為「贤」。

金　篆

豎 ㄕㄨˋ shù

「善於做事的人」（，臤）手持「鍋器」（，豆），鍋器必定直立而不傾斜或濺灑出來。

「豎」是描寫古代祭祀時，祭祀者兩手端著盛祭品的豆器登上祭壇。「豎」引申為直立，相關用詞如豎立、豎琴等。「豆」是古代盛祭品的鍋器（請參見「豆」，第七章）。

篆

緊 ㄐㄧㄣˇ jǐn

「善於做事者」（，臤）製作「繩索」（），牢固且密合。

是一條以兩、三股的植物纖維交纏而成的繩子。善於製繩者，總能將繩子做得牢固且密合，相關用詞如緊密、緊繃等。「緊」的「紧」。

金 篆

低頭審視的人

古代的大臣負有監督的責任，以確保全國百姓能夠平安度日，因此，不僅城門口及重要道路口設置檢查哨，官兵還要不定期對百姓進行臨檢，便以一隻專注的眼睛加上一個彎腰的人來描寫低頭檢查的人。

臥 ㄨㄛˋ wò

低頭「注視」（）的人（）。

以「臥」為構件的字都具有這個意涵，如臨、監、鹽等。「臥」的本義是低頭俯視的人，引申為俯臥的人，相關用詞如臥房、臥倒、臥病等。

篆

監 ㄐㄧㄢ jiān

一個人低頭注視（）臉盆（，皿）裡的水所反射的面容。

「監」的本義為檢查自己的面容，引申為仔細檢查，相關用詞如監察、監管、監工、監牢等。由監為聲符所衍生的字相當多，音發ㄐㄧㄢ（jian）的字有鑑、鑒、艦；音發ㄌㄢ（lan）的字有覽、檻、藍、籃、濫、攬、欖等。

甲 金 篆

臨 ㄌㄧㄣˊ lín

一個人低頭注視（　）物「品」（　）。

「臨」像是描寫上級長官蒞臨檢查，引申為來到、靠近、正當某個時刻等，相關用詞如光臨、臨檢、臨時等。「臨」的簡體字為「临」。

金　篆

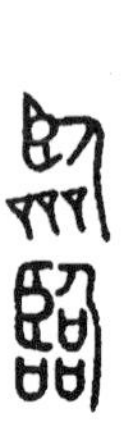

鑑 ㄐㄧㄢˋ jiàn

一個人低頭注視（　）金屬（　）臉盆（　，皿）裏的水所反射的面容，覽鏡自照。

「鑑」的本字為「監」。古人以盆子裝水當作鏡子，用以檢視自己的容貌。金文　添加了金（　，金屬），這是因為商周人開始懂得以青銅製作面盆之後的文字變革，篆體　則是調整筆順後的結果。「鑑」的本義為照鏡子，引申為自我審查。相關用詞如鑑定、鑑別、鑑往知來等。《廣雅》：「鑑謂之鏡。」鑑、鑒都是異體字。「鑑」的簡體字為「鉴」。

金　篆

鹽 ㄧㄢˊ yán

將粗製的「鹵」鹽（　）倒進「盆」（　，皿）裡，再低頭檢查（　）以去除雜質。

對於古代的中原人而言，鹽是非常有價值的調味品與防腐劑。巴蜀之地盛產岩鹽，兩千多年前，當地的鹽業就極為發達，鹽井遍佈，但也引起邊境的秦國與楚國的覬覦，最終導致巴國的滅亡。就漢字而言，天然而未經處理的粗鹽稱為「鹵」（　），去除雜質之後稱為鹽。「鹽」（　）就是描寫將粗製的鹵鹽倒進盆裡，仔細檢查以去除雜質的情景。《廣韻》：「鹵，鹽澤也，天生曰鹵，人造曰鹽。」「鹵」的金文　像一袋細小的東西，也就是有價值的小東西，古人採得粗鹽就把它裝袋帶回去。篆體　則是調整筆順後的結果。「鹵」引申為有鹹味的東西。「鹽」的簡體字為「盐」。

金　篆

監視保管

臧 ㄗㄤ zāng

極好的東西，必須安藏在有「牆」（，爿）屏障之處，除了隨時「注視」（）之外，還要用「武器」（，戈）護衛。

引申為美善之物，相關用詞如臧否等。《爾雅．釋詁》：「臧，善也。」

藏 ㄘㄤˊ cáng

或ㄗㄤˋ，zàng。將「好東西」（，臧）用「草」（）掩蓋。

相關用詞如藏匿、收藏、寶藏等。

臟 ㄗㄤˋ zàng

隱「藏」（）的「身體器官」（，月）。

 臧 （篆）

 藏 （篆）

 「直」的衍生字

中國最早的史書及詩歌集都不斷勸勉人要有一顆「正直」之心，並要走在「正直」的道路上。如《詩經》說：「靖恭爾位，好是正直。神之聽之，介爾景福」。（恭敬地持守自己的崗位，愛好正直，當神聽見後，就會賜大福給你）。《尚書》說：「王道正直。」《說苑》：「正直之行，

邪枉所憎也。」另外，從「直」、「德」、「循」等字的構字本義來看，也發現其中充滿「正直」的概念。如何描寫一個正直之人呢?古人認為一個人若是經得起別人用「十」隻「眼睛」來檢視，他就是個「正直人」。《禮記》記載：「十目所視，十手所指，其嚴乎！」人的言行隨時受到眾人的嚴格監督，必須格外謹慎小心啊！

直 ㄓˊ zhí

內心毫無「隱藏」（，乚）不可告人之事，經得起「十」（）隻「眼睛」（）所檢視。

「直」的甲骨文表示「十」（）「目」（）所視，金文及篆體表示內心毫無「隱藏」（）不可告人之事，經得起「十」（）隻「眼睛」（，）所檢視。其中，與分別為「十」的甲骨文與金文。表示「隱藏」。「直」是形容一個人行事正直、光明磊落，不怕眾人檢驗。直的相關用詞如直線、直達、直視、直接、正直等。

悳 ㄉㄜˊ dé

正「直」（）的「心」（）。

德 ㄉㄜˊ dé

正「直」「心」腸的人（）所行的「道路」（，彳）。

「悳」是「德」的本字，但後人幾乎都以「德」替代「悳」，「德」的金文、及篆體表示正「直」「心」腸的人所行的「道路」，相關用詞如品德、道德等。

聽 ㄊㄧㄥ tīng

「平凡人」（，壬）要用「耳」（）聆聽有「德」（，悳）之人所說的話（請參見「壬」，第二章）。

盾 ㄉㄨㄣˋ dùn

用一塊「垂直板」（，厂）遮蔽「十」（）隻「眼睛」（）的監視。

「厂」是垂直的陡壁，在此則代表遮擋敵人監視與刀劍攻擊的遮蓋物。盾的相關用詞如盾甲、矛盾等。《說文》：「盾，瞂也，所以扞身蔽目。」

遁 ㄉㄨㄣˋ dùn

「躲開了十隻眼睛」（，盾）偷偷溜「走」（，辶）。

相關用詞如遁逃、遁形等。

循 ㄒㄩㄣˊ xún

依照正「直」（）「道路」（，彳）而行。

甲骨文及都是在描寫一個正「直」（）人所行的「道路」（、），然而，篆體卻將其中的「直」訛變為「盾」。循的意思是依，相關用詞如依循、循牆而行、循規蹈矩等。

金

篆

金
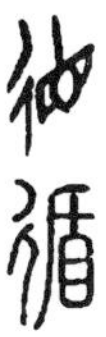
篆

「耳」的衍生字

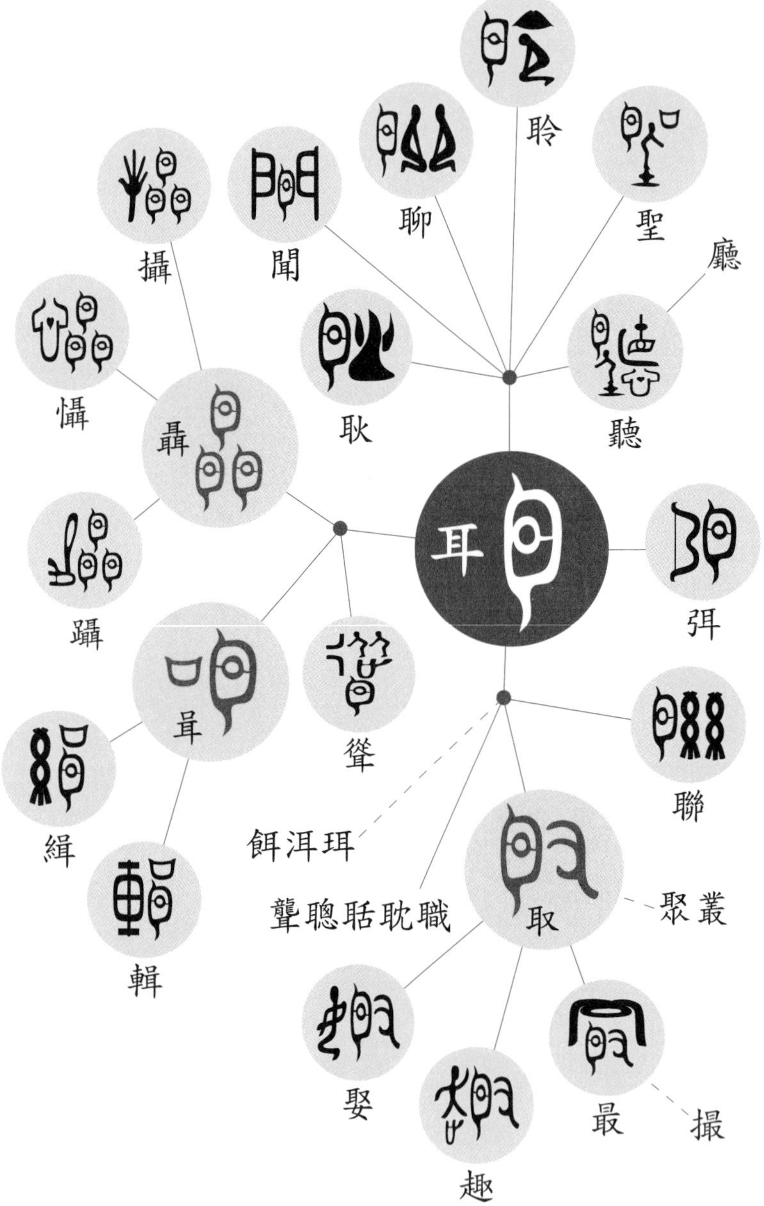

耳 ㄦˇ

ěr

連於身體的片狀物。

甲骨文是一片耳朵的象形文，金文像是連接於外的片狀物，篆體是中央有圓孔的片狀物，而且上下緣與本體相連。「耳」是聽覺器官，所以以耳為構件的字大多與聽有關係。

以耳聞聲

聆 ㄌㄧㄥˊ

líng

用「耳」（）仔細聽命「令」（）。

引申為專心聽。

聊 ㄌㄧㄠˊ

liáo

「兩人面對面」（，卯）彼此互「聽」（，耳）對方的談話。

「聊」傳神地描寫出用耳朵專心傾聽對方談話的意境。「聊」引申為閒談、樂趣，相關用詞如閒聊、聊天、無聊（沒有樂趣）等。

聞 ㄨㄣˊ

wén

從「門」（）邊「打聽」（，耳）到消息。

甲骨文描寫一個人把手放在口鼻的前面，頭部後方還連著一張大耳朵，表示以耳聽聲音，以鼻嗅味道。篆體表示從門邊打聽到消息。「聞」引申為聽、嗅、消息，相關用詞如聽聞、新聞等。

篆 

篆 

甲 

篆 

聲 ㄕㄥ

shēng

擊「殸」（）所發出的樂音進入「耳」朵（）。

引申為一切物體所發出的聲音。「殸」為石頭製成的敲擊樂器。「聲」的簡體字為「声」。

祕密通訊

現代通訊不但可以透過電話或網路進行長距離傳播，而且還可以採用加密方法以保障通訊安全，但古代的通訊採用原始的口耳傳播，如何進行祕密通訊呢？當然要謹慎小心，底下幾個字就在詮釋古代的祕密通訊方式。

聶 ㄋㄧㄝˋ

niè

週遭有許多隻打探消息的「耳」朵（）。

因此傳遞訊息要格外小心，必須輕聲說話以免洩密。「聶」引申為輕聲說話，相關用詞如聶聶私語。

懾 ㄕㄜˋ

shè

或ㄓㄜˊ，zhé。「打探消息」（，聶）者的「心」（）。

古代探子深入敵營竊聽他國的機密，因為打探到駭人聽聞的消息而震驚不已，怕惹來殺身之禍，所以引申為擔心害怕，相關用詞如震懾、懾服等。

 篆

 篆

攝 ㄕㄜˋ shè

以「手」（）搭在耳朵旁「打探消息」（，聶）。

「攝」引申為努力吸取，相關用詞如攝取、攝食、攝影等。

篆 

聳 ㄙㄨㄥˇ sǒng

「耳」朵（）「隨」著（，從）聲音而有所反應。

「聳」是描寫一個人聽見令人吃驚的聲音，耳朵隨即豎立起來的景象，因此，「聳」的引申義有兩個，一個是使人吃驚，一個是豎立起來，相關用詞如高聳、聳肩等。《左傳》：「大夫聞之，無不聳懼。」「聳」的簡體字為「耸」。

篆 

躡 ㄋㄧㄝˋ niè

輕聲「踏步」（，足）以避免被「竊聽」（，聶）。

引申義為踮著腳尖走路，相關用詞如躡手躡腳、躡足不前等。「躡」的簡體字為「蹑」。

篆 

咠 ㄑㄧˋ qì

說話的人以「口」（）就近聽者的耳朵（），告密也。

「咠」是「緝」的本字。《說文》：「咠，聶語也。」《詩經》：「咠咠幡幡。」（竊竊私語）

篆 

緝 ㄑㄧˋ qì

因他人「告密」（，咠）而被捉拿「捆綁」（，糸）。

引申為捉拿，相關用詞如追緝、通緝等。「緝」與「報」有相近的構字概念（請參見「報」，第二章）。

篆 

輯 ㄐㄧˊ jí

將打探來的消息傳報（，口）給坐在車轎（，車）裡的首領聽（，耳）。

本義為彙集資訊，引申為收集、聚集，相關用詞如編輯、輯刊等。

取耳行賞

取 ㄑㄩˇ qǔ

以「手」（）抓「耳」（）。

「取」是描寫古代戰爭時，取敵人首級，再割下他的耳朵以論功行賞。「取」引申為拿、獲得、挑選等，相關用詞如取得、取材、選取、取消等。「取」所衍生的字有聚、娶、趣。

最 ㄗㄨㄟˋ zuì

頭綁「纏頭巾」（，冃）深入敵營「取」（）敵人首級。

古代戰爭，論功行賞，誰能深入敵營，獵取敵人頭顱最多者，能得到最高榮譽與獎賞。「最」就是描寫這樣一位勇士。最引申為極致的，相關用詞如最佳、最壞、最後等。《說文》：「最，犯而取也。」

戰國名將白起，一生善于用兵，征戰沙場三十七年，攻取七十餘城，殲敵百萬，未嘗敗績，是秦國史上第一猛將。白起擅長發起迅急攻勢，奪取敵軍要塞，扼住敵國咽喉。在鄢郢之戰，他雖然面對楚國百萬大軍，卻仍能深入楚國腹地，直取首都。他為了激勵士氣，甚至令秦軍過河拆橋、毀船，自斷退路，以表達必勝決心，最終攻下楚國首都，大獲全勝。

甲 金 篆

篆

聯 ㄌㄧㄢˊ

lián

將許多隻「耳」朵（）以「絲」（）線串聯在一起。古代戰士將敵人耳朵割下來，然後以絲線串連起來，戰役結束後便可依此論功行賞。聯，相連，相關用詞如聯結、聯合、對聯等。「聯」的簡體字為「联」。

篆

凡人要聽智慧

聖 ㄕㄥˋ

shèng

超越凡人而能通曉天理的人（請參見「壬」，第二章）。

篆

聽 ㄊㄧㄥ

tīng

平凡人要用耳聆聽有德者的話（請參見「壬」，第二章）。

篆

弭 ㄇㄧˇ mǐ

有「耳」（）朵的「弓」（），這是止息叛亂的利器。

弭是兩個末端有耳朵的弓，也就是角弓。角弓與一般的長弓不同，差異在於長弓的兩個末端是圓弧邊，而角弓沒有圓弧邊。角弓為了增加張力，將兩個末端反向折彎以能束緊弓弦，這兩個末端就好像是人的兩隻耳朵一樣。由於角弓射程遠，而且發射速度快，是古代騎兵攻城掠地的優良武器，也是軍隊快速平亂的利器，因此，「弭」引申義為平息，相關用詞如弭亂、弭平等。《爾雅．釋器》：「有緣者謂之弓，無緣者謂之弭。今之角弓也。」另外，以「耳」為義符所衍生的字有聾、聽、耻、職等。而以「耳」為聲符所衍生的形聲字有餌、洱等。

篆

「牙」的衍生字

「牙」的金文表示兩顆牙齒互相對咬，篆體則稍微調整了筆順。以「牙」為聲符所衍生的字有呀、鴉、雅、訝、芽、蚜等。

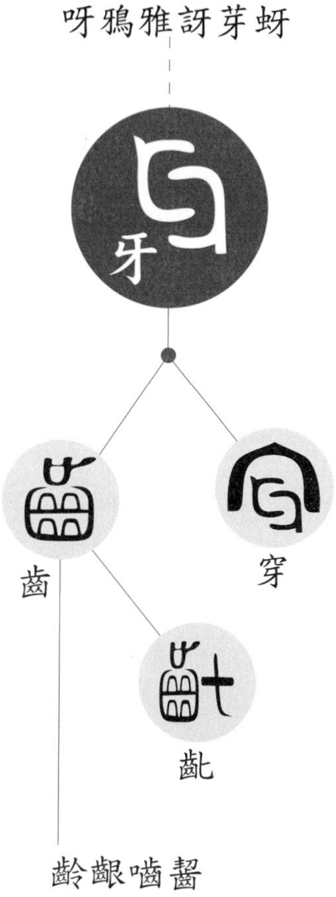

齒 ㄔˇ chǐ

上下兩排的牙齒。

甲骨文表示嘴裡有上下兩排牙齒，象形文。金文及篆體加了聲符「止」。以「齒」為義符所衍生的字有齔、齡、齦、齜、嚙、齧、齟、齬、齷、齪等。「齒」的簡體字為「齿」。

齔 ㄔㄣˋ chèn

開始換「齒」（ ）的「七」（ ）歲幼童。

「齔」的簡體字為「龀」。

七 ㄑㄧ qī

將橫木（ ）從中間切開。「七」為「切」的本字。

穿 ㄔㄨㄢ chuān

以門「牙」（ ）將牆咬出一個洞「穴」（ ）。

鼠類是「齧齒」動物，有著一口銳利的牙齒，能咬碎堅硬的核果。鼠的甲骨文及篆體、描寫出老鼠的三個特徵：滿口利齒、一雙爪子及長長的尾巴。俗話說：「龍生龍，鳳生鳳，老鼠的兒子會打洞。」可見，老鼠打洞是與生俱來的本領。穿是破洞、貫通的意思，相關用詞如穿孔、鑿穿、天穿日等。

「天穿日」是漢人的傳統節日，今天的客家民族仍然持守。相傳天空破了一個大洞，天降大洪水，幸好女媧氏煉石補天以解救蒼生。為了紀念女媧補天的功勞，於是將農曆正月廿日

定為「天穿日」，每逢此日，漢人都會拿紅線將煎餅繫在屋頂上以象徵補天，還會準備祭品來祭拜女媧，巧的是每逢此日大多會下春雨。東晉王嘉的《拾遺記》：「江東謂正月二十日為天穿日，用紅縷繫餅置屋上，謂之補天穿。」

第七章 口

在字典裡，「口」是佔字比例最高的部首。「口」主要用以表示與嘴巴或聲音有關的意涵，但也有一些是用以表示與口構形相近的東西，例如房屋的窗口、圍繞的地域、方形器物、圓形器物等。所以「口」的衍生圖可分成兩大類，第一類是與嘴巴或聲音有關的字，第二類則是與嘴巴或聲音無關的字。

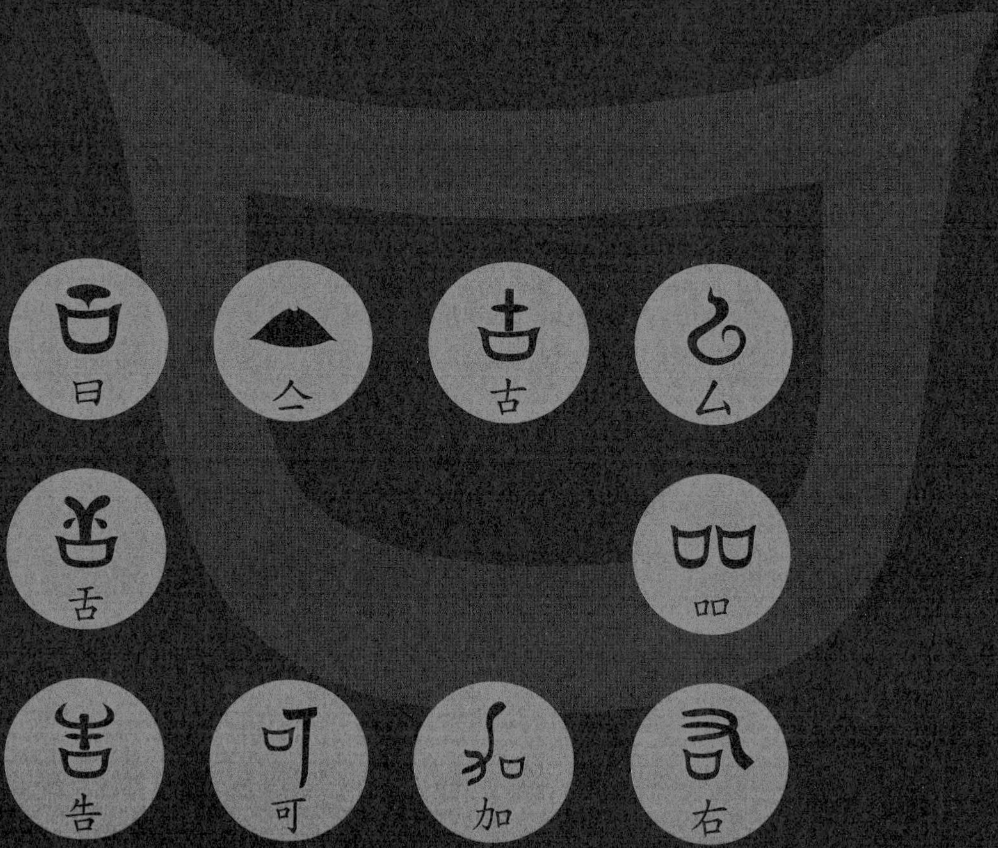
曰
亼
古
厶
舌
吅
告
可
加
右

與嘴巴或聲音有關的「口」

嘴巴可以發出氣息、聲音、話語，也可以吃喝東西，具有這類意涵的基礎構件有厶、亼、曰、舌、古、告、吏、可、兄、吅、右、加等。（厶）表示從口中吐出的氣息，（亼）是一張閉合的嘴巴，（曰）表示張口說話，（舌）是從口中吐出一條會上下左右擺動的東西，（古）是十代相傳的故事，（告）表示以口吹牛角祭告，（可）是獻祭時的詠唱，（吅）是連連大聲呼叫，（右）是長者以言語指導及右手扶助晚輩，（加）是扛重物時所發出的呼喊聲。

「厶」——一股雲氣

住在北方的先人，在冷天說話或喘氣，嘴巴或鼻孔都會冒出白煙，這股雲氣飄逸在空中，好像一朵白雲，古人於是將這一股從口鼻所噴出的氣息以一朵雲（）來描述。

篆體是一股雲氣，所衍生的基本構件有云、牟、以、台、公、私、允、弘、矣、厷等，其中，（云）為天上的雲氣；（牟）是牛吐出的氣息，表示牛的鳴叫；（以）

蚣松鬆崧頌訟
俊駿峻梭酸
公
私
雲
夋
云
哞眸
允
宏
牟
ム
厷
以
雄
鬼
台
肱
矣
弘
怡貽飴抬跆
颱胎苔
唉挨埃
強

是從人身上所出的雲氣，表示人發出的聲息；（公）表示藉由長老口中冒出的氣息（也就是長老的話）來分配財物；（私）是周朝井田制度下所分配的私田；（允）表示人承諾的話；（宏）是指在室內大聲說話；（雄）表示聲音宏亮的鳥。

「厶」也可以表示器物在空氣中震動所產生的迴聲，如（弘）是弓弦震盪的聲音；（矣）是箭射出去所發出的聲音。

天空的雲氣

云 ㄩㄣˊ yún

「天上」（）的「雲氣」（）。

甲骨文、及篆體是盤旋在天上的雲氣，上面的橫畫表示天（請參見「天」，第三章）。古人發現天上的雲，累積變厚之後會變成雨飄落下來，所以加上「雨」而成「雲」（），而「云」則轉作「說」的意思，這是藉天上的雲，來表示人所說的話。

甲 篆

公私分明

允 ㄩㄣˇ yǔn

人（，儿）口中所發出的「聲息」（，厶），也就是人所承諾的話。

「允」有兩個引申意涵，一個是答應，另一個是誠實無欺，相關用詞如應允、允諾、公允等。「允」的構字概念與「信」相近，「人言」為「信」。人所說出的話就要兌現。

金 篆

公 ㄍㄨㄥ gōng

長者開口（）分配（）財物。

甲骨文是由「八」與「口」所組成的會意字，這個字描寫出古代藉由長老之「口」（）來幫眾人進行財物「分」配（，八）的習俗，金文將「口」改成「曰」，篆體再把「曰」改成「厶」（），但構字的意念仍然相同，因為「口」、「曰」、「厶」都是代表從口中發出言語或氣息。「公」也是古代的官稱，如周朝及漢朝的「三公」是最高等的三位朝廷大官，相當於宰相。宰相所說的話必須公正無私，因此，東漢班固《白虎通》說：「公（宰相）之為言，公正無私也。」「公」引申出三個主要意涵，一個是分配、平分，相關用詞如公平、公正，二是眾人之事，相關用詞如公家、公私，三是年紀大的男性長者，相關用詞如外公。《說文》：「公，平分也，從八從厶。」

私 ㄙ sī

私田也。

周朝的井田制度，把田劃分為九畝，中間一畝為公田，周圍八畝是私田。「私」雖然沒有發現甲骨文與金文，但西周時期的《詩經．小雅》就已經記載：「雨我公田，遂及我私。」（上天所恩賜的雨水，不僅降在公田之上，也落在我的私田上。）這裡的「私」就是指「私田」。「私」的構字概念承襲自「公」，我們可以想像古代長者如何分配公田與私田，長者「說」（，厶）這塊「禾」田（）歸屬於某人。私的本義是私田，引申為一切私有物，相關用詞如私人、自私、走私、私密等。《說文》：「私，禾也。」

甲 金 篆

篆

以 一ˇ yǐ

人（）藉著所發出的「聲息」（）來顯露心意。

大臣擅於察言觀色，由君王身上所發出的氣息，大臣就可以知道君王對某件事情的看法，要是君王發出短促的「哼！」，就表示他心懷不滿；如果青筋暴露，表示他在發怒；若是口吐大氣，表示如釋負重；倘若君王不自覺地哼起小曲，則表示心情愉快。「以」的引申義相當多，常用的有三項，一個是「認為」，相關用詞如以為。第二個是「因此」，相關用詞如所以、以致於；第三個是「用」，相關用詞如以牙還牙等。

篆 

台 ㄊㄞˊ tái

或ㄧˊ，yí。從「口」（）中發出愉快的「氣息」（）。

後人加上「心」，改做「怡」（），用來強調愉快的心情，以「台」（ㄧˊ）為聲符所衍生的字有貽、飴等。另外，「台」也是臺（）的簡寫。臺與台的意義本來是不同的，（臺）表示人登上高臺，而（台）則表示心情愉快。為什麼這兩個字會產生關聯呢？或許是因為人登上高臺，心情就舒暢無比，於是將簡化為。以「台」（ㄊㄞˊ）為聲符衍生的字有抬、跆、颱、胎、苔、怠、殆、迨。

金 

篆 

厷 ㄏㄨㄥˊ hóng

或ㄍㄨㄥ，gōng。將「手」(**)圈成桶狀放在嘴邊發出「聲音氣息」(****，厶)，可以把音量擴大。**

將兩手圈成桶狀圍繞在嘴邊說話，可以讓聲音變大。「厷」引申為擴大，是「宏」的本字。《晉灼．漢書音義》：「厷，圜也。」

宏 ㄏㄨㄥˊ hóng

在「屋內」(**，宀)「大聲說話」(****，厷)。**

古人發現聲音在密閉空間會產生迴盪效果，於是創造了「宏」這個字。金文及篆體表示「屋內」有「大聲音迴盪」，篆體則表示在洞「穴」()內發出大聲音(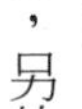)，另外兩個篆體、則是在屋內以手圈成桶狀說話，使聲音在室內迴盪。「宏」引申為擴大、廣大。相關用詞如恢宏、宏偉等。《說文》：「宏，屋深響也。」

雄 ㄒㄩㄥˊ xióng

一隻「聲音宏亮」(**，厷)的「鳥」(****，雀)。**

公鳥(或公雞)的聲音生來就比母鳥更洪亮，因此雄就是公鳥，引申為雄性的、強壯威武。相關用詞如英雄、雄壯。

篆

金

篆

篆

肱 ㄍㄨㄥ gōng

被「擴大」（，厷）的肌「肉」（），亦即彎曲手臂所拱起的肌肉。篆體是以象形文來表現手臂上拱起的肌肉，但另一個篆體則改成由「月」及「厷」所構成的會意字，表示被擴大（）的肌肉（）。肱指的就是上臂。

弓箭所發出之聲音

弘 ㄏㄨㄥˊ hóng

弓（）弦震盪所發出的「聲音」（，厶）。

弢的甲骨文、是以單手或雙手撥弄弓弦，弢的甲骨文及金文表示手持器具（，攴）撥弄「弓弦」（）。弢的金文表示「手持器具撥弄弓弦」（弢）使它發出「聲音」（），此字後來簡化成「弘」。弘的甲骨文、、金文、篆體及是由「弓」及「厶」或「口」所構成的會意字，表示「弓」弦震盪所發出的「聲音」（厶、口）。

古人發現，撥弄弓弦之後，弓弦會持續震動，並連續發出聲響，古人由此體會出執行一件事之後，它還會有後續的影響力。故弘引申為擴大、發揚，相關用詞如弘揚、恢弘等。《說文》：「弘，弓聲也。」

強 ㄑㄧㄤˊ qiáng

「拉大弓」（，弘）射殺大「虫」（）。

遠古時代，后羿曾在洞庭湖射殺一條興風作浪的巨蛇，並藉此平息了水患。此外，據《南史》紀載，南宋開國君主劉裕年輕時，為了製作草

鞋，在河邊砍伐蘆荻，突然間冒出一條數丈長的大蛇，驚駭之餘，他立即拉起大弓將牠射殺。

矣 ㄧˇ yǐ

射出去的「箭」（，矢）在空氣中發出「咻」的聲音（，厶）。

古人體會到說出去的話就好像射出去的箭，是無可挽回的，於是造了這個字來自我警惕。「矣」引申為已然，或是當語助詞來使用。由「矣」為聲符所衍生的常用字有挨、唉、埃等，發ㄞ的音。

牟 ㄇㄡˊ móu

「牛」（）鳴叫時，口中吐出「聲音氣息」（，厶）。

牛仰頭鳴叫時，從鼻孔冒出雲氣。「牟」的本義是牛的鳴叫，同「哞」。「牟」引申為謀取私利，為何會如此引申？這是因為古代農夫把收割的麥禾平放在地上，然後驅使牛隻踐踏在麥禾上，這樣麥子就會從禾桿上分離出來。用牛來踹穀，牛卻背地裡偷吃，這是古代普遍的農村景象。因為工作中的牛也會吃麥禾，所以「牟」被引申為謀取私利，相關用詞如牟利。

鬼 ㄍㄨㄟˇ guǐ

發出陰森「氣息」（，厶）的「鬼頭」（）人（）（請參見「儿」，第二章）。

篆

篆

「曰」——張口說話

「口」是人說話的器官，因此，甲骨文是在口（）的上頭加一橫而成，金文則將這一筆劃向上轉折，表示張開嘴巴（）朝上吐出話語，因此，「曰」就是開口說話。

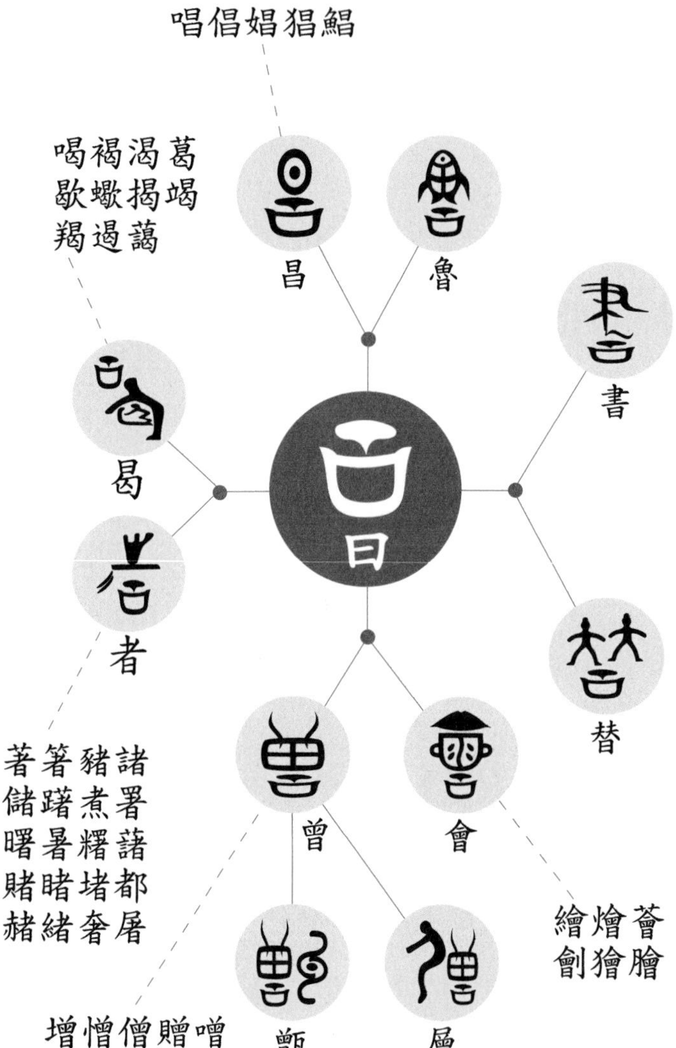

替 ㄊㄧˋ tì

在上位有權位者說（，曰）：「我要以某人（，夫）更換某人（）的職位。」

堯舜的時代，洪水氾濫，鯀受命治理水患，歷經九年，最後宣告失敗，造成許多百姓流離失所，舜於是將鯀處死，由兒子禹接替父職。金文是一前一後的兩個站立的人（，立），表示以後者接替前者。篆體則加上「曰」，表示在上位有權勢者對兩個站立的人說：「我要以新人更換舊人的職位」。後來的隸書則將「立」改成「夫」，成為今天通用的「替」。「夫」是對成年男子的美稱。「替」有廢除及代換兩個意思，相關用詞如興替、替代、替身、交替等。《說文》：「替，作普，廢一偏下也。」《爾雅．釋言》：「替，廢也。」

金

篆

書 ㄕㄨ shū

用「筆」（，聿）把「口述」（，曰）內容寫下來。

（請參見「聿」，第八章）。「書」的簡體字為「书」。

金

篆

者 ㄓㄜˇ zhě

「前往」（，之，㞢）他國「傳話」（，曰）的使者。

金文或是由「之」與「曰」所組成，表示「前往」「傳話」，因此，「者」的本義為傳話的使者。「者」引申為人或事物的代名詞，相關用詞如作者、學者、智者、愚者等。以「者」為義符所衍生的字，「屠」表示殺人（尸，屍體）「者」；「豬」表示形狀像「豕」「者」；「賭」代表玩「貝」「者」；「睹」代表「目」擊「者」。

金

篆

張口說話的魚

魯 ㄌㄨˇ lǔ

魚（）張口說話（，曰），發出咕嚕咕嚕的聲音。

甲骨文及金文意表魚（）張口（），金文及篆體則意表「魚」（）在「說話」（）。由於魚的聲音不清楚，故引申為愚拙、粗野，相關用詞如魯鈍、魯莽等。周朝初期，周公旦有功於天子，得到封地。他將受封地稱之為「魯國」，由他的兒子伯禽來治理。周公為人謙虛，顯然是想要藉此國名來宣揚樸實魯鈍的民風。《東漢劉熙．釋名》：「魯，魯鈍也。魯國多山水，民性樸魯也。」現代漢字將「魯」寫成「魚日」，以致產生在太陽下曬魚乾的誤解，實應將「日」改回「曰」。

甲 金 篆

共同約定一場美食聚會

會 ㄏㄨㄟˋ huì

共同約定（，曰）一場烹煮（）聚會（，亼）。

古人常相約一起打獵，然後再一同將獵物烹煮而食。《韓詩外傳》記載齊宣王與魏惠王兩人「會田於郊」，即相約於王城的野外一起打獵。除此之外，古人也常在特定的獻祭日子聚集，各家獻出祭品與犧牲，經過宰殺、烹煮、祭祀完後再共同享用。甲骨文及金文是由上、中、下三構件所組成，上層構件有聚合的意思，下層構件有說話的意思，在此為約定的意思。中層構件是一個可以蒸煮食物的器具「甗」（ㄧㄢˇ），因此，乃是共同約定一場烹煮大會，引申為集合、見面等，相關用詞如會合、開會、相會等。由會所衍生的字有繪、燴、薈、劊、獪、膾等。《易經》：「亨者，嘉

甲 金 篆

之會也。「疏」使物嘉美之會聚。」「會」的簡體字為「会」。

殷墟時代婦好墓所出土的青銅甗，甗是蒸煮食物的炊具，整個食器分成上、中、下三部分，下層為三隻腳的「鬲」（，ㄌㄧˋ），用來裝水加熱，上層為「甑」（，ㄗㄥˋ），用來盛裝食物，中層為「箅」（，ㄅㄧˋ），是一個有許多孔隙（）可以讓水蒸氣通過的竹（）製基座（），今天稱之為蒸籠，是用來隔水蒸煮食物的器具。

曾 ㄗㄥ zēng

或ㄘㄥˊ，céng。蒸煮食物時，蒸氣從「蒸籠」（）上方分散（）出來。

「曾」是藉著「蒸煮」的特性來表達隔開的意涵，「曾」的甲骨文指的是蒸氣從「蒸籠」（）上方分散（）出來。由於「蒸籠」隔開了上層的「甑」與下層的「鬲」，所以「曾」就引申為相隔、隔代的意思，如「曾祖父母、曾孫」表示隔代的祖父母或孫子等，「曾經」則表示相隔了一段時間。「曾」的金文、及篆體加了「曰」，表示訴說（）著隔代的事（）。總之，「曾」的本義為蒸煮食物，引申為隔開。衍生字「層」（）表示將「躺臥」（，尸）處加以「上下隔離」（），引申為重疊的東西，相關用詞如樓層、地層等。

甲 金 篆

甑 ㄗㄥˋ zèng

蒸煮食物（）所使用的「瓦」器（）。

篆

曷 ㄏㄜˊ hé

「流亡的人」（，匃）向天求「問」（），為何……。（請參見「亡」，第二章）。

昌 ㄔㄤ chāng

「歌頌（或訴說）」（）「太陽」（）的美好，「昌」為「唱」的本字。

引申義為興盛，相關用詞如昌盛、國運昌隆等。以昌為聲符所衍生的字有娼、鯧、唱、倡等。

「亼」——閉合的口

「口」的甲骨文或篆體為「張口」的嘴型，而「亼」的甲骨文及篆體則是「閉攏」的嘴型。兩者呈現字形字義的有趣對比，開口表示說話，閉口表示說完話。

亼（ㄐㄧˊ）的本義是閉合的嘴巴，引申的意義有三個：一是語畢，二是口含，三為聚合。

篆

篆

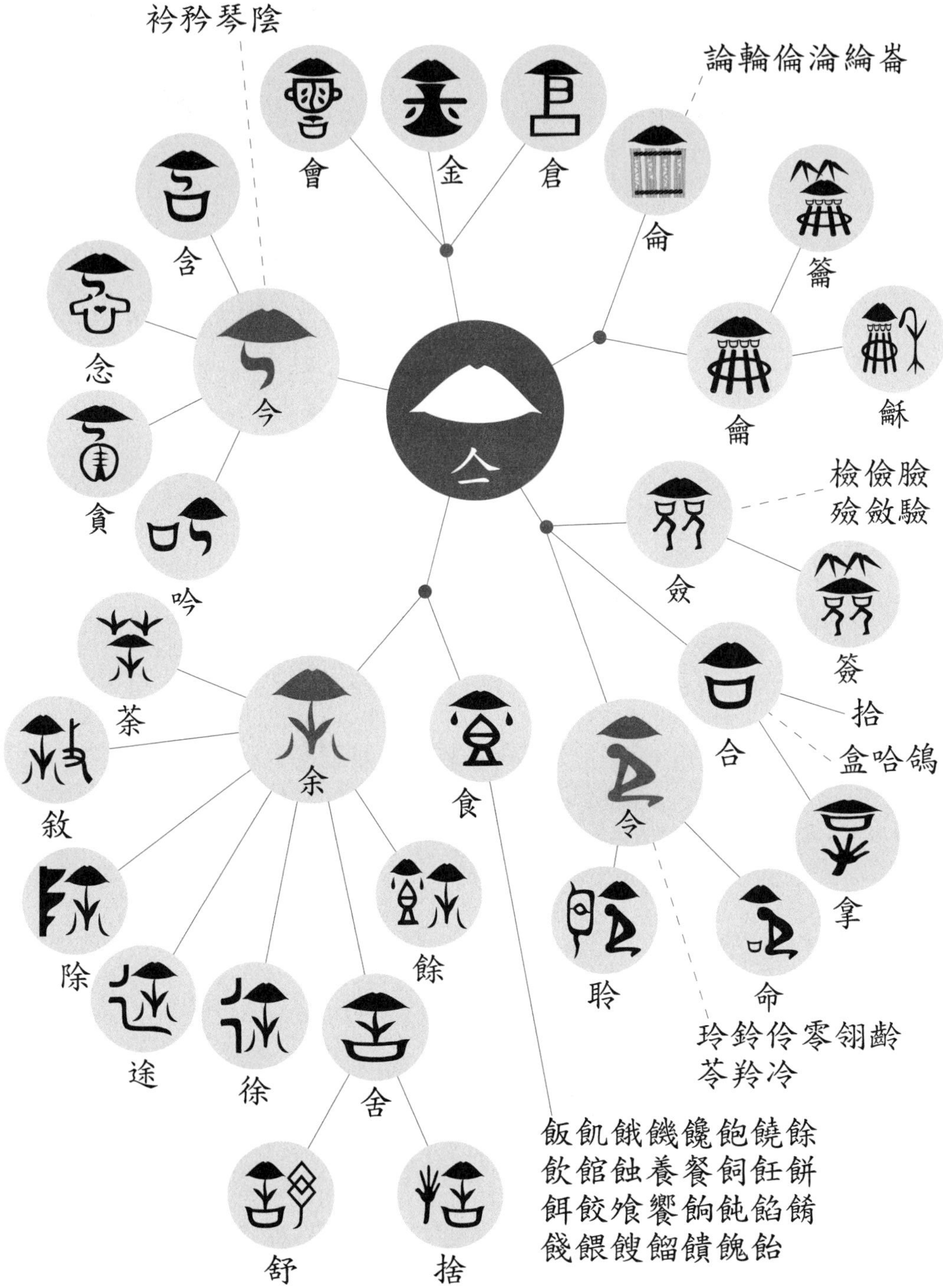
衿矜琴陰
論輪倫淪綸崙
會
金
倉
侖
含
籥
念
龠
龢
今
亼
貪
吟
檢儉臉
殮斂驗
僉
簽
茶
拾
合
盒哈鴿
敘
余
食
令
拿
除
餘
聆
命
途
徐
舍
玲鈴伶零翎齡
苓羚冷
飯飢餓饑饞飽饒餘
飲館蝕養餐飼飪餅
餌餃飧饗餉飩餡餚
餞餵餿餾饋餽飴
舒
捨

合 ㄏㄜˊ hé

將「張開的嘴巴」（）閉攏（，亼）起來。

「合」引申為閉攏、聚集，相關用詞如閉合、聚合、會合、集合等。

甲 金 篆

令 ㄌㄧㄥˋ lìng

主人對「奴僕」（）下達指示（，是說完話之後的嘴型）。

甲 金 篆

命 ㄇㄧㄥˋ mìng

主人下達命「令」（）之後，奴僕「叩頭」（）領命。

（「令」及「命」兩個字的說明請參見「卩」，第二章）。

今 ㄐㄧㄣ jīn

閉口低吟，喃喃自語也。

甲骨文是在閉合的口（亼）底下加上一橫，金文及篆體則把加上的那一橫向下轉折，有向下發出低語的味道。「今」與「曰」的構形產生極為一致的對稱。

甲 金 篆

現代漢字	甲骨文	金文	篆體	構字意義
曰				開口發聲
今				閉口低吟

當人心裡惦念著某件事時，不免會喃喃自語，聲音含糊，好像嘴裡含著什麼東西。因此，「今」便衍生出含、念、吟、貪等常用漢字。「今」引申為現在，相關用詞如現今、今天、今年等。

含 ㄏㄢˊ

hán

「嘴巴」（）裡因咬著食物而發出含糊聲音（，今）。

念 ㄋㄧㄢˋ

niàn

「心」裡（）想著著某件事情，嘴裡喃喃自語（，今）。

貪 ㄊㄢ

tān

嘴裡叨唸著（，今）錢財（，貝）。

吟 ㄧㄣˊ yín

「嘴巴」(，口)裡喃喃自語(，今)。

侖 ㄌㄨㄣˊ lún

「唸完」(，亼)一「冊」(，)書之後，反覆思想。

(冊)是「古代竹簡」的象形文。「侖」引申為反省的意思。由「侖」為聲符所衍生的常用字有論、輪、倫、淪、綸、崙等。《說文》：「侖，思也，從亼從冊。」「侖」的簡體字為「仑」。

僉 ㄑㄧㄢ qiān

領導者「說完話」(，亼)之後，眾多跟「從」(，从)者「連連呼喊」(，吅)附和。

《尚書‧牧誓》記載著周武王討伐商紂前，對著七十萬大軍所發表的演說。想必講完之後，將士們表達效忠的聲音一定是呼聲震天。這正是「僉」的寫照。「僉」引申為「皆」，如《尚書》：「僉曰：伯禹作司空」。(大家都說，讓大禹擔任司空的官職)。另外，「僉」也引申為簽名表達同意。「僉」是「簽」的本字，「僉名」就是「簽名」；「僉押」是說在文書上簽名畫押以示負責；「僉判」指簽名並作判詞。以「僉」為聲符所衍生的字有檢、儉、臉、殮、斂、驗等。

篆

篆

食 ㄕˊ shí

嘴裡咀嚼著（）碗中食物（）。

甲骨文是由一張嘴、一鍋飯及兩滴口水所構成，清楚而生動地描繪出一個人就食模樣。金文及篆體則去除兩滴口水。相近的構字概念（請參見「即、卿」，第二章）。食的本義為吃或食物，相關用詞如糧食、飲食、食言等。以食為義符所衍生的常用字很多，如飯、飢、餓、饑、饞、飽、饒、餘、飲、館、蝕、養、餐、飼、飪、餅、餌、餃、飧、饗、餉、飩、餡、餚、餞、餵、餿、餾、饋、餽、飴等。

龠 ㄩㄝˋ yuè

編管樂器。

甲骨文是把兩根空心管子捆紮在一起，管子上頭露出管「口」（）以便吹奏；金文則在管口處添加了一張「閉合的嘴巴」（亼），表示含著樂器吹奏。《說文》：「龠，樂之竹管。」

籥 ㄩㄝˋ yuè

「竹」製（）編管樂器（）。

龢 ㄏㄜˊ hé

由許多長短不一的「禾」桿（），便能組成音色和諧的「編管樂器」（，龠）。

引申義為調和、和諧的。《說文》：「龢，調也。」《廣韻》：「諧也，合也。」《左傳》：「如樂之龢。」「龢」與「和」是兩個具有相同意義及發音的異體字，「和」也是

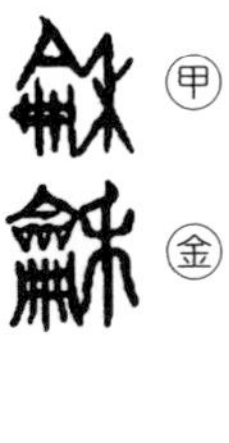

「龢」的簡寫，兩者通用。

和 ㄏㄜˊ hé

「口」（ ）吹「禾」桿（ ）所組成之編管樂器。

古人將數支長短不一的禾桿排列在一起，組成編管樂器，能發出和諧悅耳的聲音，因此，古人藉此聯想，不同的人或物若能像此樂器一樣，便能和諧相處，相關用詞如調和、和諧、和睦、和平等。

余 ㄩˊ yú

「口含」（ ，亼）香「草」（ ），香氣從口裡「分」散（八）出來。

很多人喜歡嚼口香糖或叼根香菸在嘴裡，古代人想必也有此類嗜好。古人大概喜愛香草，無論到哪裡，嘴裡都含著一根香草，讓自己口齒清香，所以用「口含香草」的圖像來描寫「自己」？「余」的本義是口含芳香的「剩菜」，古字通「餘」，如《春秋繁露》：「其余皆正。」「中國不出年余。」甲骨文 、 及金文 都是口銜一根草的象形文，金文 及篆體 則加了八（八），表示口（亼）含香草（ ），香氣從口裡散發（八）出來。「余」引申為「我」，如《說苑》：「余不用鞅之言以至此患也……。」到底古人口中的香草是什麼呢？古代稱四月為「余月」，正是採摘「接余」最好的時機。「接余」就是所謂的「荇菜」。古人把荇菜當作美食，但到了五月，荇菜就要開花，不適合食用。《詩經》第一篇就是一首描寫婀娜多姿的少女採摘荇菜的情詩，據傳是年輕的周成王於四月出遊時，遇見採摘荇菜的姑娘所寫下的詩句。詩中說：「……參差荇菜，左右流之。窈窕淑女，寤寐求之。求之不得，寤寐思服。悠哉悠哉，輾轉反側。參差荇菜，左右采之，……。」不斷縈繞在成王腦海裡的，會是怎麼樣的美女呢？為何貴為天子也求之不得呢？藉著雋永的詩句，不禁

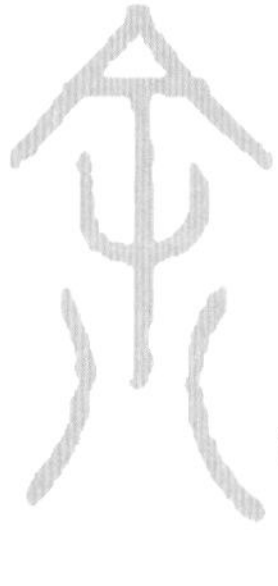

令人神往。《爾雅・釋詁》：「余，我也。又四月爲余月，接余，荇菜。」

餘 ㄩˊ yú

吃完飯（，食）後，嘴裡仍含著「剩菜」（，余）。

引申為多出來的食物，相關用詞如剩餘、餘音繞樑等。《說文》：「餘，饒也。」「餘」的簡體字為「余」。

舍 ㄕㄜˇ shě

或ㄕㄜˋ，shè。從「口」裏（）吐出「剩菜」（，余）。

「舍」的金文、、是由「口」及「余」所組成的會意字，代表口吐剩菜，是用來表達捨棄的意涵。「舍」是「捨」的本字。在先秦典籍中，「舍」幾乎都代表「捨」，如《論語》：「用之則行，舍（捨）之則藏！」《孟子》：「求則得之，舍（捨）則失之。」舍引申為休息，如《論語》：「逝者如斯夫！不舍晝夜。」「出，舍於公館以待事。」古時行軍三十里稱為一舍，大概是因為走了三十里就可以卸下休息一晚。現今「舍」多當做休息處所，屋舍也。

捨 ㄕㄜˇ shě

將「手」（，扌）中之物「舍」下（）。

篆

金
篆

篆

舒 ㄕㄨ

shū

將累贅的東西「一個接一個」（，予）「舍」下（）。

旅人到了休憩處，將背負的重擔一件件地脫去，何等輕鬆自如！引申為快活、伸展，相關用詞如舒展、舒暢、舒服等。《說文》：「舒，伸也。」

荼 ㄊㄨˊ

tú

長得像荇菜（，余）的苦菜（）。

採的人以為是芳香的荇菜，煮好一嚐，才發現是難以下嚥的苦菜。「荼」引申為艱苦、苦楚，相關用詞如荼苦、荼炭、荼毒等。《爾雅・釋草》：「荼，苦菜。」

途 ㄊㄨˊ

tú

嘴裡含著芳香的荇菜（）在「路上行走」（，辶）。

引申為道路，相關用詞如途徑、旅途、仕途等。

除 ㄔㄨˊ

chú

嘴裡含著芳香的荇菜（）走下「陡坡」（，阝）。

引申為台階、消去，相關用詞如消除等。《說文》：「除，殿陛也」。

徐 ㄒㄩˊ

xú

嘴裡含著芳香的荇菜（）散步在「路上」（，彳）。

引申為緩慢行走。相關用詞如不疾不徐、清風徐來等。夏、商及西周時代，「徐國」（）是東方的大國，古稱為「徐方」，（「方」是鄰國的

篆

篆

意思）。如《詩經》說：「四方既平、徐方來庭。」（天下平定之後，東邊的徐國人來朝貢稱臣。）

敘 ㄒㄩˋ xù

嘴裡含著芳香的苻菜（），「手持工具」（），從容不迫地工作。

引申為按部就班地辦事，相關用詞如敘述、敘獎等。《說文》：「敘，次第也。」

聚合

倉 ㄘㄤ cāng

穀物「聚合」（）在有大「門」（）有「台基」（）的穀倉裡。

「倉」的甲骨文是由「亼」與「禾禾」所組成的會意字，表示將一把把收割好的禾捆（）聚合（）在一處。金文則將「禾」改成一扇大門，表示需要一扇大門加以保全，這是古人對「穀倉」的描寫。篆體又加了一個「口」作為穀倉的台基以防淹水。以「倉」為聲符所衍生的字有滄、艙、蒼、創、愴、搶、槍、鎗、嗆、蹌等。「倉」的簡體字為「仓」。

金 ㄐㄧㄣ jīn

將「銅、鉛兩礦物」（）融「合」（，亼）以鑄造「青銅鉞」（，王），合金也。

金文、、、、都是由「亼」、「王」及「兩點」所構成，其中，「兩點」代表兩種礦物，「亼」是「合」的本字，而「王」的本義是君王所使用的青銅大斧，因此，整體而言，「金」是將銅、鉛融合以鑄造青銅器的會意字。

甲 金 篆

金 篆

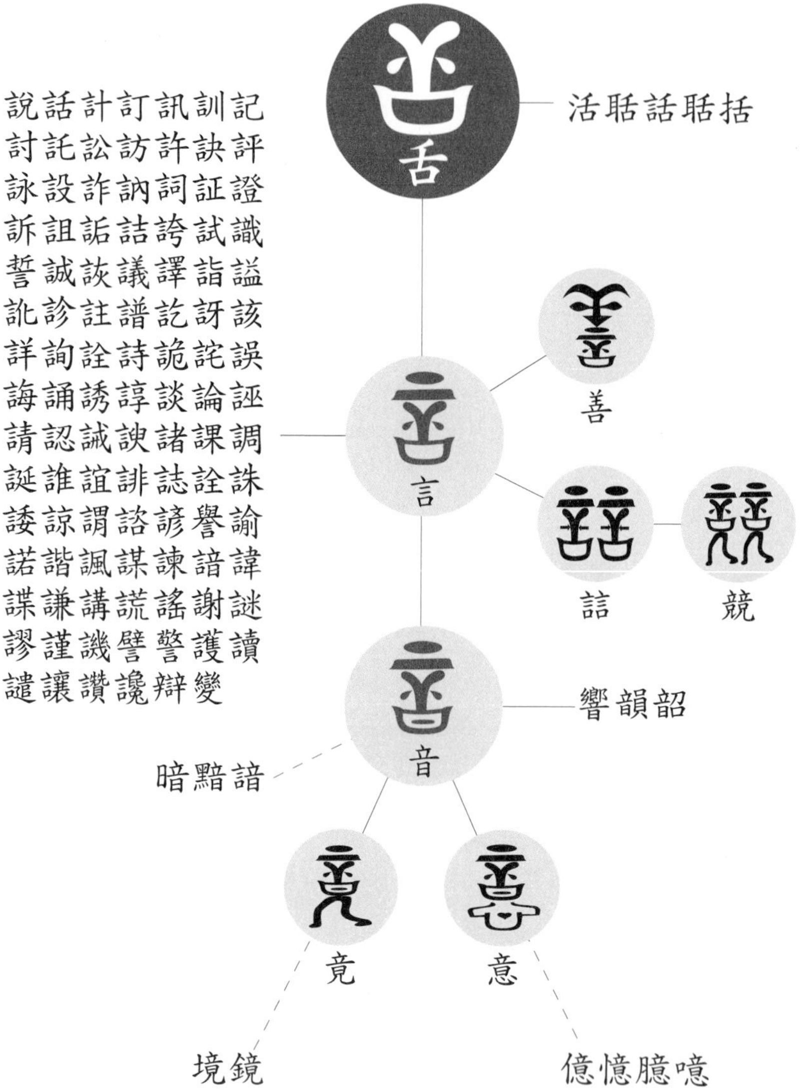

舌
活聒話聒括
說話計訂訊訓記
討託訟訪許訣評
詠設詐訥詞証證
訴詛詬詰誇試識
誓誠詼議譯詣謚
訛診註譜訖訝該
詳詢詮詩詭詫誤
誨誦誘諄談論誣
請認誡諛諸課調
誕誰誼誹誌詮誅
諉諒謂諮諺譽諭
諾諧諷謀諫諳諱
諜謙講謊謠謝謎
謬謹譏譬警護讀
譴讓讚讒辯變
言
善
誩
競
音
響韻韶
暗黯諳
竟
意
境鏡
億憶臆噫

「舌」——口中吐出一條會擺動之物

如何描寫一個人的舌頭呢？舌頭自口而出，可以上下左右擺動，擺動的時候還會有口水噴濺，於是古人造了「舌」。「舌」的甲骨文描寫從口裡吐出一條會擺動之物（Y字形舌頭），周圍之小點表示口水。舌是可幫助說話、分辨味道的器官。

「舌」的衍生主幹為→→→。首先，伸出一條會擺動之物，於是就衍生出（舌）；接著，舌頭一擺動，就能產生言語，言（）表示在「舌」（）之「上」（）；古人進一步發現，當人口中含著樹葉或管子等物，便能發出美妙樂音，於是他又在（言）內再添加一筆畫，音（）表示口含一物所發出之美妙「言」語。

舌頭擺動所發出之聲音

言 ㄧㄢˊ yán

在「舌」（）之「上」（），表示「言」是一個人舌頭擺動所發出之聲音。

金　篆

善 ㄕㄢˋ shàn

勸勉（，言）學習「羊」（）的溫柔良善。

金文與篆體，表面字義是兩人爭相說（，誩）羊（），所隱含的實體意義是彼此勸勉：「人要學習羊的溫柔良善、謙卑順服」。

金　篆

另一個篆體則省略了一個「言」，漸漸演變成現今之「善」。

為什麼古代君王獻祭時，喜愛以羊當祭物？為何在許多漢字中，添加了羊便象徵「善」良、公「義」、「美」好與吉「祥」呢？是因為羊肉好吃嗎？顯然不是，何況這些字的意義都與食物之好壞無關，而是與品格、禍福有關，故這些字的本義顯然是與羊的性情有關。因為古人認為羊的本性溫柔良善，完全順服主人，所以人也要如此順服上帝（天），遵行上帝的道。若人人勸勉學習羊的精神，則將是一件極美好的事，故「善」引申為極好，相關用詞如做善事、大善人等。美、義、祥等字具有相近構字概念，請參見其解說。

誩 ㄐㄧㄥˋ jìng

表示兩人爭相發「言」（）。

競 ㄐㄧㄥˋ jìng

兩人（，儿）互相以言語爭勝（，誩）。爭辯也。

「競」本義為辯論，引申義為比賽，如競爭、競賽、競技、競選等。「競」的簡體字為「竞」，簡化成一個人在唱獨腳戲，失去了競賽意義。

口舌能吹奏出各種樂音

歌唱是人類天賦本能，遠古時代，沒有文字記錄，也沒有人懂得編曲寫歌，每一個人皆隨著心情即興發聲，那是一種抒發感情的聲音。台灣阿美族至今仍然保有如此隨興的歌唱習慣，當一個人起唱後，夥伴們就一個個用不規則的隨興曲調接唱下去，此種唱法稱之為「馬扎扎拉」，表示從裡面不斷地出來，阿美族郭英男擅長此道，他的老人飲酒歌還曾被選為奧運主題曲。

篆

音 ㄧㄣ yīn

「口含一物」所發出之「言」（）語，吹出樂音也。

古人發現，只要口中含著樹葉、草桿等就能發出特別的聲音，於是篆體將（言）內添加一橫劃而成，象徵著口中所吹出的樂音。

意 ㄧˋ yì

內「心」（）所發之「音」（），心志也，心念也。

相關用詞如心意、意志、愛意、意料中、意外等。

竟 ㄐㄧㄥˋ jìng

一個人（，儿）剛演奏完一段樂「音」（）。

古代宮廷宴請賓客時，通常會安排餘興節目，宴會當中，演奏完一首歌曲之後，接下來還會有下一個節目，故「竟」引申出兩個義涵，第一個義涵為一個階段的結束，相關用詞如竟日、有志者事竟成等，第二個義涵則當作句子的轉折語，相關用詞如竟然。

 「古」——十口相傳

太史公完成中國第一部通史，也就是從黃帝一直到漢武帝之間的歷史，但由於五帝時期缺乏文字史料，他只好周遊各地，拜訪耆老，以採集遠古傳說，這些傳說後來便成為遠古時代的口述歷史。

（篆）

古 ㄍㄨˇ gǔ

「十」代（ ）「口」語（ ）相傳。

許多遠古所發生的事蹟，因未發明文字，故無法記載，只能一代代口耳相傳。「古」表示從祖先一代代口傳下來的事。（ 、 、 分別為「十」的甲骨文、金文及篆體。）

故 ㄍㄨˋ gù

「古」（ ）建築的「建造」（ ，手持工具）原因。

當參觀萬里長城或某一個偉大古建築時，孩子可能會問父母親：「從前是如何建造的？為何要建造？」於是父母親就說起古老流傳的故事。故，本義為過往的典故，引申為緣由、已過的事件，相關用詞如故事、緣故、典故、病故、交通事故等。

居 ㄐㄩ jū

古（ ）代祖先即在此「躺臥」（ ，尸），可長久安歇之處所也。

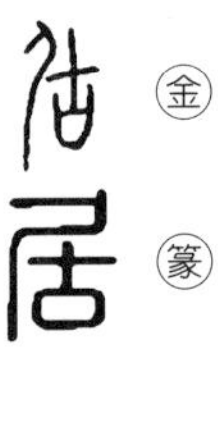

固 ㄍㄨˋ gù

「古」代（ ）即存在之「城」（ ），用以表示非常堅實穩固。其中，（ ）是有城牆包圍的城邦（請參見「口」）。

許多建築物維持不到百年就朽壞殆盡，但有些古城卻能歷經千年而不毀。「固」就是描寫這樣的堅實古城。固，引申為堅實穩固，相關用詞如堅固、穩固、固守、凝固等。

「吅」——連連呼叫聲

一個口不足以表達連接不斷的聲音，因此古人添加了另一個口而形成「吅」（ㄒㄩㄢ），表示連連呼叫聲。

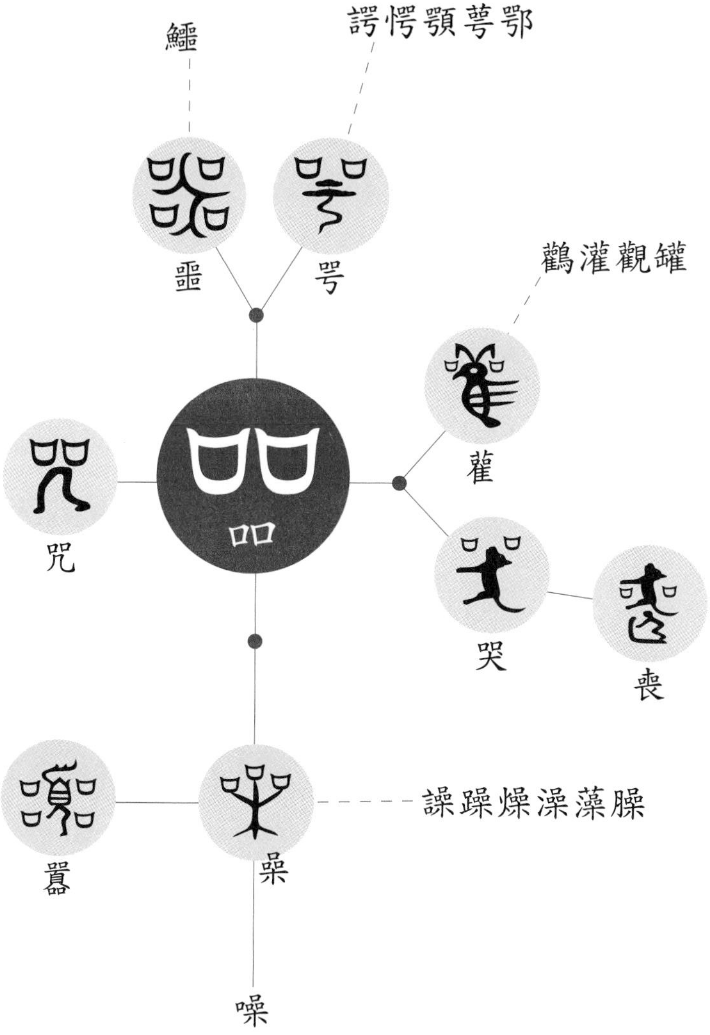

連連的哀號聲

哭 ㄎㄨ kū

一個哀傷的人如「狗」（**，犬）一般「連連嚎叫」（****，吅）。**狗的哀號聲可以傳到數里之外，在冬夜聽來格外淒厲，古人便藉此來描寫人的哭號聲。「哭」的篆體有幾種構形，描述一個淚眼汪汪的人，哭得簡直快要站不住的模樣；表示一個號啕大哭的人；表示一隻嚎叫連連的狗。

喪 ㄙㄤˋ sàng

為「失去」（**，亡）心愛的東西物而哀「哭」（****）**（請參見「亡」，第二章）。

驚愕聲

咢 ㄜˋ è

緊急催逼的擊鼓聲（**，吅）直上雲霄（****，亏）。**引申為令人驚愕的聲音。《詩經．邶風》：「擊鼓其鏜，踊躍用兵。」在傳播媒體不發達的古代，擊鼓是傳遞訊息的有效方法，打戰時，擊鼓用以號令軍隊進攻；太平時，擊鼓可用以報時，如三更鼓；若是遇到敵人來襲，急迫的鼓聲可以用來號召村民起而防衛。中國西南方的土家族至今仍保有不少習俗，其中一項就是「喪鼓」習俗。每當有人過世，喪家便敲鼓招聚親友，附近親友一聽到鼓聲，立時放下手邊的工作，前來哭喪。總之，一聽到鼓聲，每個人的耳朵都會豎起來，心裡怦怦跳。「亏」（）本義為

篆

直上雲霄的煙氣，在此代表直上雲霄的鼓聲，與「于」通用。《爾雅．釋樂》：「徒擊鼓，謂之咢。」另外，噩（）是咢的異體字，發音及意義都相同。金文以不規則的線條來連接四個口，表示連接不斷的鼓聲，（這個構字概念與「雷」的金文非常相近，表示接連不斷的雷聲）。「噩」引申為不好的消息，相關用詞如噩耗。

夜間啼叫的貓頭鷹

雚 ㄍㄨㄢˋ guàn

「連連啼叫」（，吅）的「角鴞」（，萑）。

（萑，ㄏㄨㄢˊ）的甲骨文及篆體是一隻頭頂兩側有角毛的鳥，就是「角鴞」。因此，「雚」的甲骨文表示一隻連連啼叫（）的「角鴞」（，萑）。角鴞屬於貓頭鷹的一種，在夜間常會發出Woo-Woo的聲音。金文及篆體則是逐步調整筆順的結果，然而，就變得像是貓頭鷹的大眼睛了。《說文》：「萑，鴟屬，……，有毛角。」《玉篇》：「鴟鴞，惡鳥，捉鳥子而食者。又角鴟。」

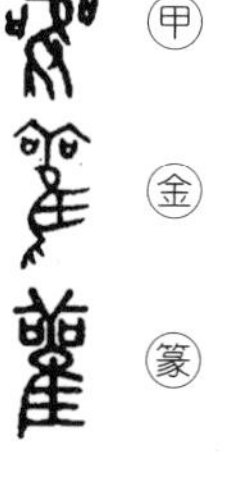

咒 ㄓㄡˋ zhòu

對某人（）罵聲連連（，吅），相關用詞如咒語、咒罵、咒詛等。

喿 ㄗㄠˋ zào

許多隻鳥在「樹」上（　）「嘰嘰喳喳」（　，叩）。

「喿」引申為喧鬧。以「喿」為聲符所衍生的字有噪、譟、躁、燥、澡、藻、臊等，這類字的相關用詞如噪音、鼓譟、急躁、乾燥、洗澡、海藻、害臊等。《說文》：「鳥群鳴也。」

金　篆

囂 ㄒㄧㄠ xiāo

一個人的「頭」（　，頁）被週遭的「喧嘩聲」（　）吵得氣往上衝。

「囂」引申為令人煩躁的吵雜聲，相關用詞如喧囂、叫囂、囂張等。

金　篆

「告」——吹牛角宣告

告 ㄍㄠˋ gào

口（　）吹牛（　）角以祭告上帝。

黃帝大戰蚩尤時，命士兵吹牛角，以號角為信號引領作戰，牛角聲鼓舞了軍隊的士氣，也震懾了蚩尤的部隊，後來果然打了勝仗。牛角聲可以音傳數里，直達天庭，故在遠古時代，牛角廣泛被世界各文明古國應用於祭祀，祭祀者口吹牛角以告祭上天。甲骨文　、金文　及篆體　表示口吹牛角以祭告上帝，後人加上「示」改作祰（　）。「祰」就是向「神」祭「告」。「告」引申為通知、宣佈等，相關用詞如

甲　金　篆

警告、告知、告訴、報告等。另一個篆體是由牛、口及雙手所組成，表示雙手拿牛角用力吹。以「告」為聲符所衍生的字有靠、浩、皓、窖、誥、梏、郜等。

造 ㄗㄠˋ zào

到處「走」（，）告（）。

古代通訊不發達，重要消息需要由專人傳達，「造」就是描寫傳遞信息的人到處「走告」的模樣。金文表示坐船（）與徒步（、）前往告（）知他人，篆體及表示徒步（辵或辶）前往告知他人。「造」引申為拜訪、到達、完成一件事，相關用詞如造訪、造就、建造、造成、創造等。

鵠 ㄏㄨˊ hú

會警「告」（）同伴的「鳥」（）。

鵠又稱鴻鵠或天鵝。天鵝是很聰明而合群的動物，鳴叫聲嘹亮。當牠們長途飛行時，會彼此以叫聲鼓勵同伴，此外，天鵝的聽覺靈敏，警覺性高，它們夜裡棲息於河岸邊時，若有人靠近時，發現的天鵝便會發出叫聲以警告其他同伴。與天鵝同類的家鵝也會警告同伴，古代村民習慣於出入口設置鵝寮，用以防止小偷侵入家園，小偷一來，鵝就會發出聲音警告同伴及主人。

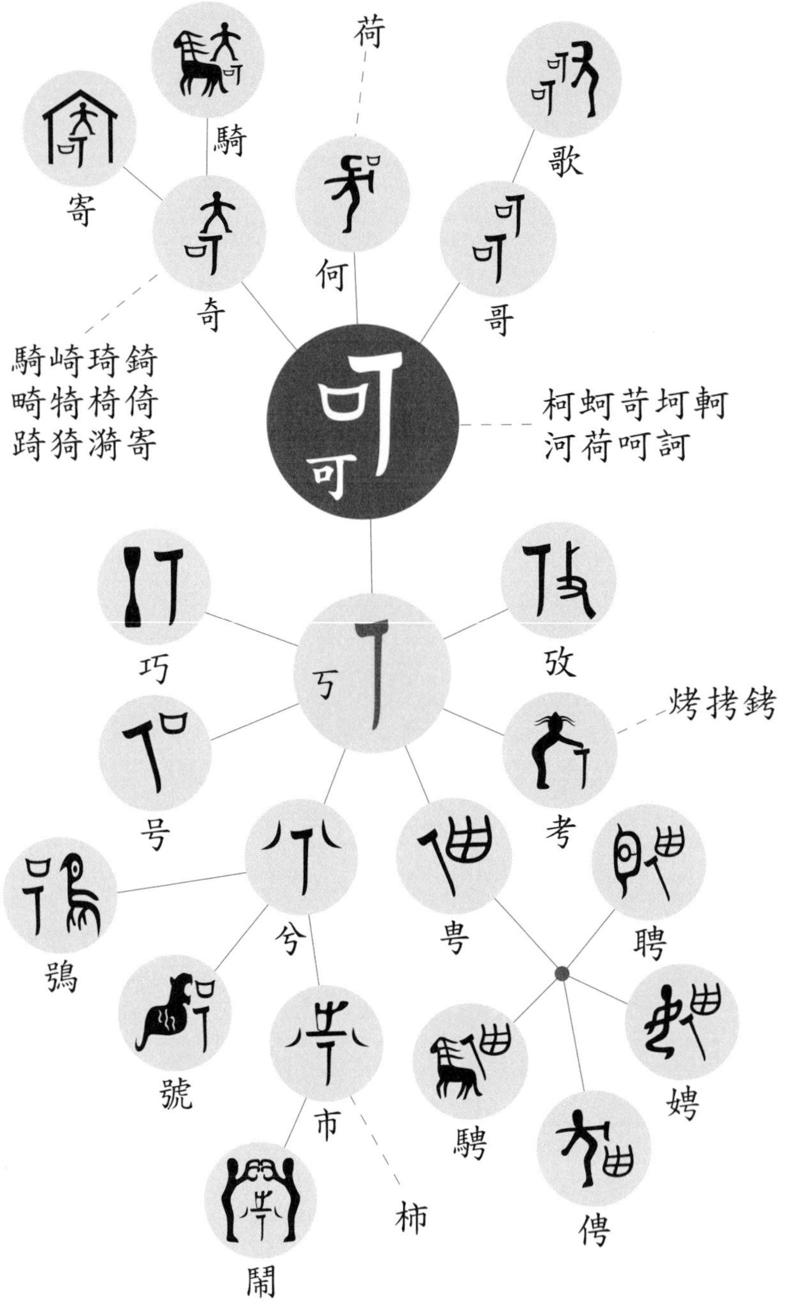
荷
騎
寄
歌
何
哥
奇
騎崎琦錡
畸犄椅倚
踦猗漪寄
可
柯蚵苛坷軻
河荷呵訶
巧
攷
丂
烤拷銬
号
考
兮
甹
騁
鴞
娉
號
市
騁
俜
鬧
柿

擊石詠唱應該是最古老的演奏方式，在石器時代，人們以敲擊或琢磨石頭來製作器具，無論走到哪裡，都可以聽到「ㄎㄜ ㄎㄡ、ㄎㄜ ㄎㄡ」的聲音，因此，敲擊石器所發出的聲音和節奏很自然就成了音樂，古代的「磬」就是用石頭作的樂器，據說孔子還是一個擊磬高手呢！另外，缶、陶鈴也都是遠古時期所使用的陶製打擊樂器。

可 ㄎㄜˇ kě

用「拐杖」（丁，ㄎ）擊石「歌唱」（口）。

每逢祭天，古代君王就會率領眾臣民藉著歌聲向上天表達感謝與稱頌，一旁的樂師就會以杖擊石來應和。《尚書》及《史記》都記載，舜命令樂官擊磬作樂，結果演奏之後，群獸隨樂起舞，鳳凰來儀，神人和諧。這個祭祀音樂，史稱「韶樂」。「可」的本義是向上帝擊石詠唱，引申為合宜、值得稱許、應允。因為古人認為對上天獻唱是「合宜的」，如此上天就會「應允」百姓所求。相關用詞如可以、許可等。《禮記・檀弓》記載一段原壤即興而歌的故事。原壤是個極為隨興的人，凡事不拘禮儀。有一天，他母親死了。孔子體恤他家庭貧困，於是親自送來一付棺材。沒想到，原壤竟然敲打著棺材唱起歌來，他說：「我好久沒有用歌聲來抒發內心的感情了呀！」接著就隨興唱起：「初看這棺材的紋路，好像狸貓頭上的斑紋。細看之下，又好像是母親你柔弱雙手因勞碌而生的皺痕啊。」孔子的弟子都覺原壤如此行徑太失禮，但孔子雖然講究禮儀，這時候竟視而不見，僅淡然地表示老朋友終究不失為老朋友啊！

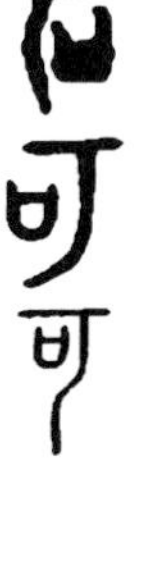

甲 金 篆

哥 ㄍㄜ gē

連連擊石詠唱（可可）。

「哥」為「歌」的本字。唐代劉禹錫說：「屈原作九哥。」九哥就是九歌，原來是夏朝的祭祀歌舞，到了戰國時代，屈原採集楚國民間的祭祀歌謠編撰成集，也取名為九歌。哥的本義為歌，後來轉作對兄長的稱呼，因為在古代祭祀時，祝禱與詠唱是兄長的權利與義務（請參見「祝」，第二章）。

歌 ㄍㄜ gē

一個張口吹氣的人（，請參見「欠」，第二章）**連連擊石詠唱**（）。

相關用詞如唱歌、歌唱家、歌曲等。

何 ㄏㄜˊ hé

或ㄏㄜˋ，hè。**荷「杖」**（）**之「人」**（）**轉頭發問**（，口）。

甲骨文、金文是荷杖之人轉頭發問。他是向人問路呢？還是向人問候呢？「何」的本義是挑著東西向路過的人問路或詢問近況，引申為疑問詞，相關用詞如為何？何必？何處？

奇 ㄑㄧˊ qí

或ㄐㄧ，jī。**一個人**（）**在不斷地歌頌讚賞**（）。

篆體表示「壺罐」（）裡的東西讓「人」（）大大「讚賞」（），另一個篆體則省略了壺罐。「奇」的本義是令人嘖嘖稱奇的東西，引申為獨特無二、稀有的，相關用詞如奇特、奇異、驚奇、奇珍異寶、奇數等。

騎 ㄑㄧˊ qí

一個人（）**在馬**（）**背上快樂地歌唱**（）。

寄 ㄐㄧˋ

jì

將「奇」（）珍異寶託放於「屋」（，宀）內。

「右」——引導攙扶

孩童在成長過程中都需要長輩的指導扶持，但如何描繪這個扶助的意象呢？古人用了與兩個簡單構件。是用來表示「言語指導」，因為孩童需要被教導才能漸漸懂事；（右手）是用來表示「攙扶」，因為幼童力氣小又容易跌倒，需要長輩強而有力的手來扶助。

右 ㄧㄡˋ

yòu

以右手（）扶持並以言語指導（）。

「右」的本義是扶助，後來這個意涵的「右」改成了「佑」，通常用於長輩對晚輩的扶助。「右」引申為右邊、尊貴的意思，相關用詞如右手、右遷（升遷也）等。長輩對晚輩的扶助稱為「佑」，晚輩對長輩的輔助則稱為「佐」，但若是從上天而來的幫助呢？篆體（祐）表示有「神」（，示）扶助（）。

金

篆

古代，很多植物都沒有統一的命名，而許多植物也長得很相近，說的人只好比手畫腳來描述，但聽的人還是似懂非懂。古人於是以此種情境為背景創造出字「若」。「若」像是一篇摘香草的故事，敘述著母親（或婆婆）吩咐女兒（或媳婦）去摘香草。女兒不認得這種香草，母親便形容香草長得好像女人的長髮一般。

若 ㄖㄨㄛˋ ruò

母親「吩咐」（）女兒去「摘」（）「香草」（），它修長的葉片好像女人的長髮。

甲骨文是一個跪坐的女人，用雙手梳理著頭髮，本義是使頭髮平順，引申為平順或順服，如《詩經》：「萬民是若。」但後來產生了一些變革，將女人及長髮變成了一株草，於是形成金文、、，這應是一株長得像女人頭髮，也就是具有修長葉片的一種草，後來，篆體又變成了。整體而言，所描繪的場景似乎是，母親「吩咐」（）女兒去「摘」（）香「草」（）。女兒問：「摘什麼樣的草呢？」母親回答：「香草長得像你頭上的頭髮」。

篆體「若」的本義是去摘一種好像頭髮的香草，引申為好像，相關用詞如倘若、若是等。到底這種長得像頭髮的香草是什麼呢？許慎認為是「杜若」，他說：「若，擇菜也，一曰杜若，香艸。」許慎的猜測，大概是出自於《楚辭．九歌》的「采芳洲兮杜若。」

「若」衍生出「惹」與「匿」等字，其中，（惹）是描述女子被吩咐去摘香草（）的煩亂心情（）。但因煩亂之心是由長者所引發，所以「惹」引申出招引、挑動等意思，相關用詞如招惹、惹禍等。《說文》：「惹，亂也。」另外，（匿）的金文、及篆體表示把東西藏在蓋滿香草（）的容器（）中，也就是隱藏的意思，相關用詞如

甲 金 篆

藏匿、匿名等。代表容器（請參見「區」）。

「加」——加油聲

古代君王建造了不少偉大工程，當建築工人拿著夯杵將地基打平時，通常都會一邊工作，一邊唱起夯歌。嘿喲、嘿喲的雄壯歌聲，很能激勵士氣。地基打完後，緊接著要安上梁柱。當巨大的梁柱準備立起來的時候，有的人扛抬，有的人拉繩索，不單是雙手要出力，還要同聲呼喊，於是梁柱就被立起來了。古人發現：強壯的手臂，再加上整齊劃一的呼喊聲，就能產生驚人的力量！於是造了「加」這個字。

加 ㄐㄧㄚ jiā

為添加「力」量（）、「口」（）裡不斷發出加油聲。

「加」引申為增添的意思，相關用詞如加強、更加等。以「加」為聲符所衍生的字有嘉、枷、迦、笳、袈、架、駕、咖、茄、伽、痂等。

金

篆

賀 ㄏㄜˋ hè

送「禮金」（，貝）來添「加」（）喜樂氣氛。

在中國習俗裡，結婚、生子、喬遷或升官等喜慶，親朋好友總會準備禮物、禮金（紅包）來祝賀。「賀」引申為送禮慶祝，相關用詞如慶賀、祝賀、賀喜、賀卡等。

金

篆

嘉 ㄐㄧㄚ jiā

一邊用「力」（）擊「鼓」（，壴），一邊「呼喊」（）。

古人擊鼓獻技是一種力與美的結合，金文還特別將「力」（）加了肌肉，以突顯擊鼓的力道。嘉的本義是美好的技藝，引申為讚許、美善，相關用詞如嘉（佳）釀、嘉獎、嘉勉等。「壴」表示牛皮大鼓（請參見「壴」）。

金

篆

其他與嘴巴有關的「口」

口中有美食

甘 ㄍㄢ gān

口（）中含著美食（）。

以甘為義符所衍生的字有甜、某、香等，其中，「甜」表示「舌」頭裏有一股「甘」美的滋味。

篆

某 ㄇㄡˇ mǒu

果實「甘」甜（）的樹「木」（）。

如何描寫某一種果實甘甜的樹呢？在沒有統一命名的情形下，說話的人只好用各樣的比喻來說明所見過的某種植物，使聽的人能明白。

「某」是用來形容一種果實甘甜、卻不知名稱的樹木，後來，「某」被廣泛代表不知道名稱的人或物，如某人、某甲、陳某等。以「某」為聲符所衍生的常用字有謀、媒、煤等。

金

香 ㄒㄧㄤ

xiāng

「甘」甜（　）的「禾」穀（　）。

煮熟的禾穀，在口裡細細咀嚼後，便會產生一股香甜的味道。可惜，隸書將其中的「甘」訛變為「日」，以致失去了原意。以香為義符所衍生的形聲字有馨、馥等。

篆

指導農耕之事

事 ㄕˋ

shì

「指導」（　）百姓「種植秧苗」（　）。

古代農官的職務主要是指導人民耕種的事。金文　、　及篆體　都表示「指導」（　、　）百姓「種植」（　）「秧苗」（　，ㄓ）。其中，　（口）及　（曰）都表示說話。金文　及篆體　表示手插秧苗。事，本義為農官的職務，引申為各種事務，相關用詞如事情、事業、故事等。

金 篆

吏 ㄌㄧˋ

lì

「教導」（　）百姓「種植」（　）「秧苗」（　）的人。

金文　表示「教導」百姓「種植」「秧苗」的人。另一個金文　表示「告」（　）訴百姓並親「手」（　）示範。古代官員通稱為吏，相關用詞如官吏、吏部尚書、澄清吏治、刀筆吏等。《說文》：「吏，治人者也。」

金 篆

口發命令的人

君 ㄐㄩㄣ jūn

手持笏板（ㄔ，尹）且口中發話（ㄩ）的人（請參見「尹、君」，第八章）。

后 ㄏㄡˋ hòu

發號令的君王（請參見「人」，第二章）。

司 ㄙ sī

代表君王對外發號令的大臣（請參見「人」，第二章）。

承上啟下的一句話

句 ㄐㄩˋ jù

將「口」（ㄩ）中所說出的前後兩詞語「勾連」（ㄐ，ㄐ）在一起，形成一個完整意義的句子。

古文習慣用聯句，前後呼應而形成一個完整意義的句子。如《詩經》：「關關雎鳩，在河之洲。窈窕淑女，君子好逑。」古代，「句」也用作「勾」。「句」引申為語氣

甲 金 篆

完結、話語的單位，相關用詞如句號、句子、句當（勾當）等。以「句」為聲符所衍生的字有鉤、枸、狗、苟、夠等，音發ㄍㄡ，及拘、蒟等，音發ㄐㄩ。

衡量口中所出的話語

局 ㄐㄩˊ

jú

以「尺」（，請參見「尺」，第二章）**來衡量「口」**（）**中所說的話。**

局的本義是限制所說的話，引申為被侷限的空間、機構或人員等，相關用詞如郵局、飯局、騙局。《說文》：「局，促也，從口在尺下。」

「局」所衍生的字有焗、侷、跼等。這三個字都有被限制在一個範圍之內的意思，如「焗」是用小火煎烤——「火」被限制了；「侷」是狹小空間——「人」被限制了；「跼」是拘謹不安的樣子——「足」被限制了。

先知先覺

知 ㄓ

zhī

「應答」（）**快如「箭」**（，矢）。

因為清楚事情原委，所以能迅速回答，「知」引申為明瞭的意思，相關用詞如知道、知識、知覺等。

逢凶化吉的口

吉 ㄐㄧˊ jí

有「審判官」（，士）「口」中（）所說的話。

甲骨文代表能說出（）上天（）旨意，於是逢凶化吉。金文改為「士」與「口」的合體字，意指審判官（士）的判語（口），因他能判斷是非善惡，保護善良，懲治奸惡，故引申為美好，相關用詞如吉祥、吉利、吉星高照等。西漢孔安國說：「士，理官（審判官）也。」青銅斧是審判官的權力象徵。

求神問卜

堯舜常常觀測天象，時時留意上天的各種啟示，努力修養德行，以免得罪上天。殷商後期，君王沒有耐心慢慢尋求上天的啟示，反而用了巫祝所施行的簡便之術，只要一占卜，上天立刻就給答案，漸漸演變成無論大小事，都拿來卜一卜。

占 ㄓㄢ zhān

或ㄓㄢˋ，zhàn。求神「問」（）「卜」（）。

「卜」的甲骨文或像龜甲燒過後所出現的裂紋，古人察看此裂紋來定吉凶。以「占」為聲符所衍生的字有站、佔、戰、沾等，音發ㄓㄢ；店、掂、玷、踮，音發ㄉㄢ；貼、帖，音發ㄊㄝ。《說文》：「占，視兆問也，從卜從口。」

其他

否 ㄈㄡˇ fǒu

或ㄆㄧˇ，pǐ。「口」裡（）說「不」（）。

不 ㄅㄨˋ bù

逆天（）生長的植物（）。

古人觀察植物的生長，發現所有的花草樹木都是朝著天的方向往上生長茁壯，從來都沒見過植物是倒過來長的。甲骨文呈現一株生長正常的植物，根往下長，但莖幹朝上發展，（可能為春的古字）。然而，「不」的甲骨文卻是一株倒過來生長的植物，另一個甲骨文添加了一橫，此一橫代表天，更清楚表明其逆天生長的意涵，又另一個甲骨文及金文再添加了兩撇，意表植物的根部，另一個金文則以兩橫畫代表天。古人體會出所有植物都順天而長，絕不逆天而長，所以，人也應順天而行，不能違反天道（請參見「化」，第二章，「辛」，第三章）。

吞 ㄊㄨㄣ tūn

「口」（）大如「天」（）。

引申為可以吃下整個東西，相關用詞如併吞、吞沒等。

與嘴巴有關的字非常多，除了上述象形及會意字外，「吠」是狗叫聲；「鳴」是鳥叫聲；「咩」是羊叫聲；「哞」是牛叫聲；「喵」是貓叫聲，其他由「口」為形（義）符所衍生的形聲字極多。

與嘴巴或聲音無關的「口」

「口」除了表示與嘴巴或聲音有關的構字意涵之外，也可以代表以下的構字意涵：

代表器物：方形器物，如凡、井、呂等；圓形器物，如豆、壴等；一般器物如串、品等。

代表房屋的門口或窗口：如向、尚、高、京、亭、嵩、亮、喬、豪、毫、臺等。

代表一個圍繞的地域：如邑、或、國、域、韋、圍、衛、囚、困、因、田等。

「凡」的衍生字

「凡」（）代表邊框。國家的邊境、模具、船都有邊框，因此，古人便以「凡」來描寫這類有關的漢字。

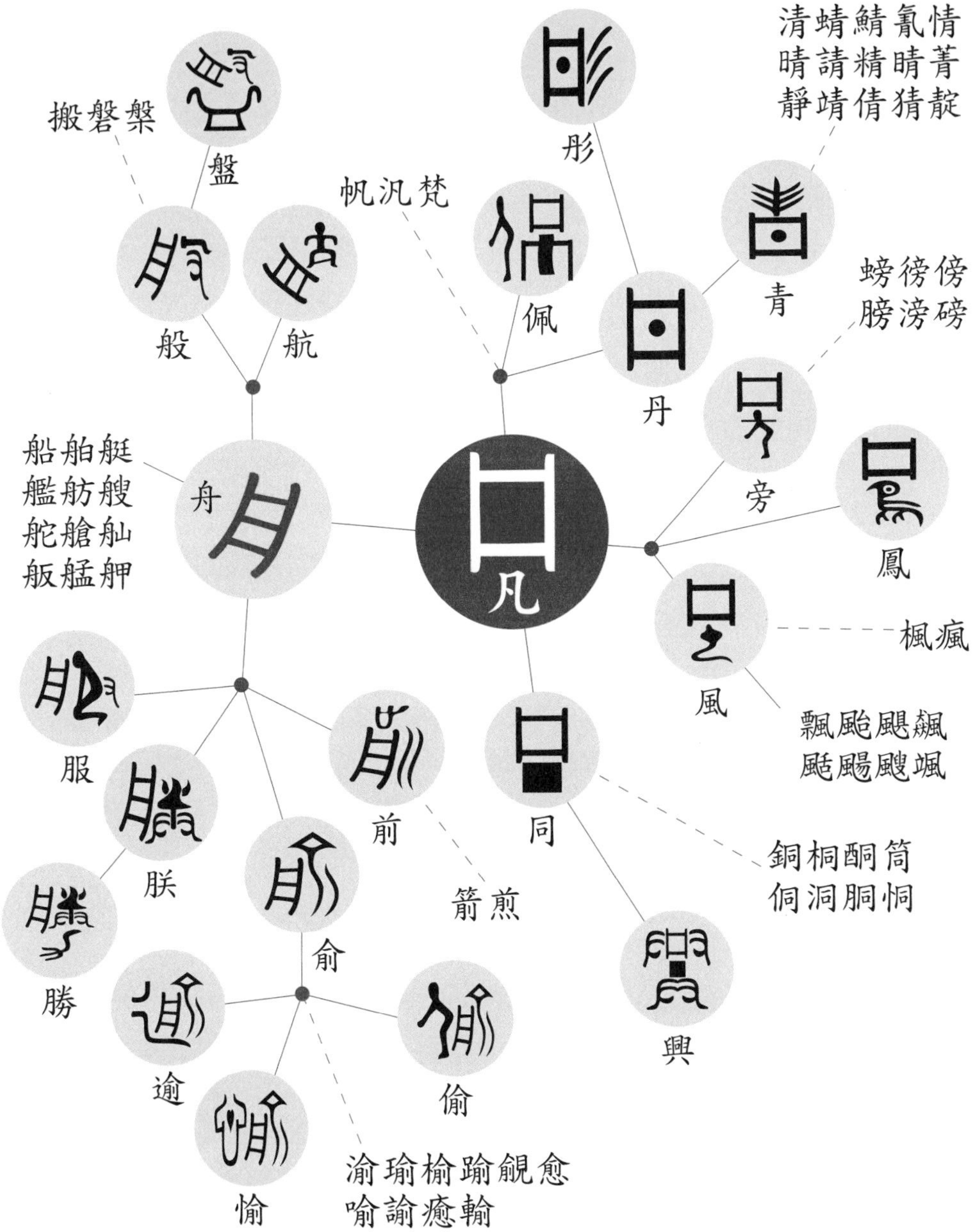
凡
舟
船舶艇
艦舫艘
舵艙舢
舨艋舺
般
盤
搬磐槃
航
服
朕
勝
前
箭煎
俞
逾
偷
愉
渝瑜榆踰覦愈
喻諭癒輸
丹
佩
帆汎梵
彤
青
清蜻鯖氰情
晴請精睛菁
靜婧倩猜靛
旁
螃徬傍
膀滂磅
鳳
風
楓瘋
飄颳颶飆
颱颺颼颯
同
銅桐酮筒
侗洞胴恫
興

中國古代的夯土建築極為發達，而土磚建築也有許多考古發現，即使在今日的中國農村仍可發現不少土磚房子。有三個常用字描述了製作土磚以興建房屋的過程。「凡」是製作土磚的模具；「同」是用模具生產土磚；而「興」是合力生產土磚以建造房屋。這三個字形成連貫且系統化的構字系列。

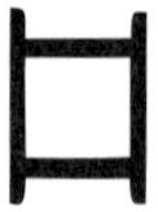

凡 ㄈㄢˊ fán

製作器物的模具。

甲骨文  像是一個製作土磚等器物的模具，古人製磚時，先將黏土等材料放進模具內填實，經過曝曬或燒烤後，土磚就告完成。由於做出來的每塊土磚，規格都是一樣的，因此，「凡」引申為普通、很平常、沒有任何特殊的意思，相關用詞如平凡、凡是等。

篆體  已將模具改為不規則的形狀，中間一橫代表倒入模具的材料（指事造字法）。為何有此改變呢？考古學家在安陽殷墟文化當中，發現一處面積達一萬平方公尺的鑄銅作坊，包括製模、製範、澆鑄等場地以及鎔爐等工具，可見殷商晚期青銅器製作技術相當進步。由篆體  的不規則構形來看，似乎像是澆鑄青銅的模具，這個模具是用以鑄造各種型態的器具。

甲 金 篆

同 ㄊㄨㄥˊ tóng

以製磚「模具」（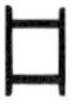，凡）製作「土磚」（■）。

殷墟文化、戰國古墓等都有土磚結構的考古發現。因為所做出的每一塊磚都是「相同」的，又因為模具與材料齊備才能生產製造，所以「同」

甲 金 篆

引申為一樣、一起的，相關用詞如相同、同事、同胞等。

興 ㄒㄧㄥ xīng

四隻手（[glyph]）同心製作土磚（[glyph]，同）以建造房屋。

萬里長城歷經兩千多年，修建十餘次，直到今日仍可發現許多秦漢時期的土磚遺跡。「興」的古字構形中，清楚描述生產土磚的程序。金文[glyph]描寫四隻手將製作土磚的材料（土與禾草）放進模具中填實；另一個金文[glyph]則描述拿起模具（[glyph]）留下成型的土磚（[glyph]）；篆體[glyph]、[glyph]則將模具與土磚合成為[glyph]。「興」的本義是製作土磚，引申義主要有三個，一個是建造，相關用詞如興建、興邦、復興等；一個是繁盛，相關用詞如興旺；第三個是快樂激動，因為蓋新房子，所以心情快樂，相關用詞如興奮、興趣等。「興」的簡體字為「兴」，「學」的簡體字為「学」，此兩字的上構件都被簡化為三點，但三點所代表的意義卻不相同，顯見此種簡化方式不但喪失了構字本義，也缺乏一致性的簡化規則。

甲 金 篆

國家的四圍邊境

風 ㄈㄥ fēng

從「邊境」（[glyph]，凡）把「虫」（[glyph]）帶進來的使者。

看不見又摸不著的風，要如何描寫呢？許慎說：「風動虫生。」《禮記・月令》也說：「東風解凍，蟄蟲始振。」東風一吹來，蟄伏於冬眠的蟲便一個個冒出來了；當寒冷北風吹襲時，各種蟲類也紛紛不知去向。令古人納悶的是，這些蟲類從何處而來，又去了哪裡呢？大概是從邊境而來吧！古人顯然認為就是「風」把蟲與鳥從邊境帶來的。「風」的簡體字為「风」，所簡化的符號並不具意義，僅僅為了書寫便利罷了。

篆

旁 ㄆㄤˊ páng

或ㄅㄤˋ，bàng。緊鄰中國「四圍邊境」（冂）的「方」（方）國人。

鳳 ㄈㄥˋ fèng

從「邊境」（冂，凡）外飛來的大「鳥」（鳥）。

《禮記．月令》提到深秋時，中原就進入白露節氣，天氣漸漸寒冷。這時，從西伯利亞吹來寒冷的北風，冷風也帶來了一批批前來避冬的大型候鳥——鴻雁，而畏懼寒冷的燕子——玄鳥，也紛紛回到溫暖的南方棲息地。《白虎通》說：「鳳鳥乘於風。」可見鳳凰也是乘著西伯利亞的冷風來避冬的。古代君王舜於冬季祭天之時，當韶樂響起，有一隻「鳳」飛來，隨樂起舞。從此以後，「鳳」便成為傳說中的神鳥。

「鳳」的甲骨文（、、、）表示從邊境（冂，凡）外飛來之大鳥（、）。到了東周，篆體更清楚地將「鳳」改成「凡」（）與「鳥」（）的組合，因而形成今天的「鳳」（）。「鳳」的簡體字為「凤」。

甲 篆

有邊框的器物

丹 ㄉㄢ dān

將開採的紅色礦石（●）放入「框器」（冂）中，準備熬煉出朱紅色染料或成仙的藥。

大禹將天下劃分為九州，各州每年都必須向朝廷進獻貢物，《史記》記載當時的荊州人民以船運送丹砂、鳥羽、旄牛尾等貢物，可見漢人於四千年前就有採丹、煉

甲 金 篆

丹的技術。「丹」是一種硫與汞所組成的化合物，朱紅色，可作為染料。古人迷信煉丹成仙之說，道士們甚至進一步將丹砂裡的汞（水銀）提煉出來，宣稱「汞」有長生不老的效力，因此，秦始皇的陵寢，規劃了一座濃縮版的江山，其中的江海就是以水銀布滿，他深信流動的水銀可以永遠維護他的江山，《史記．秦始皇本紀》如此描述秦陵地宮：「以水銀為百川江河大海。」

青 ㄑㄧㄥ qīng

顏色像「茂盛植物」（，丰）的「顏料」（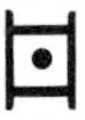，丹）。

彤 ㄊㄨㄥˊ tóng

「紅色」（，丹）的「紋飾」（）。丹漆。

古時候所謂的「彤管」，就是紅色竹桿的筆，通常是女性所使用。相關記載如《詩經．邶風》：「靜女其孌，貽我彤管。」（嫻雅的女子何其美貌，贈送我一支紅色筆桿）。《後漢書》：「女史彤管，記功書過。」（掌管后宮事務的女史，以紅筆記載各項功與過。）

佩 ㄆㄟˋ pèi

人（）身上繫著一條「腰帶」（，凧）。

「凧」是古代用來繫掛物品的腰帶，也就是東漢許慎所說的「大帶佩」。凧是由凡、巾所組成，凡（）代表方形框器，在此代表腰帶上的環扣或可繫掛物品的金屬環。戰國遺物——「虎噬晰蜴」腰帶，它是由許多金屬鍊環所串接而成，每一個鍊環都可以用來懸掛隨身用品。古人在腰帶上常佩掛隨身用品，如《白虎通》：「農

夫佩耒耜，工匠佩斧，婦人佩鍼縷（針線）。」佩的本義是身上束著一條可繫掛物品的腰帶，引申為隨身攜帶，相關用詞如佩帶、佩巾、佩玉、佩環、佩劍等。

舟 ㄓㄡ zhōu

一艘船。

「舟」的甲骨文  都是代表一艘船。「舟」衍生的漢字當中，有一部份，隸書將它改做「月」，如服、前、俞、朕等」（請參見「月」，第五章）。

甲 金 篆

般 ㄅㄢ bān

「手持長棍」（，殳）操控「船」（，舟）的行進。

商朝人主要在當時被稱為「滴河」的清漳、濁漳兩河流域活動，水陸運輸相當進步，從事商品流通的商朝人往來頻繁。之後的周朝更設立了舟艦專管單位，稱為「舟牧」。從考古文物可以知道，當時已懂得運用風帆、船槳、推桿等器具以操控船的行進。「般」是「盤」的本字，本義是使船「盤旋」或操控船隻。由於老水手握著長長的撐篙，教導新水手操控船隻時，會示範說：「如此這般……，就可閃過礁石了」，所以引申為這個樣子或與……一樣，相關用詞如這般、一般。《說文》：「般，避也，像舟之旋，從舟殳，殳，所以旋也。」

甲 金 篆

航 ㄏㄤˊ háng

雙腳穩穩站在（，亢）船（，舟）上掌舵的人。

航行時，要面對各種惡劣天氣，唯有能頑強抵抗洶湧浪潮及狂風暴雨的人，才能將船穩住。

井「井」的衍生字

談到「井」的構字本意，就要溯及約六千年前，河姆渡人所造的「方形井」。當時把井鑿通之後，為了避免水井坍崩，便採用井字型的木框架來撐住四圍的井壁，方法是將「井」字型架設的木框一層層沿著井壁疊高起來。這種疊架而上的技術稱為「井幹式」，也屬於干欄式建築的一種，也是最古老的「方形井」建造技術。

「井」的甲骨文、金文及篆體都是在描寫方形井中用以支撐井壁的木框架。古代，鑿井很不容易，通常都是許多戶人家共用一口井。井邊便成為一處公共場所，居民常聚集在那裡排隊取水及交換訊息，甚至交換五穀蔬果等，於是就形成市場，這就是「市井」一詞的由來。《商君書》說：「處農必就田墅，處工必就官府，處商必就市井。」

阱 ㄐㄧㄥˇ jǐng

動物一旦掉入井裡，就難以從「井」（）內的「陡壁」（）爬出。

穽 ㄐㄧㄥˇ jǐng

誘使動物進入的「井」（）「穴」（）。

古人也利用鑿水井技術來製作捕捉野獸的陷阱，這是一種較淺的乾井，井上方鋪蓋著細樹枝及誘餌來誘使動物走過去，甲骨文具體描寫一隻動物掉進「井」字型陷阱裡。「穽」與「阱」兩者通用。

在構字裡，井除了具有水井或陷阱的原始意義之外，更重要的是，它也代表井田制度的井，從以下幾個字可以體會出周朝的井田制度是如何深入影響當時的社會。

井田制度

刑 ㄒㄧㄥˊ xíng

用「刀」（）強力推行「井」（）田制度，也就是依照法令強制將土地劃分成井字型。

周公實施井田制度，強制將一里平方的土地劃分成九區，每一區再劃分成一百畝的田，共九百畝。中間一百畝為公田，其餘八百畝為私田，分給八家耕種。這樣大規模的土地改革，勢必會遭受許多阻力，因此，周公除了制定有關的法律之外，還需仰賴公權力，每一位執行者身旁總要跟隨著許多帶刀的士兵。漢代應劭在《風俗通》說：「井，法也，節也。」這裡的「井」，應是指井田制度所訂定的法規，而「刑」則是指違反井田制度所需接受的懲罰。由於井田制度是非常嚴謹有條理的制度，因此，引申出「井井有條」、「秩序井然」等意涵。

也有學者認為，古代人常常為爭井水而產生紛爭，有人持刀守在井邊維持秩序，於是產生了「刑」字。這種說法在遠古時代是有可能的，但井邊帶刀維持秩序或執法的證據力似乎相當薄弱。反觀周公所實施的井田制度，促使周朝成為繁榮的社會，不但具有嚴謹的施行方法且規模宏大，所因應的刑法制度也相當健全，另外，最早的「刑」字是金文，也是發生在西周，這些事實似乎更能說明「刑」的構字意涵與井田制度有關。底下「型」與「坓」的構字意義，也可說是與「刑」的構字意義彼此呼應。

金

篆

型 ㄒㄧㄥˊ xíng

將「土」（）地強制「劃分」（，刀）成井（）字型。

「坓」是「型」的古字，表示「井」字型的「土」地，引申為具有統一規範的模子。古代的模子，用木頭做的叫「模」，用竹子做的叫「範」，用土做的則叫「型」，參見《禮記．王制》。

里 ㄌㄧˇ lǐ

九百畝田（）及其間的土（）地。

在周朝的井田制度中，所謂的「一里」就是九百畝農田及其間的土地。《韓詩外傳》：「古者八家而井田。方里為一井。」（八家合耕一個井田，也就是一里平方的土地。）《孟子》：「方里而井，井九百畝；其中為公田，八家皆私百畝。」（一里平方的土地劃分為一個井田，共九百畝，中間一百畝為公田，其餘八百畝為私田，由八家耕種。）

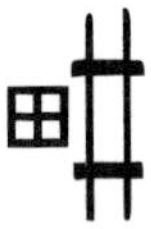

畊 ㄍㄥ gēng

周朝農夫耕種的井（）田（）。

耕 ㄍㄥ gēng

在井（）田裡以「耒」（）來挖鬆土壤。

「畊」與「耕」兩者相通。「耒」是古代犁田的工具，「耒」（）表示以「木」桿（）及「犁刀」（）所組成的農具。《白虎通》紀載耒是神農氏所發明的，把稱為「耜」的鏟土頭綁在木棍上就成為「耒」。

金

篆

金

篆

「向」的衍生字

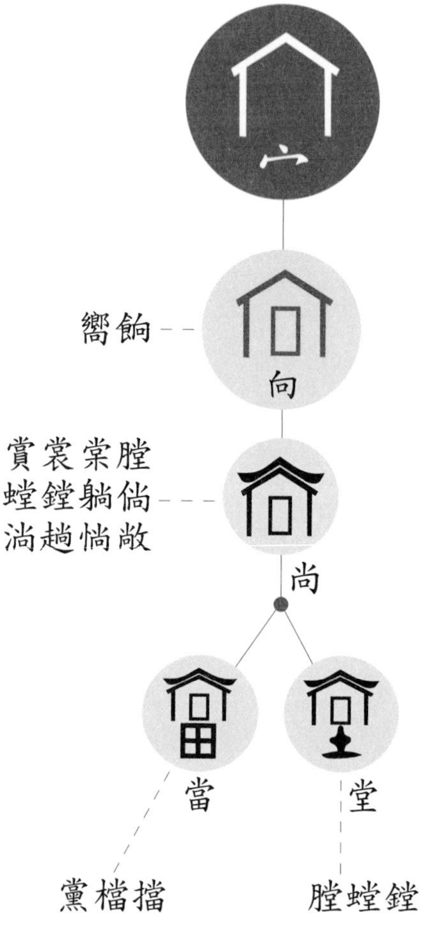

「向」的衍生造字就好像是孩童畫圖。先畫一個房子的輪廓（宀），再畫一個門，就成了一棟最簡單的房子（向）。為了讓房子看起來更宏偉，於是在原有屋頂上頭再添加一層華麗屋頂（尚），最後再以夯土台當地基墊高房子，就成了（堂）。

向 ㄒㄧㄤˋ xiàng

一棟大門口（ ）朝南的房子（ ）。

中國人非常注重門口所對的方位，幾千年來，中國人建造房屋都講求坐北朝南，除了採光因素，更重要原因是為了遮避嚴寒的北風。大門設在南方，可迎接夏天舒適的南風。考古學家發現商周時期的房子都是將大門安置在南面，而

甲 金 篆

在居所北方則種植成排的樹木以阻擋冬風，而此並排的樹木稱為屏藩或屏風。「向」引申為面對、朝著、方位等，相關用詞如向前、向日葵、方向等。

尚 ㄕㄤˋ shàng

有高大華美「屋頂」（）的「房子」（）。

在古代，屋頂的等級限制十分嚴格。天子居住的殿堂，其屋頂構形採用從最高等級的重簷廡殿。紫禁城太和殿、故宮博物院也是採用這種屋頂構形。所謂的重檐廡殿，除了有雙重屋簷之外，還有五條屋脊，一條是在屋頂正上方橫直的正脊，其他四條則沿著屋頂斜坡伸展到四個屋角。尚，引申義為頂、上，相關用詞如崇尚、高尚、尚且（更進一步也）。以尚為聲符所衍生的常用字相當多，如賞、裳、堂、棠、膛、螳、鏜、躺、倘、淌、趟、敞、廠、當、黨、檔、擋等。《廣雅》：「尚，上也。」

金 

篆 

堂 ㄊㄤˊ táng

「地基」（，土）穩固且「屋頂華麗的房子」（，尚）。

在周朝，殿堂台基的高度是有嚴格規定的，地位高的人才能居住在台基較高的房子。《禮記》記載：「天子之堂九尺，諸侯七尺，大夫五尺，士三尺。」相關用詞如殿堂、禮堂、公堂等。

金 

篆 

當 ㄉㄤ dāng

或ㄉㄤˋ，dàng。「好房子」（，尚）與好「田」（）都是最有價值的不動產。

有價值的不動產可以質押換錢，價值相等者還可以互相交換。「當」引申出對等、適任、交換、質押等意涵，相關用詞如相當、應當、典當等。「當」的簡體字為「当」。

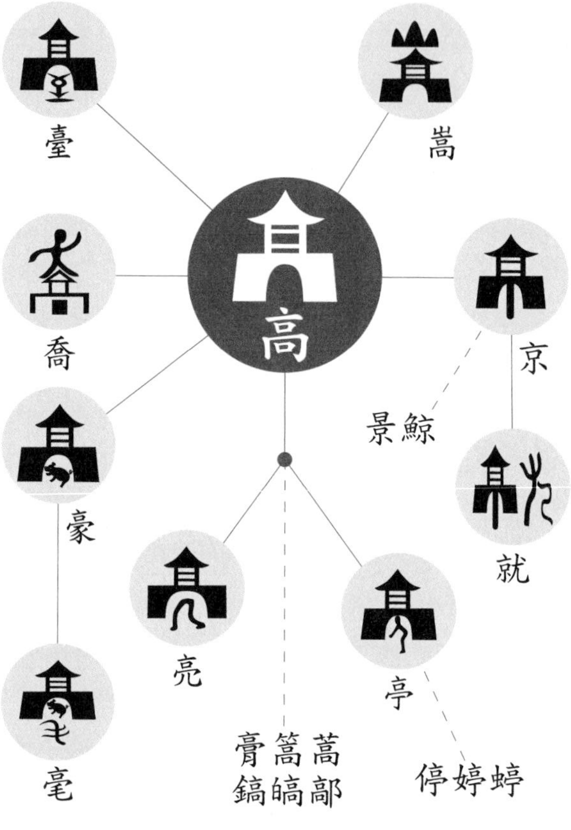

高
gāo

高台建築。

甲骨文是有土臺的尖頂樓榭，金文則增加了一個開口（口），其構形有如古城門建築。「高」引申為高聳之物。

古人築高臺，原本是為了祭天。商周人祭祀天帝時，是在野外塔建高臺，然後將焚燒犧牲所用的柴火架在臺上。祭祀時，點燃柴火，將所供獻的牛羊焚燒並化成裊裊上升的輕煙，以達

於天際，稱為郊祭、柴祭或煙祭。築高台的建築技術後來也應用於宮殿建築上。

考古學家發現，高臺建築是古代相當普遍的建築型態。高臺建築又稱台榭建築，這種建築結構分為兩部份，底層為土臺，上層為木製樓榭。甲骨文就是高臺建築的構形，底層表示土臺，上層表示樓榭。商朝人夯土的技術相當進步，統治者動用大量奴工以夯杵棍一層層地將土夯實，最後建造成堅固厚實的土臺，之後才在土臺上搭建起宮廷樓榭，因此，《老子》說：「九層之臺，起於壘土」。商紂王所興建的高大土臺，史稱「鹿臺」。《太平寰宇記》描述商紂王所興建的鹿台：「其大三里，高千尺」，在鹿臺上面還可容納數百間的宮廷樓榭。

京 ㄐㄧㄥ jīng

極其高聳（|）的高臺建築（）。

古代強國的君王似乎都喜歡建高塔，例如商紂王在三千多年前所建的鹿臺，臺高四丈九尺。而兩千六百年前，巴比倫所建築空中花園，花園底部有四層平台，各層平台由二十五公尺高的柱子支撐，在當時算是非常高的建築物。在（高）底下添加一條垂直線而衍生出（京的甲骨文），表示這是很高的高臺建築。以垂直的一豎代表垂直高聳的構字概念也出現在（示）等字。「京」的本義是很高的建築物，引申為君王的居所，如京都、京城，因為古代君王都住在最高的建築物裡。《說文》：「京，人所為絕高丘也。」

就 ㄐㄧㄡˋ jiù

以「異於常人之長手臂」（，尤）攀登到「極高的城樓」（，京）。

「就」引申為達到、靠近，相關用詞如就近、就位等（請參見「尤」，第八章）。

亭 ㄊㄧㄥˊ tíng

可供旅「人」（ ）歇息或住宿的「高」（ ）樓。

戰國時期的秦國在重要幹道上每隔十里就設置一亭以供旅人歇息或住宿（請參見《後漢書．百官志》。）然而，古代的「亭」後來被旅店所取代，現代的「亭」則多為供旅人歇腳的簡單建築物，已失去住宿的功能。

篆體（ ）表示「人」（ ）住在「高」樓（ ）裡；另外兩個篆體（ ）、（ ）將「人」改成「丁」。丁是人的計數單位，在此也是聲符。「亭」引申為可供休憩的建築物，如涼亭。《風俗通》：「亭，留也，行旅宿會之所館也。」

（篆）

亮 ㄌㄧㄤˋ liàng

旅「人」（ ，儿）走進有燈火的「高」（ ）樓內（請參見「儿」，第二章）。

嵩 ㄙㄨㄥ sōng

高（ ）山（ ）。

篆體（ ）是由山（ ）與可上下來回攀爬的樓梯（ ）兩個構件所組成，表示需要爬很多的階梯才能到達的山。另一個篆體（ ）則是一座「高」「山」的會意字。嵩山是五嶽中的中嶽，在河南省。

臺 ㄊㄞˊ tái

「來到」（ ，至）可瞭望的「高」（ ）處，也就是瞭望臺。

古人堆土以築高臺，用來瞭望四方，所以「臺」就是瞭望臺。高臺是不需要屋頂的，隸書將屋頂「亠」去除而以「士」代替，表示一個男子

（篆）

（士，男子的尊稱）來到高處。《說文》：「臺，觀四方而高者。」「臺」的簡體字為「台」。

豪 ㄏㄠˊ háo

「高」（ ）大的「豬」（ ，豕）。

「豪」引申為高大、蠻橫、才華過人，相關用詞如豪飲、豪雨、豪傑、豪放等。古代所謂的「豪豬」並非現代人所指的「刺蝟」或「箭豬」等小型動物，例如西漢《揚雄傳》：「張羅罔罝罘，捕熊羆豪豬虎豹」，其中所指的熊羆、豪豬、虎豹都是大型動物。顯然，古代所謂的「豪豬」就是大型野豬，與現代人所稱的「豪豬」是有差異的，所以「豪」才會引申出高大、蠻橫等意義。

篆

毫 ㄏㄠˊ háo

「豪」豬（ ）身上的「毛」（ ）。

後人把「豕」省略，因而演變成今天的「毫」。毫的本義是豪豬身上尖細如針的毛髮，引申為細毛、細小，相關用詞如毫髮、分毫等。

篆

「石」的衍生字

石 ㄕˊ shí

組成「山崖」（ ，厂）的岩石（ ）。

山崖幾乎都是由一塊塊大岩石疊架而成。《說文》：「石，山石也。」

甲 金 篆

宕 ㄉㄤˋ dàng

鑿「石」（）造「屋」（）。

中國古代除了鑿穴而居或搭木造屋以外，還有一種特別艱困的造屋方式，就是鑿建石屋。重慶忠縣天池山上隱藏了四十八間神祕石屋，石屋內還有石床、石灶及石碗等，據傳是四千年前巴人的居住地。在堅硬的岩石裡要鑿建出一間間的石屋，極為曠日廢時，此種造屋景況也成了古人的造字背景。引申義有數個，其一為鑿石，如宕户或宕匠都是指鑿石工人，其二為拖延，此乃因鑿石造屋曠日廢時之故，相關用詞如延宕，其三為穿過，此乃取鑿穿之義。《說文》：「宕，過也。一曰洞屋。」天池山上的石屋像是一座碉堡，「碉」顧名思義就是一座四「周」都是「石」頭打造的房子。

甲 金 篆

厚 ㄏㄡˋ hòu

笨重的「大石頭」（）一個個從「山崖」（，厂）掉落（），壓在孩「子」（）身上。

甲骨文表示兩顆石頭（）自懸崖（）滾落；金文表示連續幾顆石頭自懸崖落下（向下的箭頭）；另一個金文及篆體則表示自懸崖滾落的大石頭壓在孩子（）身上。「厚」引申為多、重，相關用詞如厚度、寬厚等。

甲 金 篆

磊 ㄌㄟˇ lěi

一堆石頭（）從「山崖」（，厂）滾落。

「磊落」代表聲勢浩大。《說文》：「磊，眾石也。」

「品」的衍生字

甲骨文、金文及篆體都是以「三個口」表示眾多物件，引申義是將許多物件分門別類或分出等級，相關用詞如品項、品格、九品、品嚐等。

ㄑㄩ 區 qū

將許多物「品」（）放入各種「容器」（）中，用以表示分類收藏。

甲骨文表示將眾多物「品」（）收「藏」起來（），篆體則表示將物品放入「容器」中（）。「區」引申為劃分的儲藏空間，相關用詞如區域、北區、區分等。以區為聲符所衍生的字有驅、軀、嶇等，音發ㄑㄩ；及歐、嘔、毆、甌、謳、鷗等，音發ㄡ。《說文》：「區，藏匿也，從品在匸中。」「區」的簡體字為「区」。

ㄌㄧㄣˊ 臨 lín

一個人低頭注視（）物「品」（）（請參見「臣」，第六章）。

ㄑㄧˋ 器 qì

一隻「狗」（，犬）看守「四周的器物」（）。

自古以來，狗就具有看守的功用，所以後來被稱為看門狗。「器」的本義是需要看守的貴重器物，引申為有才幹的人，相關用詞如器具、器官、才器。《說文》：「器，皿也，象器之口，犬所以守之。」

「呂」的衍生字

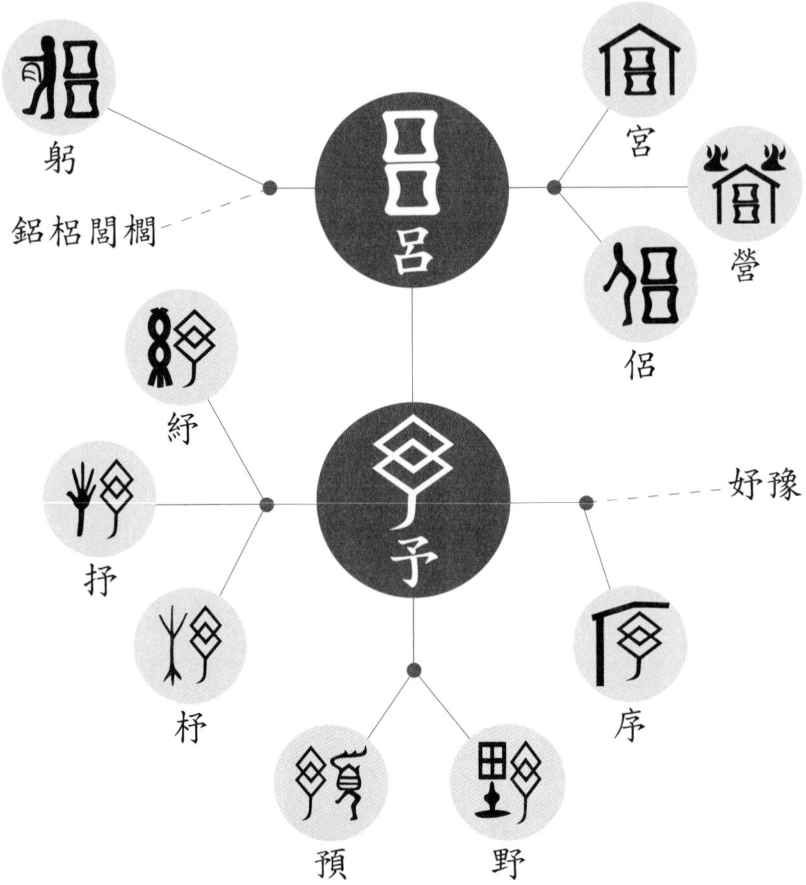

呂 ㄌㄩˇ lǚ

一節節的脊椎骨。

「呂」的金文，其構形幾乎與脊椎骨完全一致。炎帝的後裔伯夷因協助大禹治水有功，又為大禹的「心呂大臣」（即心腹大臣），所以被封為呂侯，成為呂氏的祖先。「呂」的構字具有「一個接一個」的意涵，如「躳」（，ㄍㄨㄥ）表示將一節節的「脊椎骨」（）彎曲所呈現的「身」體（），（後人將「躳」改成「躬」）。侶（）表示「結伴相隨」（）的「人」（）。宮（）表示由「許多房間接連在一起」（）的大「屋子」（）。宮本來是指一般人居住的大房子，秦以後才將王室的居所稱為「宮」。營（）表示「熒」燭之光（）一個個接連在一起（），這是描寫挑燈夜戰，日夜趕工的景況，引申為建造，如營建、經營。

金 篆

予 ㄩˊ yú

一個（◇）接一個（◇）地向下延伸（）。

「予」似乎是描寫古代的分封制度，君王將一塊塊土地「分給」「自己人」。古代實施分封制度，當君王取得天下後，就將土地與人民按照秩序，一個個、一層層地分給自己的親族與功臣。《左傳》說：「天子建國，諸侯立家，卿置側室，大夫有貳宗，士有隸子弟」。大意是說，天子打下天下後，將土地與人民分給諸侯以建立國家，諸侯再往下分給卿大夫，卿大夫再分給下級的大夫，大夫再分給士，士再分給自己的子弟。周朝實施的分封制度是完全依照血緣的親疏來分配，愈親的人分配得愈多，是一個徹底的「家天下」，沒有親屬關係的人，完全得不到。

甲骨文（）像是一層又一層、一個接一個地向下延伸。予的本義是「有次序地向下延伸」，引申義主要有兩個，一個是「給予」，因為在分封制度下，周天子將土地與人民「分給」

甲 金 篆

親屬，相關用詞如授予、施予等；由於給予的對象都是「自己人」，所以「予」又引申出另一個意涵，當作「我」的代名詞，相關用詞如《論語》：「顏淵死。子曰：噫！天喪予！天喪予！」

在漢字構字裡，「予」都具有「整齊排列」或「有次序延伸」的意涵。

紓 ㄕㄨ
shū

將某物像「抽絲剝繭」（，糸）**般「有次序地」**（，予）**抽出**。引申為慢慢解除，相關用詞如舒緩、紓解。（糸）代表絲繩。《說文》：「紓，緩也。」

抒 ㄕㄨ
shū

用「手」（）**將某物「有次序地」**（，予）**拉出**。例如，將某種情緒或感情從內心引發出來，可以說「抒發」感情，而「抒情詩」、「抒情文」則是表達內心深刻感情的文章。

杼 ㄓㄨˋ
zhù

使紡線「有次序排列」（，予）**的「木」**（）**製用具**。「機杼」就是指紡織機上用以整線的「梭子」。

序 ㄒㄩˋ
xù

「一間間整齊排列」（，予）**的教室**（，**有頂棚的半開放式建築**）。周朝的學校稱為「序」。「序」引申為整齊排列的東西，相關用詞如秩序、序列等。

預 ㄩˋ

yù

「頭腦」（**，頁）在籌畫「一系列」（****，予）事務，也就是在事前做好準備。**

相關用詞如預備、預知等。（頁）就是頭（請參見「頁」，第六章）。

野 ㄧㄝˇ

yě

從京城「不斷延伸而出」（**，予）的「土」（****）地與「田」（****）地。**

周朝王城外一百里地稱為「郊」，而在「郊」之外則稱為「野」。「野」引申為離城市較遠的地方，相關用詞如荒野、狂野等。《說文》：「野，郊外也。」周武王與商紂王兩軍大戰於「牧野」，這是一片極為寬廣的野地，大軍在此征戰殺伐，最後，周武王大獲全勝，周朝於是興起。

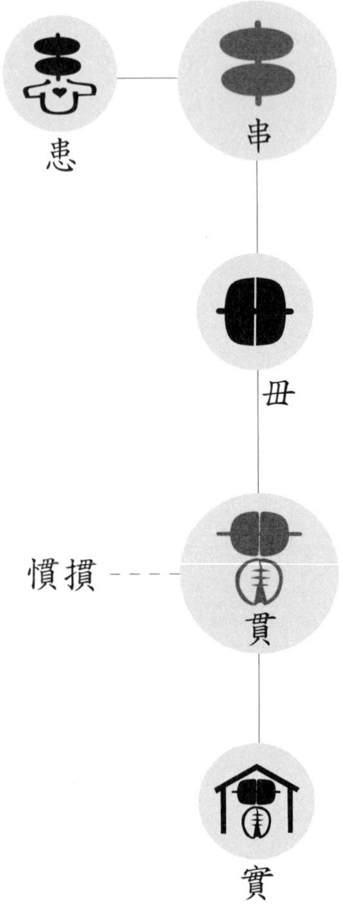

串 ㄔㄨㄢˋ

chuàn

將兩物貫穿並連接在一起。

毌 ㄍㄨㄢˋ

guàn

將一物從左半邊貫穿至右半邊。

「毌」是「貫」的古字，甲骨文代表從外至內整個貫穿，篆體則像是將一物從中貫穿。

貫 ㄍㄨㄢˋ guàn

將多個「貝」殼（ ）「貫穿」（ ，毌），用以表示一串錢幣。

篆體 是將兩個「貝」殼（ ）串在一起。另一個篆體 則是將許多「貝」殼「貫穿」。「貫」本義為一串錢幣或穿錢的繩子，引申為穿透、連接。相關用詞如萬貫家財、貫穿、貫徹、連貫等。

篆

篆

實 ㄕˊ shí

「房子」（ ）裡存放著「一串串的錢幣」（ ，貫）。

「實」本義為裝滿錢財的房子，引申為充滿、富庶、不虛，相關用詞如充實、殷實、真實等。《說文》：「富也，從宀從貫」。「實」的簡體字為「实」。

患 ㄏㄨㄢˋ huàn

為一連「串」（ ）不如意的事憂「心」（ ）不已。

「中」的衍生字

中 ㄓㄨㄥ zhōng

四周有鄰國國旗圍繞的國家，中國也。

甲骨文 、 、 及金文 、 、 表示中間的國家，上下兩邊的旗幟是代表周圍的鄰國，中間的口或圓形是表示處於中間的國家。「中國」一詞很早就出現於尚書與詩經，如《尚書・梓材》：「皇天既付中國民，越厥疆土於先王。」又如《詩經・大雅》：「惠此中國，以綏四方」。殷墟甲骨文也出現「中商」字眼，這是殷商的自稱。我國歷代皆自稱「中國」，商周時期稱鄰國為方國，如周方、人方、土方、工方、鬼方等，或稱邊遠區域的蠻族為東夷、西戎、南蠻、北狄等，而旗幟象徵國家與族群，各鄰國皆有其代表性之旗幟，故以旗幟符號來代表鄰國，而旗幟所圍的中間土地即代表「中」國（請參見「方」，第二章）

沖 ㄔㄨㄥ chōng

以「水」（）灌入其「中」（）。

相關用詞如沖泡牛奶、沖刷、沖洗、沖昏頭等。

甲 

金 

篆 

忠 ㄓㄨㄥ zhōng

「不偏私」（，中）的「心」（）。

忠，盡心竭力為人做事而不存私心，相關用詞如忠誠、盡忠報國、忠於職守、忠心耿耿等。

金 

篆 

衷 ㄓㄨㄥ zhōng

藏在「衣」服（）之「中」（）。

「衷」引申義為內心、真誠，相關用詞如言不由衷、衷心祝福等。

篆 

史 ㄕˇ shǐ

「手」（）持「中」（）立的筆所寫的紀錄，史官也。

史官必須站在中立位置，忠實紀錄甲乙雙方所發生的事件，而不偏袒任一方。另一個篆體在的左右各添加了「阜」與「肉」，表示史官必須不畏「艱難」（，陡坡）與「誘惑」（，肉），深刻地描寫出史官的職責與應有操守。另一個篆體則是將手（）簡化為一條不規則曲線，此曲線表示所書寫出來之記錄，表示中立的筆所寫的紀錄。古時掌管記事的官吏稱為太史，太史所寫的記錄便成為歷史。《說文》：「史，記事者也，從又持中，中，正也。」《左傳・襄公二十五年》記載一段春秋時期的真實故事，齊國大臣崔抒掌大權，殺了國君齊莊公，另立一位新國君。齊國太史便記載：「崔抒弒其君」。崔抒震怒，殺了太史，沒想到繼任的兩位太史還是這樣寫，又被殺了。當第四個太史就任時，仍然無畏權勢，最後崔抒只好作罷。由此可見，剛正的太史是完全不受威脅利誘的。

仲 ㄓㄨㄥˋ zhòng

「中」間（）「人」（）。

「仲」引申義為中間的……，相關用詞如仲兄（二哥）、仲夏、仲介、仲裁等。

「豆」的衍生字

「豆」是一個祭祀時常見的禮器，用來盛裝祭品。古代祭祀時，用「鼎」來煮祭祀用的牲肉，之後再用「豆」來盛裝牲肉或相關祭品。「豆」的甲骨文、金文、及篆體

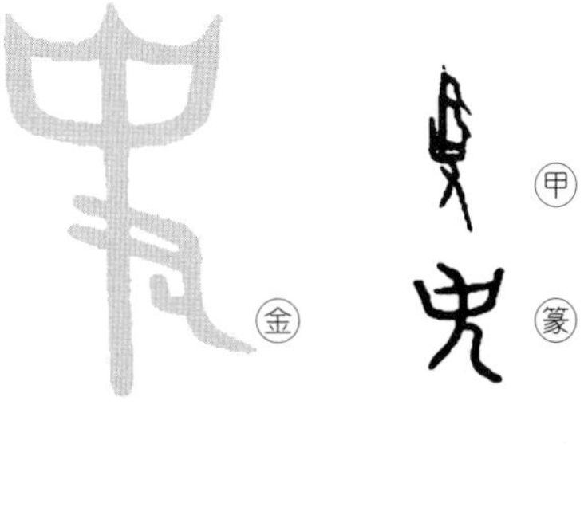

都是在描寫一個有腳架的鍋器。另一個篆體則像豆莢裡的兩粒飽滿的豆子。鍋器與豆莢是兩個完全不一樣的東西，但隸書一律以「豆」來表示。「豆」的本義是盛祭品的禮器，引申為豆類植物。如今，「豆」單獨成字時，大多表示豆科植物，如碗豆、黃豆等。但是，當「豆」成為字的構件時，仍表示盛裝食物的鍋器，這類字有豎、登、短、豈等。

登 ㄉㄥ
dēng

捧著盛滿祭品的「豆器」（）「攀登」（）祭壇。

古代祭壇都設在高處，建於明朝的北京天壇是全世界最大的古代祭壇，高九丈九尺。祭祀天帝時，祭祀者必須攀登石階而上。甲骨文與金文都是描寫一個人「雙手」捧著盛滿祭品的「豆」器「步上階梯」（癶）。篆體則將雙手省略，只保留「癶」及「豆」，但是仍有帶著鍋器往上走的意象。「登」引申為向上行走，相關用詞如登山、登高等。另外，「登」也有成熟的意涵，因為，成熟的穀物才能當做祭品，相關用詞如五穀豐登、五穀不登（語出孟子）。《爾雅．釋詁》：「登，陞也。」

豎 ㄕㄨˋ
shù

一個「善於做事的人」（）手持「豆器」（）登上祭壇。

因此，豆器必定直立而不傾斜或濺撒。「豎」引申為直立（請參見「臣」，第六章）。

短 ㄉㄨㄢˇ
duǎn

像「鍋器」（）與「短箭」（，矢）一樣矮小。

古代以弓箭來測量長度，量短的器物用箭，量長的器物用弓。「短」引申為矮小，相關用詞如短小精幹、短少、短時間等。「矮」也有相同

的構字概念（請參見「矮」，第四章）。《說文》：「有所長短，以矢為正。」

豈 ㄑㄧˇ qǐ

「手」（）敲「鍋器」（）製造喧騰。

古代的軍用鍋，用途廣泛，平日用來燒飯、巡更，打仗時，還可用來當擋箭牌，但若軍人集體敲鍋子，則表示有大事發生了，多半是慶祝打勝仗了，但也可能是軍中缺糧想造反了。篆體、描述一場「手」敲「鍋器」的喧騰景象。《說文》：「豈，還師振旅樂也。」軍人集體敲鍋子，難道發生了什麼大事嗎？故「豈」引申為難道，相關用詞如豈不、豈有此理、豈敢等。可惜，隸書將手訛變為山，失去了原有構字本義。戰國刁斗，又名金柝，是一種有手柄的軍用鍋子，青銅製，有三隻腳，能裝一斗米。軍中白天用來燒飯，夜晚可用來巡更，其方法就是將刁斗翻轉過來，擊打鍋底發聲。關於刁斗之記載，如《杜甫．夏夜歎》：「競夕擊刁斗，喧聲連萬方。」《史記．李將軍列傳》：「不擊刁斗以自衛。」「豈」的簡體字為「岂」，失去了所有的義符。

愷 ㄎㄞˇ kǎi

凱旋歸來時，「擊鍋」慶祝（，豈）的興奮「心」情（）。

《說文》：「愷，康也，從心、豈。」

凱 ㄎㄞˇ kǎi

凱旋歸來，士兵們人人（，儿）「手擊鍋器」（，豈）報喜訊。

相關用詞如凱歌、凱旋門、凱旋歸來等。

篆

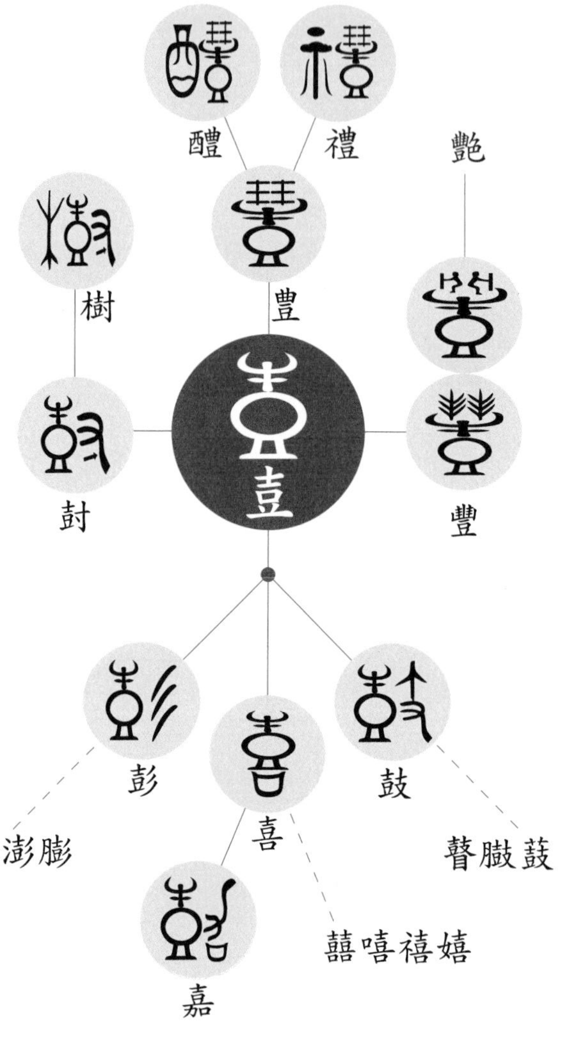

壴 ㄓㄨˋ zhù

有腳架的牛（ ）皮大鼓（ ）。

中國之牛皮大鼓淵源久遠，殷墟出土的土鼓，就是以陶土做鼓框，其上以皮革覆蓋之大鼓。「壴」的構型很像古代的建鼓，漢朝古墓中有不少的石磚畫像上皆有槌打建鼓的慶典，畫像中的建鼓構型與商朝的青銅建鼓構型相當一致，都是有腳架的大鼓，大鼓上面有各種不同造型的裝飾，也有的並無任何裝飾。

甲 金 篆

甲骨文、都是描寫一個有腳架的大鼓，中間構件為鼓面，上構件代表牛皮，（此上構件有些學者認為是裝飾品，但古文物所呈現的飾品構型非常不一致，甚至有的建鼓並無飾品，故應非代表飾品，而其上構件的甲骨文大都以「牛」來表示，故推論此上構件表示牛皮）。但為了書寫美觀與流暢性，隸書將「牛」訛變為「士」，以致於失去牛皮鼓的義涵。

鼓 ㄍㄨˇ gǔ

「手持枝條」（，支）擊打「牛皮大鼓」（，壴）。

「鼓」本義為手持棒槌擊鼓，引申義為拍擊、激發等。相關用詞如鼓瑟彈琴、鼓掌、鼓舞士氣等。

甲 金 篆

喜 ㄒㄧˇ xǐ

擊「鼓」（，壴）「歡唱」（）。

引申義為高興快樂、可慶賀之事、愛好等，相關用詞如喜樂、喜事、雙喜臨門、喜好、喜新厭舊等。《說文》：「喜，樂也。從壴從口」。

金 篆

豐 ㄈㄥ fēng

擊鼓飲酒慶祝豐收。擊鼓（，壴）後，大夥一齊飲用以豐收植物（，丰）所釀製的美酒。

「豐」的甲骨文是由一個牛皮大鼓（）及兩個亡（、，亡的甲骨文）所組成，此為商朝時期的構字。《戰國策》記載，大禹有一個擅長造酒的大臣儀狄，有一天獻酒給大禹，大禹飲後覺得甘甜無比，但他隨後警覺嗜飲美酒必導致亡國，於是與儀狄疏遠。後來大禹的後代夏桀果然因酒亡國。《劉向．新序》記載：「桀作瑤臺，罷民力，殫民財，為酒池糟隄，縱靡靡之樂，一鼓而牛飲者三千人。」一擊鼓，便有三千人一齊舉杯無限

甲 金 篆

暢飲，可想見當時文武百官縱酒娛樂的場面是多麼盛大。

到了周朝，酒除了用來祭神，也成為天子宴饗賓客的美物。周朝人認為酒是上天所賜，是豐收的象徵，此觀念改變影響了豐字的構形，「亡」被去除了，取而代之的是「丰」，於是「豐」的金文及篆體演變成與，用以描寫周朝人於五穀豐收後，歡天喜地釀造新酒並舉辦「豐年祭」來酬謝上帝。「豐」本義為擊鼓飲酒慶祝豐收，引申為多、滿等，相關用詞如豐富、豐收、豐功偉業等。《周頌》：「豐年多黍多稌，……，為酒為醴。」「豐」的簡體字為「丰」，擊鼓慶祝的符號不見了。

豊 ㄌㄧˇ lǐ

以「兩玉棒」（，玨）擊打「牛皮大鼓」（，壴）。

屈原所寫的「國殤」是我國最早的愛國詩歌，乃是一篇用以追悼戰士的祭祀歌，其中有一句提到「援玉枹兮擊鳴鼓」，就是描寫手執玉製鼓棒打鼓的情景。古代，鼓和玉都是重要祭祀禮器，鼓被認為是通天之器，鼓聲震天，因此祭祀時少不了擂鼓。依周禮記載，雷鼓用來祭天帝。另外，「玉」（甲骨文、）也被認為是一種可以與神交通之器物，所謂祭祀天地四方的六器是指蒼璧、黃琮、青圭、赤璋、白琥、玄璜。蒼璧是蒼綠色的圓形玉器，象徵天的顏色與形狀，用以祭天；而黃琮是土黃色的方形玉，象徵地的顏色與形狀，用以祭地。青圭、赤璋、白琥、玄璜則是用來祭祀東西南北四方。

禮 ㄌㄧˇ lǐ

向「神」（，示）「擊鼓獻祭」（，壴），祭祀禮儀也。

知名甲骨文學者王國維將豊解密為：「像二玉在器之形，古者行禮以玉……」，然而，祭祀時如何操弄此二玉器，卻無法說明。郭沫若認為是

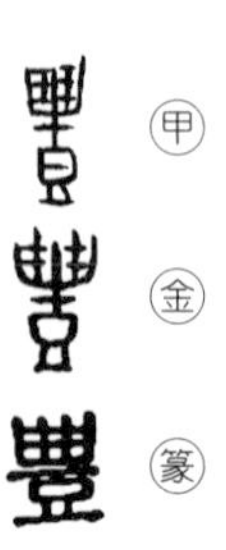

兩串玉在器皿中，又有許多學者認為豊與豐二字相同，但都存在諸多難解疑點。本文所提出的兩玉棒擊鼓祭祀禮儀，不但符合字形結構，也符合國殤、周禮等典籍的紀載，而且更淺顯明白。

醴 ㄌㄧˇ lǐ

祭祀「禮」（，豊）所使用的「酒」（，酉）。

「醴」是古代祭祀禮所用的美酒。《禮記》：「酒醴之美，玄酒明水之尚，貴五味之本也。」可見，醴是一種上等的甘甜美酒，因此，醴又引申為甘甜，所謂的「醴泉」就是甘美的泉水，如《禮記》：「故天降膏露，地出醴泉。」

彭 ㄆㄥˊ péng

「連續」（，彡）擊「鼓」（，壴）所發出的震盪聲音——嘭！嘭！嘭！

「彭」的本義為鼓聲，引申為眾多、盛大。以彭為聲符所衍生的字有澎、膨。「澎」為水流聲，如澎湃；「膨」為身體體積變大，如膨脹。《說文》：「彭，鼓聲也。」清代文字訓詁學家朱駿聲說：「彭，從壴從彡，會意，彡即三也，擊鼓以三通為率。一鼓作氣，再而衰，三而竭（語出左傳）。」

尌 ㄕㄨˋ shù

「手」（、）持「牛皮大鼓」（，壴）。

古代的建鼓，既要能豎立於地面，又要能便於搬移，故構造輕便，但擊鼓者用力擊鼓時，鼓架必定晃動極為厲害，甚至會翻倒，故必須要有人手持建鼓，使建鼓直立穩固，尤其在行進中擊鼓更需要有一位擅長持鼓者。「尌」引申義為豎立。「尌」之構字概念與「豎」相同，音與義也相同，故今人多以豎代替尌（請參見「豎」）。

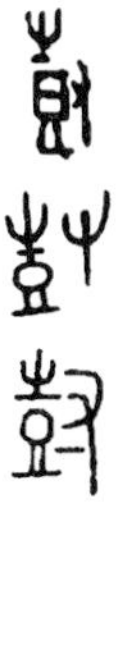

樹 ㄕㄨˋ shù

「直立」（，尌）的樹「木」（）

「樹」的簡體字為「树」，其中的「尌」被簡化為「对」，然而，「对」卻又為「對」的簡體字，其間出現許多不一致的現象。

「囗」的衍生字

囗 ㄨㄟˊ wéi

一個有劃分界線的區域。

或 ㄏㄨㄛˋ huò

使用「武器」（，戈）防守「城邦」（）的「疆界」（）。

「或」的本義為城邦，後人改成「國」。因為，防守城邦邊疆，有時成功，有時失敗，充滿了不確定，所以，「或」引申為不確定、也許，相關用詞如或許、或然率等。《說文》：「或，邦也。」

甲 金 篆

惑 ㄏㄨㄛˋ huò

「防守城邦疆域」（）的戰士，無法確定未來命運如何，所以「心」情（）迷亂。

春秋戰國時代，諸侯國互相爭霸，國與國之間征戰不斷，弱國常被強國併吞，戰士的性命朝不保夕。「惑」正是描寫守城戰士恐懼不安的心。惑是疑慮、迷亂的意

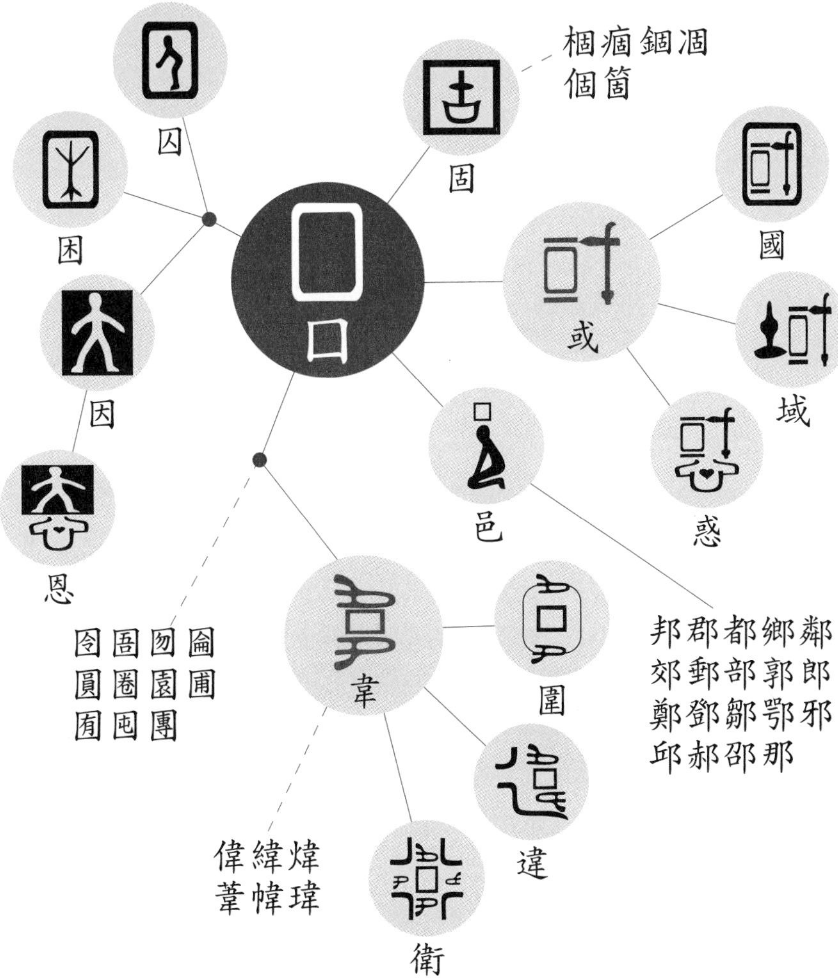
棝 痼 錮 涸
個 箇
囚
固
困
口
口
或
國
域
因
惑
邑
恩
韋
圍
違
衛
囹 圄 囫 圇
圓 圈 園 圃
囿 囤 團
邦 郡 都 鄉 鄰
郊 郵 部 郭 郎
鄭 鄧 鄒 鄂 邪
邱 郝 邵 那
偉 緯 煒
葦 幃 瑋

思，相關用詞如困惑、疑惑、迷惑、蠱惑等。《說文》：「惑，亂也。」

域 ㄩˋ yù

「城邦」（　）所座落的地「土」（　）。

古代的城邦常建在易守難攻的地方，而山寨地形通常是較符合這個原則，所以篆體（　）是一個在「陡坡」（　，阜）上的「城邦」（　）；另一個篆體（　）則表示城邦（　）所座落之地（　）。「域」引申為一定範圍的土地，相關用詞如區域、領域、國域、海域等。

國 ㄍㄨㄛˊ guó

有完整「疆域」（　）的「城邦」（　）。

光是有一座城，還無法成為一個完整的國家，國家除了有京城之外，還應包含所統轄的完整地域。「國」的甲骨文（　）跟「或」是一樣的，指的都是城邦。金文（　）在外圍加了（　），表示京城所管轄的完整疆域。「國」的簡體字為「国」，其中的「玉」，既非義符，也非聲符。

甲 金 篆

韋 ㄨㄟˊ wéi

城邦（　）外有兩隻「腳掌」（　，請參見「止」，第九章）。

「韋」是「違」與「圍」的本字，後來被這兩個字替代之後，韋則改作姓氏。

甲 金 篆

圍 ㄨㄟˊ wéi

許多「腳掌」（　）將「城邦」（　）「圍成一圈」（　）。

「圍」是描寫被敵人團團包圍的景況，引申為環繞的意思。「圍」的簡體字為「围」。

金 篆

違 ㄨㄟˊ wéi

兩隻「腳掌」（）一南一北「走」離（，辶）「城邦」（口）。

「違」似乎是描寫春秋戰國時期，許多人離鄉背井，投奔他國的景況，引申為背離，相關用詞如違背、違反等。「違」的簡體字為「违」。

衛 ㄨㄟˋ wèi

派遣士兵把通往四方的「道路」（，行）「圍」（，韋）起來，也就是保衛的意思。

歷代的君王都會設置禁衛軍來保護自己的安全，因此，京城出入口都佈置了一層層的守衛，我們從「衛」的構字概念就可以理解古代衛兵所代表的意義。甲骨文描繪每一個路口都有一個腳印，表示在每個路口安置一名衛兵。金文表示保護區（口）外有四個衛兵（）。衛的相關用詞如保衛、警衛、衛生、衛星等。「衛」的簡體字為「卫」，構形像一個人「跪坐」（卩）在「地」（一）。

囚 ㄑㄧㄡˊ qiú

人（）在口中，表示被拘禁。

相關用詞如囚犯、囚禁。

困 ㄎㄨㄣˋ kùn

木（）在口中，難以伸展。

引申為窮困、病困的意思。此外，以「囗」為義符的形聲字有囹圄（監獄）、囫圇、圓圈、園圃、囿、囤、團等。

田「田」與「用」的衍生字

「田」的甲骨文表示一畝畝整齊劃一的農田。「用」的甲骨文、、金文及篆體則是表示將大片土地規劃為一畝畝的農田。「用」引申為使發揮功效，相關用詞如使用、功用、用法等。

在漢字中，代表耕地的構件主要為「用」與「田」，而且兩者常出現互相代用的情況，足以證明兩者有相同的構字意義，如「甫」的甲骨文變成金文時，其中的「田」改成「用」，同樣的情況也出現在「圃」（金文、篆體）及「周」（金文、篆體）。

耕田是男人的本分

男 ㄋㄢˊ nán

在「田」（）裡勞「力」（）的人。

商周人常在造字裡隱含著教育功能，由「男」的構字就可以了解當時社會對男人的期望就是下田耕種，這和「甫」的構字概念也相近。

甲 金 篆

虜 ㄌㄨˇ lǔ

在田裡工作的「男」子（）被老「虎」（）抓走。

古代男子在外面開墾或耕作，有時候會遇到毒蛇猛獸，其中，最令人害怕的就是古稱大蟲的老虎。

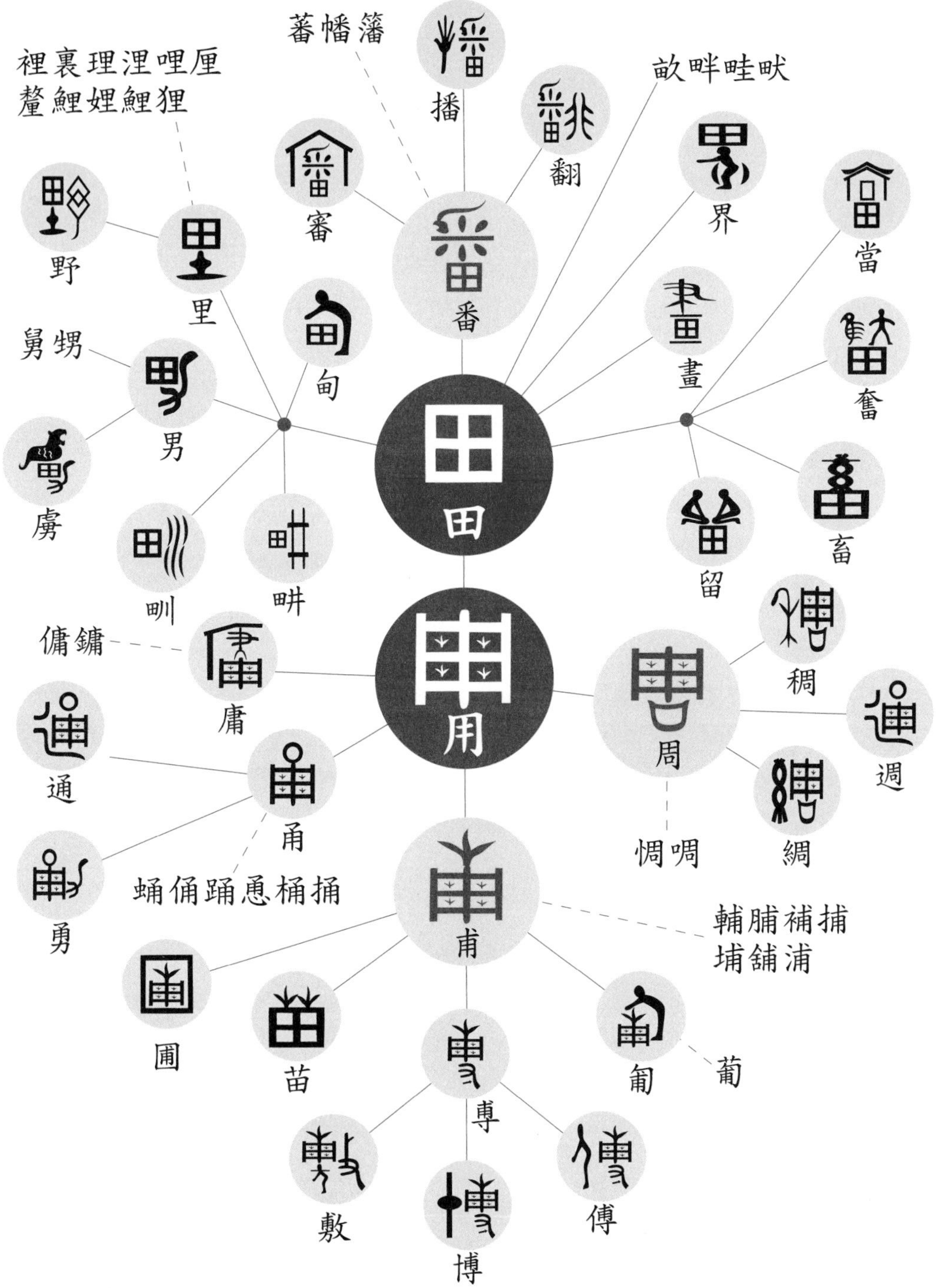
蕃皤藩
播
翻
審
番
裡裏理浬哩厘
釐鯉娌鯉狸
野
里
畝畔畦畎
界
當
畫
奮
畜
留
甸
舅甥
男
虜
甽
畊
田
用
傭鏞
庸
通
甬
勇
蛹俑踊恿桶捅
周
稠
週
綢
惆啁
甫
輔脯補捕
埔鋪浦
圃
苗
匍
葡
尃
敷
博
傅

番 ㄈㄢ fān

將「種子」（，釆）一顆顆地種在「田」（）裡。

播種前，要先挑選成熟飽滿的種子，「釆」（，ㄅㄢˋ）表示挑去雜質的精選米，在此代表種子。農夫播種時，會先翻開土壤，再放入種子，然後覆蓋。每種一粒，就要重複這些步驟，週而復始，一番、兩番、三番，……。因此，「番」引申出輪番更替的意義，相關用詞如三番兩次、幾番風雨等。

翻 ㄈㄢ fān

翻土（）播種（）。

篆體代表「播種」時（），要先將「草」（）地「翻轉」（）。（非）是一雙背對背的翅膀，有翻轉過來的意義。另一個篆體則將改成（羽）。相關用詞如翻轉、翻土等。

播 ㄅㄛ bō

或ㄅㄛˋ，bò。以「手」（）將「精選的穀種」（，釆）撒於稻「田」（）中。

相關用詞如播種、散播、廣播等。

一九五三年中國大陸為了解決糧荒問題，實施糧食統購統銷制度，嚴禁農民私藏糧食。後來糧食不足問題日益嚴重，許多人民開始私藏糧食，因此，被批鬥或判刑的人數極多。古代糧荒時期，商人囤積糧食，人民私藏糧食的問題非常普遍。漢字「審、奧、粵」等就是描寫此種現象。

金 篆

審 ㄕㄣˇ shěn

或宷。查問「田」（）裡收成的「米」（，釆）是否藏在「屋裡」（）。

金文代表仔細「查問」（）「屋內」（）是否有藏「米」（）。篆體將查問的「口」改成「田」，意表查問「田」裡收成的「米」是否藏在「屋裡」。「宷」為「審」的本字，相關用詞如審問、審查等。「審」的簡體字為「审」。

甲 金 篆

奧 ㄠˋ ào

「雙手」（）將「米」（，釆）藏進「屋」內（）深處。

引申為隱密處、深藏不露，相關用詞如深奧、奧秘、奧妙等。私藏糧食的人民，被抓到判刑後自然是懊悔不已，「懊」意表「私藏糧食」所產生後悔的「心」。

篆

粵 ㄩㄝˋ yuè

將「米」（，釆）深藏「于」（，亏）「屋內」（）不易發現的角落。

古人將偏遠多山的兩廣及閩浙地區通稱為「粵」。

篆

育苗與插秧

甫 ㄈㄨˇ fǔ

在農田（，用）裡培育「小苗」（）。

在古代農業社會裡，男子的主要職責就是種田，而育苗更是首要任務。甫的本義是培育秧苗，因此，「甫」引申出兩個主要意涵，一個是

甲 金 篆

開始或剛剛，表示種苗剛長出來，另一個意涵是父親或男子的美稱，表示盡責任的男子，相關用詞如台甫、尼甫等。「甫」是「苗」的本字。

苗 ㄇㄧㄠˊ miáo

「田」（）裡生長出來的小「草」（），也就是秧苗。

圃 ㄆㄨˇ pǔ

將土地「圍」（，口）起來以「培育種苗」（，甫）。

相關用詞如菜圃、花圃等。當種苗在苗圃裡長到一個階段之後，就得移植到農田裡，秧苗才能得到足夠的生長空間與養分，將秧苗移植的過程，稱為「插秧」，以下幾個字就是在表達插秧的概念。

金 篆

匍 ㄆㄨˊ pú

「彎著身體」（，勹）將「秧苗插在田裡」（，甫）。

引申為趴著身體，相關用詞如匍匐前進、匍匐莖。

尃 ㄈㄨ fū

以「手」（，寸）將「秧苗插在田裡」（，甫）。

金 篆

傅 ㄈㄨˋ fù

以「手」（，寸）將「秧苗插在田裡」（，甫）的「人」（）。

「傅」描寫一個懂得使幼苗成長的人，引申為一個懂得培育的人。弟子尊稱老師為「師傅」，因為他能把徒弟培養成為一個有專業技能的人。

古代輔佐年幼君王的大臣稱為「傅相」，而「傅父」則為古代輔育王室子女的人。

博 ㄅㄛˊ bó

「種植秧苗」（，尃）至「十」（）方之地。

引申為極其廣大的意思。「十」是一個完全的數字，用以表示「完全」的概念。相關用詞如廣博、淵博等。

金　篆

敷 ㄈㄨ fū

「手持工具」（，攴）將「秧苗」（）「種植」到各「方」（）。

插秧時，為了能將秧苗整齊而均勻地散布在田裡，農夫都會使用工具進行定位，使其行列分明。「敷」引申為均勻向外布散的意思，相關用詞如敷衍等。

插滿禾苗

周 ㄓㄡ zhōu

充分規劃利用每一塊「耕地」（，用），才能使人民「吃」（）得飽足。

甲骨文為插滿禾苗的田，有完全、佈滿的意涵，可見商周人懂得充分利用土地。周朝之所以自稱為「周」，大概就是因為周朝人擅長規劃土地，並教育人民充

甲　金　篆

分利用土地以生產農作物，所以能建立一個強大富庶的農業國家。

金文加了一個「口」，篆體則將禾苗省略並將「田」改為「用」，整體表示充分規劃利用每一塊耕地（，用），才能使人民吃（，口）得飽足。周的相關用詞如周全、周延、圓周、周年等。「周」的衍生字，週（）表示完整（）地走（辶）了一圈，相關用詞如週轉。稠（）則表示插滿（）禾苗（）。

田間通道

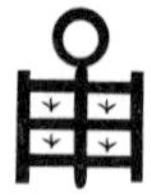

甬 ㄩㄥˇ yǒng

「田」（，用）間的供水「孔道」（），引申為通道。「甬」為「通」的本字，如《史記》：「甬道相連」、「築甬道」、「絕其甬道」，又如《墨子》：「為作水甬，深四尺。」所謂的「水甬」，其實就是一條水道，篆體表示一條從地底冒出的「水」（）「甬」道。

「甬」的金文代表「田」的開「口」（）處，可以使水從此缺口流通。甬，本義為田間水道，漸漸地應用於兩旁有牆的通道或地下道，後來又擴大為一般通道。以「甬」為聲符所衍生的字有蛹、俑、踴、踊、恿、桶、捅等。

通 ㄊㄨㄥ tōng

「行走」（，辶）在「田間通道」（，甬）。

「通」的相關用詞如通路、相通、通順等。

金
篆

篆

勇 ㄩㄥˇ yǒng

奮「力」（）闖出一條「甬」道（）。

「勇」像是描寫一位前鋒，突破重圍，殺出一條血路。另一個篆體表示使用武器（）殺出一條甬道。

勞苦耕種的人

佃 ㄉㄧㄢˋ diàn

為他人耕「田」以賺取微少收穫的「人」。

古代有許多專為君王、貴族或地主耕種的人，佃農與庸人就是這種勞苦耕種的人。

庸 ㄩㄥ yōng

在屋前（，广）的農田（，用）裡手持農叉（，干）努力耕作的人。

「庸」引申為平凡、苦勞，相關用詞如平庸、酬庸等。在古時候，庸、傭、佣三個字是通用的。

「合」的衍生字

大江大河都是由許多支流匯聚而成。雨水從山上順著小溪流而下，數條小溪流在河口匯聚

而成河，小河再匯聚成為大河。「八」代表分流，「口」代表匯聚之處。以下包含此兩構件的漢字就是在表達分流與匯聚的義涵。

台 ㄧㄢˇ

yǎn

許多條溪水分流（八）而下，然後匯聚到河口（口）。此為「沿」、「谷」的本字。

沿 ㄧㄢˊ

yán

雨水（巛）順著小溪分流（八）而下，然後匯聚到河口（口）。

鉛 ㄑㄧㄢ

qiān

加熱後的「金屬」（金）液體順著引道分流（八）進模具（口）裡。

從大規模的殷商青銅作坊及青銅器物看來，商朝人不僅懂得將鉛、銅等金屬融化以製作合金的技術，也擅長以模具大量生產金屬器物。

船 ㄔㄨㄢˊ

chuán

船舶（月，舟）從港口（口）分流（八）而出，再沿著溪流回到港口。

殷商人擅長航海，每天沿著河流進出港口的船舶必然不少。甲骨文並未出現「船」，而後來，為什麼普遍以「船」代替「舟」呢？這可能是因為「船」更能表達出船運發達及商港的功能吧。

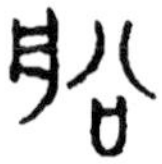
金

篆

篆

谷 ㄍㄨˇ gǔ

溪水從峽谷兩旁的高山上「分流」（）而下，一齊匯聚到谷口（）。

谷，水流匯聚之地。《爾雅》：「水注谿曰谷。」

甲 金 篆

容 ㄖㄨㄥˊ róng

像可蓄積貨物的山「谷」（）與「房屋」（）一樣。

引申為能蓄積貨物的器物。相關用詞如容器、包容、容納等。

欲 ㄩˋ yù

一個「張口的人」（，欠），飢餓得像山「谷」（）一般。

引申為強烈的渴望。

浴 ㄩˋ yù

將「水」（）「匯聚」（，谷）以便洗澡。「谷」也是聲符。

裕 ㄩˋ yù

「匯聚」（，谷）了許多「衣」服（）。「谷」也是聲符。

古代的百姓，衣物缺乏，一件衣服總要穿上許多年。只有富庶的人家才能夠擁有許多件衣服，故引申為富足，相關用詞如富裕、寬裕等。

《說文》：「衣物饒也。」

金 篆

第八章 手

甲骨文以三根手指的手（）來代表「手」由此（又）可衍生出許多與手有關的重要基礎構件如「又、𠂇、爪、攴、殳、寸、力、九、聿、丑、叉、手」等。

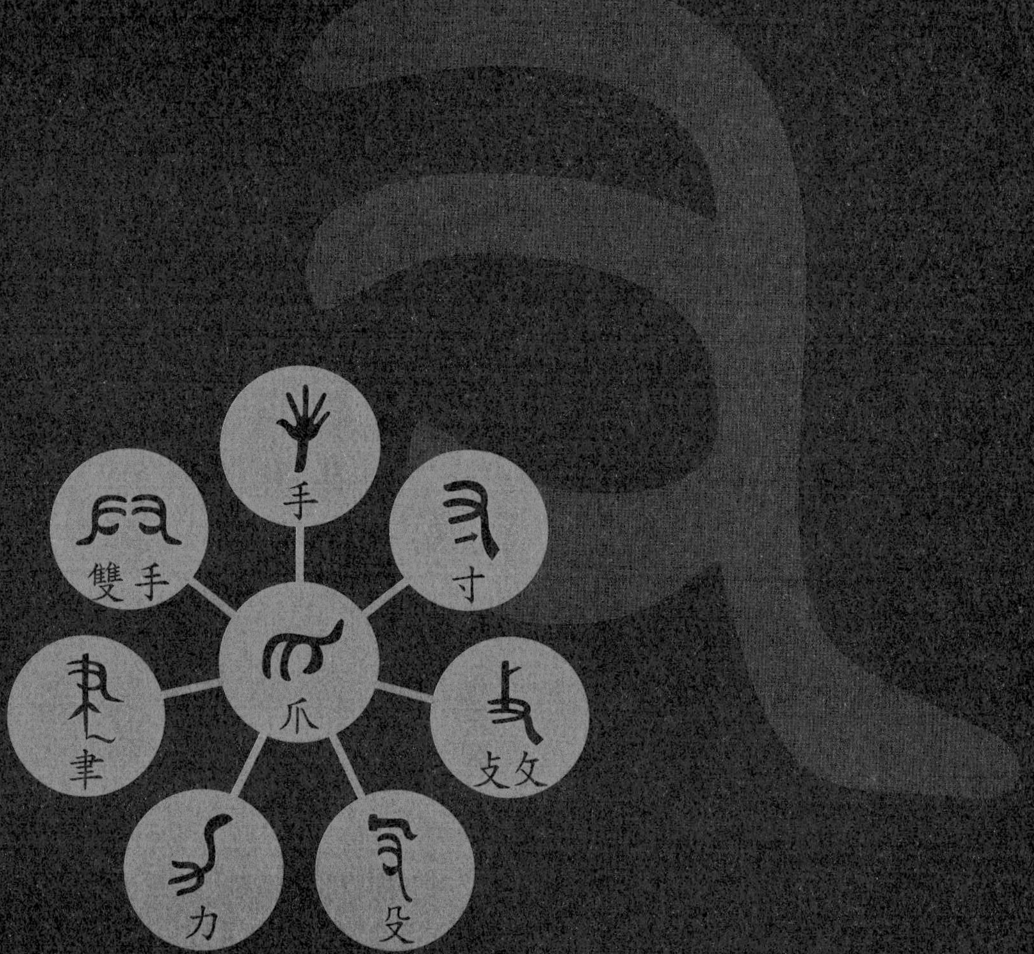
手
寸
攴攵
殳
力
聿
雙手
爪

與手有關的重要基礎構件

示意圖	楷體	構字本義	衍生的常用漢字
	ナ	左手	左有灰布差隋隨墮惰穩隱炭碳恢挨搓等
	攴	手持器具	敗牧更改便啟肇救赦攻放敲
	殳	手持長棍	役擊投發殺毀殹醫般搬殷毅毆等
	寸	謹慎辦事	尊專射導耐冠壽守寺等待時封付府討尋得奪
	爪	抓取	妥孚奚為爭爰受蚤舀稻采彩採菜覓爯稱虐等
	力	強有力的手臂	男虜功勞勤辦劫勳飭加嘉賀幼劣劦協等
	聿	手持竹筆	筆書畫晝律建肅蕭肆肄肇等
	九	極力伸展的手臂	究仇軌旭染旬勻均禸禹萬禺禽擒离離等
	手	五指手	失找拜拿掌擘摩拳攀擊摹投打扛按抗把等

	叉	分叉的手指	朮述術殺剎等
	丑	扭轉	紐扭鬥鬩鬧羞忸妞等
	隶	手抓動物尾巴	逮盡隸燼儘等
	芻	拔草	雛犓趨皺鄒等
	支	手持竹子枝條	鼓肢翅枝妓技等
	皮	手剝蛇皮	克破被披波坡陂包疲頗玻等
	尹	手持笏板	君窘群裙郡伊等
	尤	異於常人的長手臂	就蹴尷尬疣猷魷等
	庚	手持農叉忙秋收	康唐庸慷糠糖塘等
	廾	雙手	友爭爰曳受承丞拯兵戒共巷具算異冀戴開弄奕奧申神電奄臾舂椿奉秦卷圈眷與興輿盥帥等
其他			隻雙秉兼廉父斧丈反馭疌捷取彗雪慧叟搜等

單手所表達的漢字

人類習慣用右手，於是右手漸漸變得比左手更有力，這個差異也表現在文化上，產生了右為尊、左為卑的觀念，安排宴席座位時，較尊貴的坐在右邊，較卑下的就坐在左邊，升官稱為「右遷」，貶官稱為「左遷」，這樣的文化背景深深影響著「左」與「右」的構字。

 「𠂇」——左手

左 ㄗㄨㄛˇ zuǒ

下屬以「左手」（）持「夯杵」（，工）來完成上司所交付的任務。

「左」有輔助、左手、卑下等意涵，後來具有輔助意涵的「左」就分化成「佐」。

右 ㄧㄡˋ yòu

上司以「言語指導」（）並以「右手」（）攙扶下屬。

「又」（）與「右」（）都具有右手邊的意涵，兩者發音完全相同（請參見「右」，第七章）。右的金文與篆體都是呈現一隻右手，可惜隸書卻將它訛變為左手。

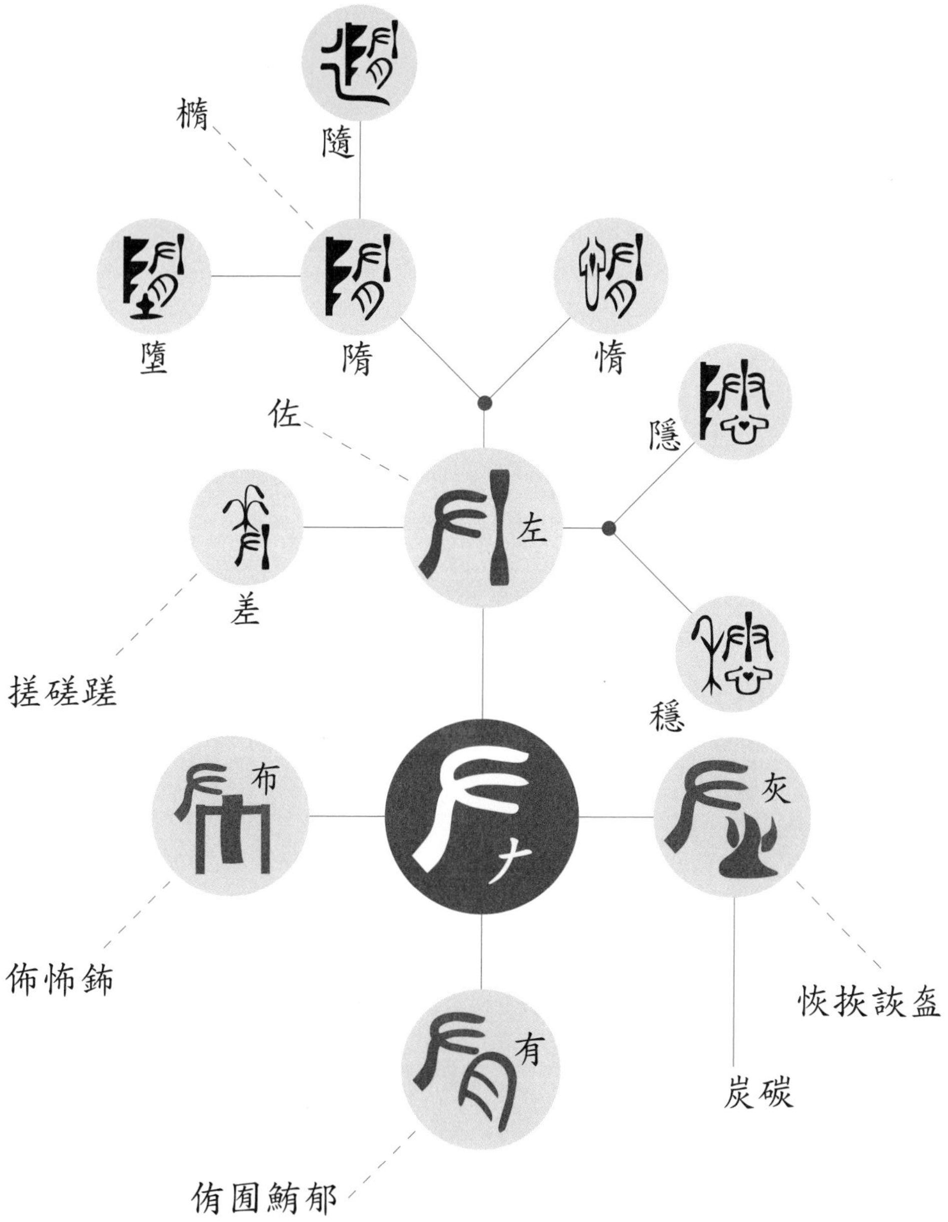

橢
隨
墮
隋
惰
佐
隱
差
左
搓磋蹉
穩
布
ナ
灰
佈怖鈽
恢拻詼盔
有
炭碳
侑囿鮪郁

現代漢字	金文	構字意義	引申義	字義轉化
左		下對上的輔助	左手邊的、卑下、降貶	佐
右		上對下的指導	右手邊的、尊貴、升遷	佑

有 ㄧㄡˇ yǒu

左手（）拿著一塊「肉」（），表示擁有一件好東西。

金 篆

灰 ㄏㄨㄟ huī

可以用「手」（）去摸的死「火」（），表示燒完後所剩下的灰燼。

以灰為義符所衍生的字有炭、碳；以灰為聲符所衍生的字有恢、拻、詼、盔等。《說文》：「灰，死火餘燼也。」

巾 ㄐㄧㄣ jīn

織布機（）上的紡線（）。

新石器時代的河姆渡文化就出現原始的織布機及相關紡織工具，如機刀（緯刀）、捲布桿等。甲骨文是由「冂」及「丨」所構成，「冂」是織布機的機軸與框架，「丨」是紡線。由於紡線可以織成各式各樣的紡織品，因此，以巾為義符所衍生的字都與紡織品有關，如帛、布、帕、帶、帽、帆、帳、帷、幃、幕、幣、席、帘、帖、幔、幟、幅、幌、幀、希等。巾單獨成字的時候，專指隨身佩帶的一小塊布，相關用詞如毛巾、頭巾、圍巾等。《說文》：「巾，從冂從丨，丨像系也。」

甲 金 篆

布 ㄅㄨˋ bù

「手」持機杼（）牽引緯線以織布「巾」（，巾）。

古代織布人進行紡線時，手裡必須拿著機杼（或稱織梭）。機杼是一個比手肘稍短的長條狀木器，織布人藉著機杼在經線上來回穿梭引線，就能織出一匹縱橫交織的布疋。金文表示「手持機杼」（）在織布「巾」（），引申為紡織品，相關用詞如抹布、紗布、棉布等。由於織布時必須使紡線縱橫排列在布疋上，所以引申出排列、分散的意義，相關用詞如布置、散布等。

不少學者將「巾」解釋為掛在牆上的布，但甲骨文與其說像下垂的布，不如說更像織布機的框架與絲線。另外，幾乎所有紡織品都包含巾的構件，可見巾的原始意義是織布機上的紡線而非一塊布，因為織布機上的紡線能做出各種紡織品。此外，也有學者把「布」解釋為「巾」，認為金文表示「巾」，（父）只是聲符。如果是織布機與紡線，那豈不更像拿機刀的手？如果（父）只是聲符而已，那麼篆體為何將改成呢？所以顯然是與手有關的義符而非聲符。

金 篆

經 ㄐㄧㄥ jīng

織布機上「垂直排列」的（）一條條「紡線」（）。

河姆渡文化留下古代腰機的遺物，這是很早期的織布文明。所謂腰機就是套在腰上操作的織布機。（巠）是描寫一種最原始的織布方式。織布機上的垂直線稱為經線，水平線稱為緯線，經緯交錯便能編織成一匹布。織布機上有三支橫桿，上下兩支固定橫桿是用來安置一條條的垂直紡線，中間的活動橫桿是用來將一條條水平紡線壓齊。織布機的下半段是已織好的布。

金 篆

莖 ㄐㄧㄥ jīng

「艸」本植物（）的「垂直」（）枝幹。

手持夯杵拆毀城牆

「左」（）是「手」持「夯杵」的象形文，它的衍生字大多與建造或拆毀城牆有關。古代戰爭，破壞敵人城牆是攻城的成敗關鍵。為了激勵士氣，統領大軍的元帥就會激勵大家：「城裡有酒、有肉、有糧食，只要攻破這道城牆就能得到你所要的，大家不要偷懶，奮力攻城吧！」以下「左」的衍生字便隱藏了這樣的古代戰爭文化。

隨 ㄙㄨㄟˊ suí

為了城內的「肉」（），「手持夯杵」（）跟著元帥「走」（，辶）去攻破「城牆」（，阝）。

「隨」引申為跟從，相關用詞如跟隨、隨從等。

隋 ㄙㄨㄟˊ suí

「持夯杵」（）破壞敵人「城牆」（，阝）後，就有「肉」（）吃了。

「隋」的本義為戰利品，引申為肉。隋也是朝代名稱。《周禮．守祧》：「既祭則藏其隋（祭祀完後便將肉儲藏起來）。篆體代表「手持夯杵」努力工作就有「肉」吃。（隓）代表許多人「手持夯杵」破壞「城牆」。《說文》：「敗城阜曰隓。」《玉篇》：「廢

也，毀也，損也。」「阜」代表陡坡或高牆。

墮 ㄉㄨㄛˋ duò

為了城內的「肉」（），「手持夯杵」（）用力地將「城牆」（，阝）上的「土」（）磚一個個打落。

「墮」引申為掉落、毀壞，相關用詞如墮落、墮胎等。

惰 ㄉㄨㄛˋ duò

「手裡拿著夯杵」（）卻無心工作，全「心」全意（）想著城裡的「肉」（）。

「惰」引申為不勤快的，相關用詞如懶惰、怠惰等。

差 ㄔㄚˋ chà

指使別人「手持夯杵」（）擊打即將成熟的「下垂稻禾」（，來），使別人糧食缺乏。

古代戰爭，常發生破壞敵人莊稼及糧倉的戰略。目的是使對方因缺糧而變得疲弱不振。在民間，仇家也常以這樣的手法施行報復，這種糟蹋糧食的行為是很不好的。「差」引申為不好的、缺少的、指使，相關用詞如差勁、誤差、差遣等。

穩 ㄨㄣˇ wěn

只要專「心」（）「手持夯杵」（）奮力做工，就一定能得到「糧食」（）。

引申為有把握，相關用詞如安穩、穩定等。「穩」的簡體字為「稳」。

金

篆

隱 ㄧㄣˇ yǐn

「手持夯杵」（）攻打「城牆」（，阝），但「心」（）中卻好奇：「城裡會有什麼好東西呢？」

引申為掩藏在裡面，相關用詞如隱藏、隱居等。「隱」的簡體字為「隐」。

「攴」或「攵」——手持器具

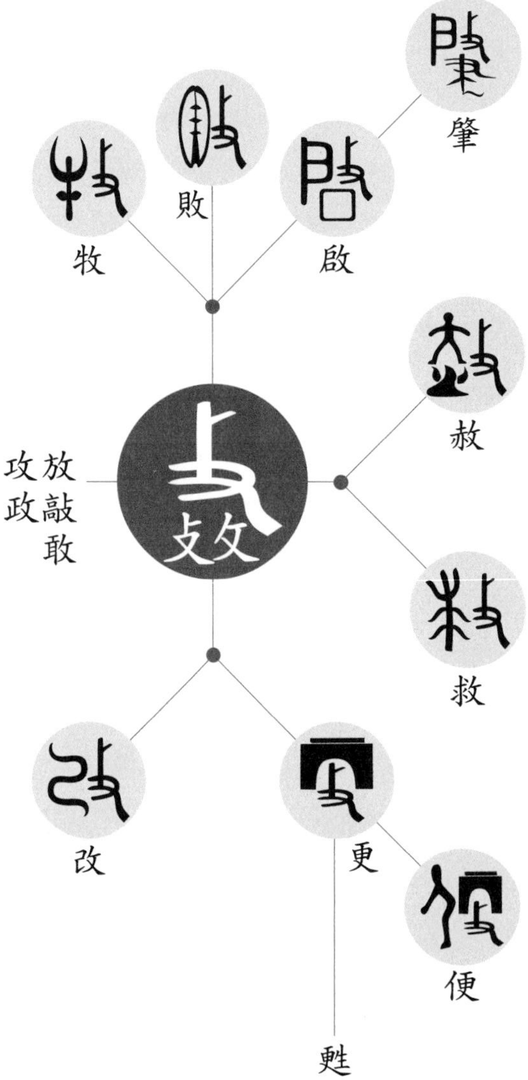

敗 ㄅㄞˋ bài

「手持工具」（，攵）打造「貝」殼（）錢時，卻不小心將它弄破了。造幣失誤也。

貝殼曾經是夏、商及西周的流通貨幣，殷商有一位王妃「婦好」，考古發現她的墳墓裡埋了七千餘枚的貝殼，顯見當時貝殼是相當有價值的陪葬品。有許多包含「貝」構件的字也都與財物有關，如財、寶、貨、資、貫、貪等。貝殼要成為錢幣，必須先經過打磨穿孔的加工程序，「敗」就是描寫造幣失敗的情景。甲骨文描繪「兩隻手」將「兩個貝殼」（）錢弄破；金文表示手持器具（）加工兩枚貝幣（）。「敗」的本義為造幣失敗，引申為失利、破壞、無用的，相關用詞如敗壞、戰敗。《說文》：「敗，毀也，從攴貝。」

甲 金 篆

啟 ㄑㄧˇ qǐ

「手持工具」（）把門「戶」（）開出一個缺「口」（）。

相關用詞如開啟、啟程、啟蒙等。

甲 金 篆

肇 ㄓㄠˋ zhào

「籌劃」（）開「啟」（）城門的計畫。攻城計劃也。

在古代，若要拿下一座城池，一定要有周密的進攻計畫，而攻城的首要步驟，就是攻下城門。「肇」就是描寫將士籌畫攻城門的情景。「肇」的本義是攻門計劃，因為這是引發戰事的開端，所以引申為開始、引發等，相關用詞如肇始、肇事。金文表示籌劃（，聿）如何以武器（）攻入城門（，戶）；另一個金文則是籌劃（）如何以工具（，手持工具）打開城門（）。（聿）是手持筆的象形文，引申為籌畫或寫字（請參見「聿」）。

金 篆

牧 ㄇㄨˋ mù

「手持工具」（）看守「牛」群（）。《史記》記載，在四千多年前，秦的祖先伯翳替舜主持畜牧，由於他使牲畜繁衍良好，所以得到封地，賜姓嬴。甲骨文（）表示手持細枝條趕牛。「牧」的相關用詞如放牧、牧羊。《說文》：「牧，養牛人也，從攴從牛。」

甲 金 篆

赦 ㄕㄜˋ shè

「手持工具」（）釋放應受「火刑的人」（），（請參見「赤」，第三章）。

改 ㄍㄞˇ gǎi

「手持工具」（）修正「繩結紀錄」（）。「己」（）是一條結繩記事用的繩子，是「紀」的本字。

求 ㄑㄧㄡˊ qiú

從「毛」（）皮衣的袖子裡伸出一隻「手」（），向他人求助。為什麼求救的手會是一隻毛茸茸的手呢？因為古人冬天所穿的獸皮大衣，稱為「裘」（），所以全身毛茸茸的。

金 篆

救 ㄐㄧㄡˋ jiù

「手持器具」（）來援助「求」救（）的人。金文（）表示用「武器」（）來援助「求」救的人（）；金文及篆體（）則是手持器具（）來援助求救（）的人。「救」引申為援助、使脫離困境，相關用詞如拯救、救難等。

金 篆

丙 ㄅㄧㄥˇ bǐng

燒火煮飯的爐灶。

燒火煮飯是每天的大事。甲骨文及金文像爐灶，下面可生火，上面可放置鍋子。到了篆體，由於「丙」的構形與「內」（）很相似，為了區別，於是在爐子上面加了一橫而成為，表示這是上頭可以放鍋子的爐子。「丙」的另一個金文及篆體更清楚地描寫出一個「火」爐。

「丙」代表爐灶或爐火。以「丙」為義符所衍生的常用字有病、陋、炳等，其中，病（）表示因為有「爐火」（）在體內燃燒而「臥病在床」（，疒），顯然，古人認為生病與發炎、發燒是有關連的。炳（）表示有「火」光（）從「爐子」裡（）照射出來，引申為明亮。陋（）表示帶著「爐子」（）隱藏（，乚）在「牆」（）邊，過著清貧的生活。

更 ㄍㄥ gēng

或ㄍㄥˋ，gèng。「手持火鉗」（）撥弄「爐灶」（，丙）裡的柴火，改變火勢使燃燒愈加旺盛。

金文是描寫「手持火鉗」在「兩個爐灶」下撥弄，篆體省略了一個爐灶。另一個篆體的構形是為了字體方正及書寫便利而作的改變。「更」的本義是改變火勢，使燃燒更加旺盛，引申為改換、愈加，相關用詞如更改、變更等。「更」的另一個篆體也描寫出「火爐」（）下有一隻撥弄的手（）。

便 ㄅㄧㄢˋ biàn

一個「人」（）懂得因情勢而變「更」（）作法。

「便」是描寫一個懂得變通的人，於是事情一件件圓滿解決，所以「便」引申為順利、變通，相關用詞如方便、便利等。

金

篆

「殳」——手持長棍

「殳」是一種有棱無刃的長型兵器，形狀如堅實的長棍，用於撞擊與搥打，殳是古代五兵之一，在秦始皇兵馬俑三號坑就出土了銅殳首，「殳首」的功用是套在長形木棍的前端以增強衝撞力道。但是因為殳不像戈、矛、戟等武器那麼銳利（矛用於直刺，戈用於橫擊，戟是戈、矛聯合體），所以漸漸少用，後來多半做為禮樂之器。

「殳」的甲骨文像是手持綁上石頭的長棍，這種構形可能是最原始的殳器或長槍，金文表示手持殳器，長棍前端的短橫線代表殳首，但是長棍為何變成曲線呢？那是因為方體漢字難以表達又長又直的物件，只好以彎曲的線條來描寫，這種構字概念也出現在其他漢字中，如己、九、尺、尸、虫、尤等。在漢字構字裡，「殳」具有兵器、長棍、撞擊等意涵。

用於投擲或衝撞的長棍兵器

役 一ˋ

yì

「手持長棍武器」（）行走在前往戰場的「路上」（ノ㇆，彳），前往征戰也。

相關用詞如服兵役、戰役、勞役、僕役等。

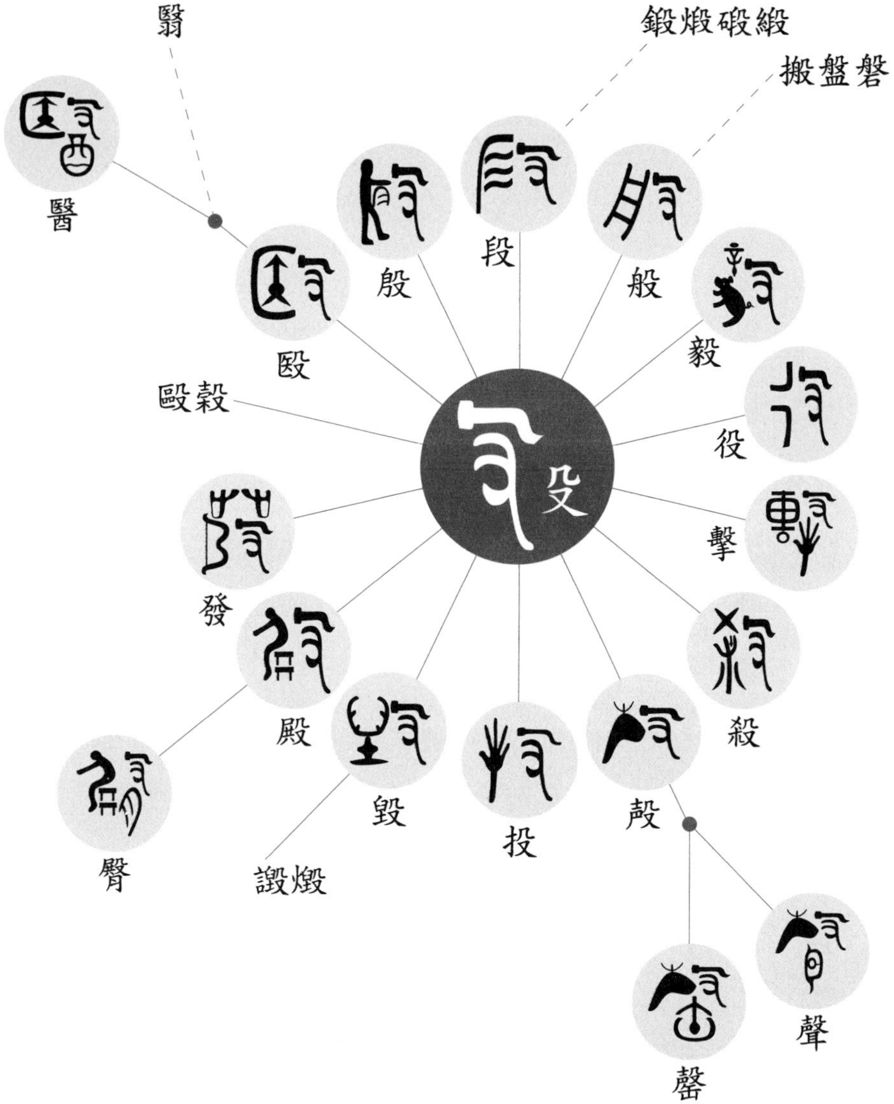
殳
翳
醫
殹
毆穀
殷
段
鍛煅碫緞
般
搬盤磐
毅
役
擊
殺
殸
磬
聲
投
毀
譭燬
殿
臀
發

投 ㄊㄡˊ tóu

以「手」（ ）擲「殳」（ ）。

擊 ㄐㄧˊ jí

用「手」（ ）去「撞擊」（ ）。

毄（ ）是描寫古代用來衝撞敵人陣營的戰車，主要的特色是將衝撞用的長「殳器」綁在「車輪軸」上（ ，軎）。類似的結構也被發展為攻城車，專門用來攻破城門。因此，毄具有撞擊之義。

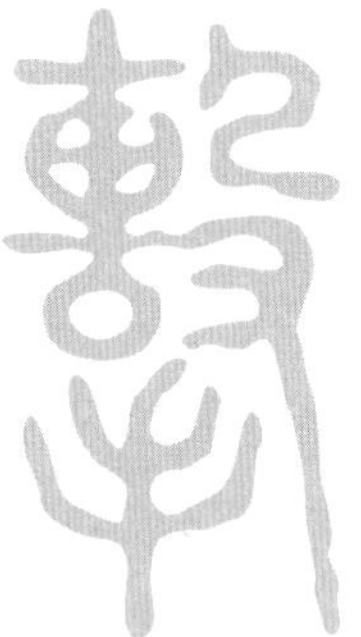

篆

發 ㄈㄚ fā

「登」（ ，癶）上高處發射「弓」箭（ ）與長「殳」（ ）。

引申為把物體送出去，相關用詞如發射、散發、發芽等。「發」與「髮」簡體字都為「发」。

金

篆

毀 ㄏㄨㄟˇ huǐ

「手持長棍」（）想要舂米，卻不小心敲破了陶「土」（）製成的米「臼」（）。

陶臼是古代很常見的用具，但是比較易破裂。若是用力搗米，就有可能不小心將陶臼搗毀。「毀」引申為破壞。毀的衍生字有「燬」及「譭」，「燬」代表被「火」燒「毀」，「譭」代表用「言」語「毀」壞他人名譽。《說文》：「毀，缺也。」

「毇」與「毀」具有相近的構字意象，毇（，ㄏㄨㄟˇ）是舂米的會意字，表示將「米」（）放入「臼」（）中，再「手持長棍」（）擊穀去殼。《左傳》：「毇，精米也。」

金  篆

以棍取石

段 ㄉㄨㄢˋ duàn

「手持長棍」（）撬開「山崖」（，厂）的岩石以取出「片片」（）石材。

石材是人類最早利用的天然材料之一，新石器時代及殷商遺址中，已發現有石板屋、石板棺等。古人取石材時，是將長棍插入石板縫中，利用槓桿原理，撬開一片片的石板。因為石材是從山崖大石所分離而出，所以「段」引申為整體中的一部份，相關用詞如片段、分段、段落等。

金  篆

匹 ㄆㄧ pī

或ㄆㄧˇ，pǐ。「山崖」（，厂）邊的「片片」（）石材。

本義是片狀物或量詞，如布匹、馬匹等。

金  篆

以棍擊石發聲

殸 ㄑㄧㄥˋ qìng

或磬。「手持棍」（）敲擊以「草繩懸掛的石片」（）。

本義為石頭製成的敲擊樂器。

聲 ㄕㄥ shēng

擊「殸」（）所發出的樂音進入「耳」朵（）。

引申為一切物體所發出的聲音。「聲」的簡體字為「声」。

罄 ㄑㄧㄥˋ qìng

「罐」子（，缶）空了以至於發出如「殸」（）的清脆聲音。

「罄」是空罐，引申為東西用盡了，相關用詞如罄竹難書。《說文》：「罄，器中空也。」

推桿操舟、持棍跳舞、廷杖

般 ㄅㄢ bān

「手持長棍」（，殳）操控「船」（，舟）的行進。

（請參見「舟」，第七章）。

甲 金 篆

殷 ㄧㄣ yīn

盛大的祭祀舞蹈，舞者「手持紅色禮器」（，殳）且「身體」（）擺動（請參見「身」，第二章）。

殿 ㄉㄧㄢˋ diàn

「手持長棍」（）擊打「俯臥」（，尸）在兩張「台基」（，丌）上的人。「殿」是描寫古代針對冒犯朝廷的人施以「廷杖」的情景。（請參見「尸」，第二章）。

投壺治病

可能有人會納悶，為什麼「疾」字裡面有一支箭？為什麼「醫」字裡面有一壺酒？這裡面其實隱藏著一段現代人不易體會的典故。

古代爭戰不斷，身受箭傷是常見之事，因此箭傷就成為「疾病」與「醫病」的造字背景。「疾」被描寫成受箭傷而臥病在床的人，而箭傷必然引起發炎，因此「病」就是有火在體內燃燒而臥病在床。受箭傷的人常因傷口感染而導致身亡，但古人卻意外發現酒具有治療箭傷的效用。治療前可以用酒來麻醉，治療後還可以用酒來殺菌，以酒治箭傷於是成為「醫」的構字來源。

疾 ㄐㄧˊ jí

受箭傷（，矢）而臥病在床（，疒）。

「疾」的甲骨文及金文表示一支「箭」（，矢）射中「人」

（）的腋下。篆體表示受「箭」傷（）而「臥病在床」（）。「疾」引申為病痛、迅速，相關用詞如疾病、疾走等。

病 ㄅㄧㄥˋ bìng

因爐火（，丙）在體內燃燒而臥病在床（，疒）的人，生病發燒也。

殹 ㄧˋ yì

將箭（，矢）投擲到容器（，匸）內所發出的撞擊（，殳）聲。

周朝流行「投壺」遊戲，主人與賓客比賽把箭投擲到容器中，誰投中的多，誰就贏。「殹」似乎就是由投壺文化而發展出來的字。《說文》：「殹，擊中聲也。医，盛弓弩矢器也。」

醫 ㄧ yī

以酒來治療箭傷，先給受箭傷者喝一些酒（，酉），再將箭拔出投入容器中（，殹），最後再以酒（）倒在傷口處消毒。

拔箭治療傷口，痛苦難當，必須先進行麻醉才能動手術。然而，當時並無麻醉術，而是用酒來減經患者的疼痛，或製作藥酒來殺菌與治病。中國以藥酒治病的故事，其中，最膾炙人口的莫過於華陀為關羽「刮骨療傷」，《三國志》記載關羽攻打樊城時被毒箭射中右臂，箭毒入骨，名醫華陀駕船而來，特地為關羽刮骨療傷，華陀切開皮肉，進行刮骨手術，而關羽卻是一邊喝酒、一邊下棋，談笑自若。「醫」的本義是治療箭傷，引申為治療，相關用詞如醫治、醫生、獸醫、醫術等。「醫」的簡體字為「医」。

「寸」——謹慎的手

（寸）就是描寫手腕的脈搏之處，也就是所謂的「寸口」。早在秦漢以前便發現手腕處有脈搏跳動，之後更發現由人的脈搏強弱可推知其健康狀況，於是發展出把脈的技術。篆體以指事法標示出手掌下約一寸處脈搏跳動之處。因此，寸就成了長度單位，十分為一寸。「寸」引申為很短的距離，相關用詞如分寸、寸步等。

由於（寸）是一隻量測脈搏的手，所以在漢字構字意義裡，「寸」代表一隻恭謹行事的手，一隻善於辦事的手。在古字裡，（又）與（寸）兩者的構形及意義大致相同，甚至有些漢字的甲骨文或金文，構件本來是（又），但到了篆體卻變為（寸），變更的原因便是為了強調是一隻恭謹行事的手，這類漢字如寺、射、專、封、尊、尋等。《說文》：「寸，十分也，人手卻一寸動脈謂之寸口。」

辦理事務

守 ㄕㄡˇ shǒu

「屋」內（，宀）有一隻「行事恭謹的手」（），看管屋內事務。

戰國時期的「郡守」（又稱太守）是一個郡的最高行政長官，掌管郡內所有事務。「守」引申為看管、遵行、防禦。相關用詞如看守、守護等。《說文》：「守，守官也，從宀從寸。」

金 篆

寺 ㄙˋ sì

百姓「前往」（，之，㞢）「辦事」（）的地方。

秦朝稱呼官署衙門為「寺」，如大理寺就是掌管刑獄的機關。金文及篆體表示前往（、）辦事（、）。可惜，隸書把

金 篆

「之」變形為「土」，完全失去了「前往」的意涵（請參見「之」，第九章）。

「寺」本來指百姓前往辦事的地方，原本指官署，後來多指廟宇，如寺廟。《說文》：「寺，廷也，有法度者也。」

待 ㄉㄞˋ dài

在「前往辦事」（）的「路」途（，彳）中。

引申義為將要、等候。相關用詞如待辦之事、等待。

金 篆

等 ㄉㄥˇ děng

「前往」（，之）「辦理」（）「竹」簡（）的事。

周朝就已經發明竹簡，目前藏於北京清華大學的戰國竹簡，裡面記載中國最早的史書——《尚書》。「等」就是以竹簡製作書冊作為造字背景。一部古書常常要用到數百支等長的竹簡。製作竹簡需要經過選材、去青、防變型、防腐、打磨、切齊、連片、撰寫等繁複程序。因此，「等」引申出好幾項意涵，一個是「等待」，因為製作一冊竹簡書往往需要耗費不少時日；另一個是「相等」，因為每一片竹簡的長度都相同；第三個是「等級」，因為竹簡所使用材料品質好壞有不同的級別。《說文》：「等，齊簡也。」

測量

時 ㄕˊ shí

「測量」（）「太陽」（）「前進」（，之）的位置。

殷商時代已懂得依據影子的方向和長短定出節氣、時刻等。周朝的圭表

甲 金 篆

及漢朝的日晷，都是測量日影的時間工具。「時」引申為季節或時間，相關用詞如四時、時間、時鐘、時候等。本義為測量人的脈搏，在此當作「測量」解釋。

尋 ㄒㄩㄣˊ xún

張開兩手臂的長度。八尺長。

甲骨文描寫「兩隻張開的手臂」及兩者之間的一條直線；篆體表示使用「兩手」（）當「工」具（）來測量，再使用「口」說（）來描述。古代以八尺為「一尋」。古時候以手來當測量工具是很常見的，如「丈」的篆體為，也就是「十手」。一丈的長度是十隻手掌的寬度。如果一隻手掌寬約二十公分的話，那麼一丈就差不多有兩公尺長。尋的本義是兩手臂之間的長度，引申為平常（取其人人都有手臂可用來量測的意思）、探尋（取其追究準確的精神），相關用詞如尋常、尋找等。《小爾雅》：「度尋舒兩肱也。」「尋」的簡體字為「寻」。

甲 

篆 

栽種

封 ㄈㄥ fēng

在領「土」（）內以「手」（）來栽種「植物」（，丰）。

周武王得天下之後，實施「封建制度」，把國土賜給同姓宗親，並讓受封者在受封的領土邊境廣植樹林，做為邦國的國界（請參見「邦」）。「封」引申為賜土地或爵位、領地、限制等，相關用詞如冊封、封疆、封閉等。郭沫若說：「古之畿封實以樹為之也。此習於今猶存。然其事之起，乃遠在太古。太古之民多利用自然林木以為族與族間之畛域，西方學者所稱為境界林者是也。」

金 

篆 

邦 ㄅㄤ bāng

「境內人民」（，邑）在領土上栽種「植物」（，丰）

「封」與「邦」的構字裡，都隱含著植林為界的信息。「邦」的金文表示「城內人民」（，邑）在地「土」（）上栽種「植物」（），此構形與「封」的金文相近。

索討與交付

討 ㄊㄠˇ tǎo

開口說話（，言）並伸手（）向他人索求。

相關用詞如討債、討錢、聲討等。

付 ㄈㄨˋ fù

把東西交（）給別人（）。

相關用詞如交付、託付、付等。《說文》：「付，與也，從寸，持物對人。」

府 ㄈㄨˇ fǔ

交「付」（）財貨的「處所」（，广）。

「府」是古代收藏或管理政府財貨的地方，相關用詞如官府、政府等。

金

篆

得 ㄉㄜˊ dé

在「路上」（，彳）拿到（）「錢」（，貝）。

「得」引申為獲取，相關用詞如獲得、得手、得意等。隸書將「貝」訛變為「旦」，失去了原有的構字意涵。

奪 ㄉㄨㄛˊ duó

一隻「鳥」（）被「人」（）「抓」（）走了。

金文表示用「衣」服（）抓（）鳥（）；篆體則把「衣」改成「大」，表示一隻鳥被人（）抓走了。「奪」引申為強取、削除，相關用詞如搶奪、剝奪等。「奪」的簡體字為「夺」。

奮 ㄈㄣˋ fèn

「農」人（）想驅趕「田」（）裡的「鳥」（）。

所以引申為振動、高舉、振作等。相關用詞奮鬥、興奮等。金文表示人用「衣」服（）驅趕田中的鳥，鳥立刻振翅逃逸。

酋 ㄑㄧㄡˊ qiú

芳香四溢的（，八）的美酒（，酉）。

古代的「大酋」是一位掌酒官，《禮記》詳細紀載周朝的釀酒技術：「乃命大酋，秫稻必齊，麴櫱必時，湛熾必潔，水泉必香，陶器必良，火齊必得。兼用六物，大酋監之，毋有差貸。」可見古代大酋深懂得以酒麴發酵造酒的六大秘訣。現今，酋多半指一族之長，如酋長。

尊 ㄗㄨㄣ zūn

手端著（，寸）「芳香四溢的美酒」（，酋）奉給尊貴人。

尊的本義是奉酒，只有尊貴人才得以享此美酒，所以引申為敬重、高貴、對長者的敬稱，相關用詞如尊敬、尊貴、令尊等。古代的酒罐也稱為尊，後來改成罇。鄉飲酒禮是古代一項敬老尊賢的教化活動，從西周到清末的歷朝歷代都遵行，可以說源遠流長。為了表達對年老長者的敬意，地方官每年都會在鄉州鄰里之間舉辦一次聚會宴飲。在宴席之中，受邀的長者依序就坐，年紀愈大的，分配到的食物就愈豐盛。《禮記．鄉飲酒義》記載：「鄉飲酒之禮，六十者坐，五十者立侍，以聽政役，所以明尊長也。六十者三豆，七十者四豆，八十者五豆，九十者六豆，所以明養老也，民之尊長養老，而後乃能入孝悌。」《禮記》也記載，敬老可追溯至商朝的養國老制度。「尊」這個字是在敬老尊賢的文化背景下所創造出來的。

捻鬚

耐 ㄋㄞˋ nài

「手」（）捻「鬍鬚」（，而）。

人在思考或等待時會不自覺手捻鬍鬚，所以引申為忍耐，相關用詞如忍耐、耐煩等。「而」的甲骨文及金文都是描寫下巴的鬍鬚。古人一邊思索，習慣一邊摸著鬍鬚，所以「而」被用來當作轉接語，表示但是、且等的意思，

相關用詞如然而、而且等。《說文》：「而，頰毛也。」

操作

專 ㄓㄨㄢ zhuān

以「手」（）操作「紡專」（）。

「叀」（ㄓㄨㄢ）的甲骨文及金文是紡專（spindle）的象形文。紡專是製紗的工具，可以把一段段的植物纖維藉由旋轉揉合而形成綿長的紗線。紡專是由紡輪及輪桿所組成。紡輪是中間有孔的陶製或石製圓盤，孔內可插入一根木桿，稱為輪桿。紡紗工人先把一撮植物纖維（天然麻）繫在輪桿上，然後轉動紡輪。紡輪一轉動便可扭動纖維使其成為緊密的絲線，這時工人必須不斷遞補新的纖維，絲線才會連接不斷。所形成的絲線會一圈圈纏繞在輪桿上，最後成了一大捆紗線，可以用來織布。

熟練的紡紗工人可以用手快速操作紡專以提高生產力，因此，「專」引申為擅長或把持等意義，相關用詞如專業、專長、專心等。「專」的簡體字為「专」。

「爪」——抓取的手

「爪」的金文是一隻銳利的爪子；篆體是一隻向下抓取的手。「爪」在漢字構字意義裡，都是代表「以手抓取」，以爪為義所衍生的字有舀、稻、爰、奚、受、妥、覓、抓、爬等。

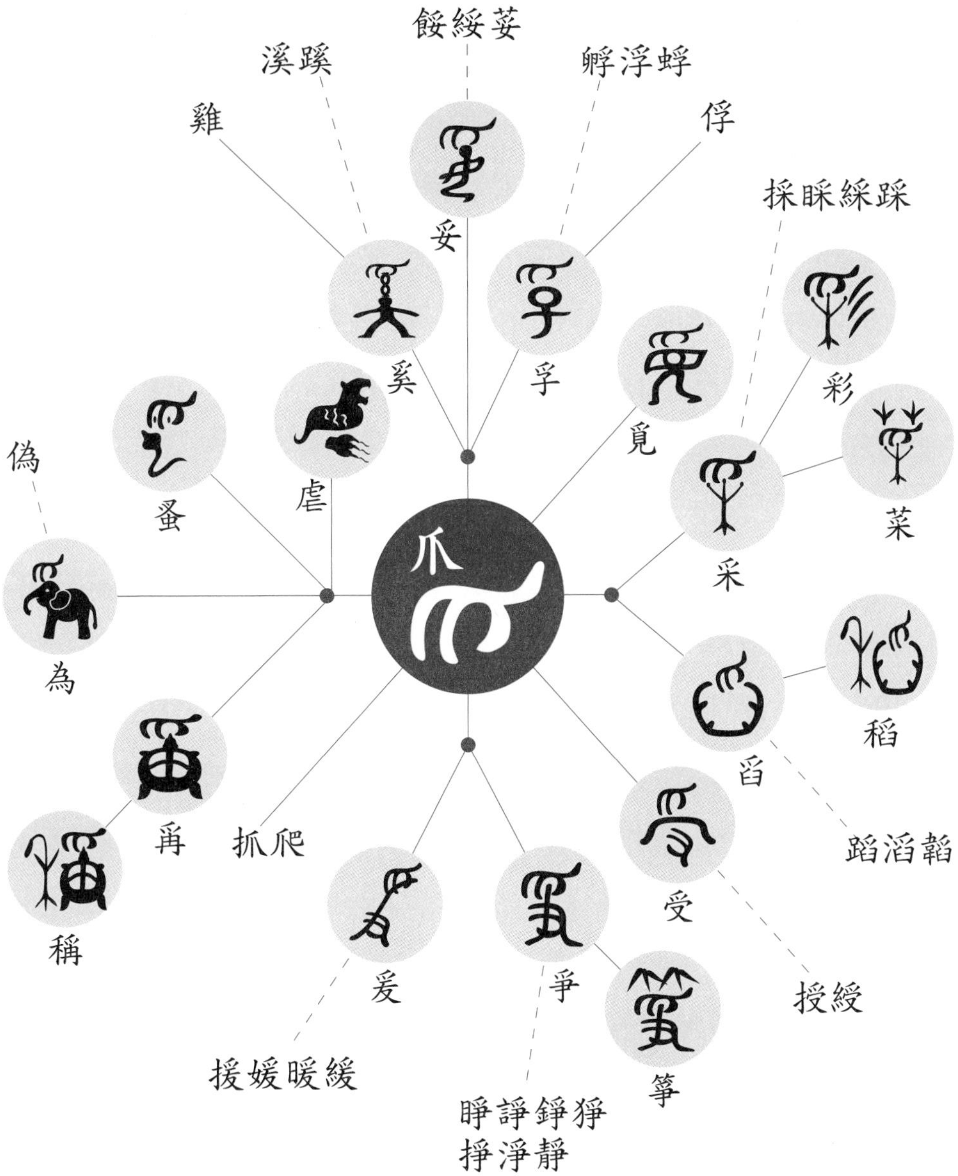
爪
餒綏荽
溪蹊
孵浮蜉
雞
俘
妥
奚
孚
採睬綵踩
彩
覓
虐
蚤
偽
菜
采
為
稻
舀
爯
蹈滔韜
抓爬
稱
受
爰
爭
授綬
箏
援媛暖緩
睜諍錚猙
掙淨靜

采 ㄘㄞˇ cǎi

摘取（，爪）樹（）上的果實或樹葉。

「采」是「採」的本字，因為樹上的果實華美，所以引申為讚賞、儀容，相關用詞如喝采、丰采。

㊙甲 
金 
篆 

彩 ㄘㄞˇ cǎi

「採」（）取樹上五彩繽紛（）的果實。

菜 ㄘㄞˋ cài

可以「採」（）來食用的「草」（）。

舀 ㄧㄠˇ yǎo

以手掏取（）臼（）中的東西。

「舀」引申為自容器取物，相關用詞如舀水、舀湯等。「臼」是舂米時去除穀殼或將米搗碎的用具。

稻 ㄉㄠˋ dào

抓（）取禾桿上的稻穗（），然後放進臼（）中以便搗出米粒。

金 
篆 

蚤 ㄗㄠˇ zǎo

令人忍不住去「抓」（ ）癢的小害「虫」（ ）。

許多人都有跳蚤上身、全身發癢的經驗，尤其是在古代，人畜同居，各種動物把跳蚤帶入屋子，更是癢得難以入睡。

虐 ㄋㄩㄝˋ nüè

虎（ ）爪（ ）。

引申為殘暴，相關用詞如肆虐、虐待等。

為 ㄨㄟˊ wéi

或ㄨㄟˋ，wèi。「抓」（ ）大象（ ）來供人使用。

《爾雅》稱讚大象是：「南方之美者」。大象的型態美麗，性情溫順，象牙尤其珍貴，為周朝貴族所喜愛。象除了能幫人搬運重物之外，《漢書．張騫》還紀載古人乘大象打仗的事。許慎說：「象，南越大獸」，可見象是從越南等國而來。象的甲骨文 、金文 都是一隻大象的構形。

爯 ㄔㄥ chēng

或ㄔㄥˋ，chèng。以手（ ，爪）提取一隻「鱉」（ ，冉）。

一隻巨鱉可以重達十來公斤，肉質鮮美，營養價值也高，可以賣到好價錢。鱉是中國人眼中的滋補聖品，台塑創辦人王永慶的養生之道是每天一碗花旗蔘燉甲魚湯。《漢書》記載：「元龜、岠冉，長尺二寸，直二千一百六十。」（特大號的龜及巨鱉，長達一尺二寸，值二千一百六十錢。漢朝一尺二寸約二十八公分。）爯的甲骨文 與偁的甲骨文 及金文 、 都是一個人手抓鱉的象形文，此二字皆為

「稱」的本字。爯，本義為用手估量鱉的重量，引申為測重量。爯可以說是古代市場上秤斤賣鱉的描寫。周朝有一段買鱉的故事，《韓非子》記載，鄭國有一個婦人，到市場買了一隻鱉，回家途中經過一條河，以為鱉口渴了，於是放牠去喝水，沒想到，鱉一溜煙就不見了。可見，鱉雖在陸地上爬行緩慢，但到了水裡可是身手矯健得很哪！《韓非子》：「鄭縣人卜子妻之市，買鱉以歸，過潁水，以為渴也，因縱而飲之，遂亡其鱉。」

稱 ㄔㄥ

chēng

或ㄔㄥˋ，chèng。「估量」()「禾」()穀的重量。

「稱」簡體字為「称」。

「力」——強壯的手臂

「力」的金文是一隻強壯的手臂。以「力」為義符所衍生的字有加、賀、嘉、男、勞、幼、劣、飭、劫、拋、勦、辦、功、努、劬、勉、助、勔、勃、勖、劾、動、勁、勃、勇、勤、務、勘、勸、勢等。以「力」為聲符所衍生的字有肋、勒等。

篆

力
努劬勉
助勔勃
勖劾動
勁勃勇
勤務勘
勸勢
窈
幼
勒
飭
辦
勦
劫
脅 荔
劦
協
加
嘉
賀
劣
勞
功
男
虜
癆 撈
舅 甥

男 ㄋㄢˊ nán

在「田」（田）裡勞「力」（）（請參見「田」，第七章）。

甲 金 篆

虜 ㄌㄨˇ lǔ

在田裡工作的「男」子（）被老「虎」（）抓走。

漢字「虜」與「虐」兩字都是在描寫古代老虎的可怕。《禮記》記載，孔子與弟子走到泰山旁邊時，遇到一個婦女跪在墳墓前放聲痛哭，他就派弟子去問她為何哭得如此傷心，少婦回答說：「從前，我的公公被老虎咬死了，後來，我丈夫也被咬死了，昨天，我的兒子又被咬死了，這一連串的打擊，叫我怎麼能不傷心呢？」孔子趨前說：「這真是太不幸了，這地方的老虎真是猖獗啊！那妳為什麼不離開這個可怕的地方呢？」少婦擦了擦眼淚說：「這個地方雖然可怕，不過沒有繁重的稅負，所以我不想搬家啊！」孔子於是感嘆：「苛政猛於虎。」「虜」引申為擒獲，如被活捉的敵人稱為俘虜。

功 ㄍㄨㄥ gōng

手拿著「夯杵」（）用「力」（）夯打。

用力夯打才做得了「功」，否則打到天黑還是沒什麼進展。相關用詞如用功、功勞、功動等。

勞 ㄌㄠˊ

láo

在「微弱燈光」下（𤇾）仍然努「力」工作。

「勞」引申為辛苦賣力，相關用詞如勞力、辛勞、勞苦等。（熒）代表微光。《說文》：「熒，屋下燈燭之光。」「勞」簡體字為「劳」。

金

篆

同心合力

協 ㄒㄧㄝˊ

xié

「十」（）人同心「合力」（）。相關用詞如協力、協辦、協商等。協的本字是劦，劦（，ㄒㄧㄝˊ）以三隻強壯的手臂來象徵同心合力。「三力」就是「眾力」，因此，劦引申為眾人合力。

訴諸武力

劫 ㄐㄧㄝˊ

jié

以武「力」（）擋住他人「去」（）路。

「劫」是盜匪攔路搶劫的寫照。篆體表示以武力擋人去路，另一個篆體表示以「刀」（）擋住他人去（）路。「劫」引申為武力挾持、搶奪財物、災難來臨，相關用詞如搶劫、劫難等。《說文》：「人欲去，以力脅止曰劫。」

勦 ㄐㄧㄠˇ

jiǎo

以武「力」（）掃蕩敵人的「巢」穴（）。

勦，消滅，通剿，相關用詞如剿滅。

巢 ㄔㄠˊ

cháo

有「小」生命（）在「樹」上（）的「凹窩」（，臼）裏。

篆體 、 是由「小、臼、木」所組成，可惜，隸書將「小」訛變為「巛」，又將「臼、木」合成「果」。

飭 ㄔˋ

chì

使用權「力」（）管理「糧食」（，飤）。

軍中常為爭糧發生衝突，必須使用公權力來整頓紀律。「飭」引申為整頓、下達命令，相關用詞如整飭、飭令等。（飤，厶）就是「人」所吃的糧「食」。

有不少學者把「力」解釋為「耒」，因為在甲骨文  的構形中，「田」旁邊的符號像耒。然而，甲骨文多為卜辭，書寫形式草率，以刀筆在甲骨上快速刻寫卜辭的貞人，有時候會將小圓弧刻成直線，不少甲骨文都有這個特性，例如「殳」的甲骨文  表示手持殳器，其中，手的構形也被簡化成十字。金文多半是刻在鐘鼎之上，書寫形式非常恭謹優美，由金文 （男）、（嘉）等就可看出彎曲的手臂上端有肥大肌肉，這是用力做工的現象，就字義演變的一貫性原則而言，無疑力是描寫一隻強有力的手臂。

幼 ㄧㄡˋ yòu

手臂的力量（）如細微的「絲線」（），表示力氣很小。

古代婦女必須從小學習「女紅」，女性力量較弱，不適合從事粗重的勞動工作，但她們的手卻靈巧，較適合從事穿針引線的工作，所以「幼」以細微的針線來描寫一個力量微小的人。「幼」引申為微小，相關用詞如年幼、幼童、幼稚等。

窈 ㄧㄠˇ yǎo

洞「穴」（）裡傳出「細小」（）的聲音。

引申為深遠、纖細美好，相關用詞如窈遠、窈窕等。

劣 ㄌㄧㄝˋ liè

力（）少（）也。

古人認為力大者就是佳、就是美，如一隻強壯的馬，被視為品質精良，但若是力量小，則被視為劣等馬。「劣」引申為不佳的，相關用詞如低劣、惡劣、劣勢。

金
篆

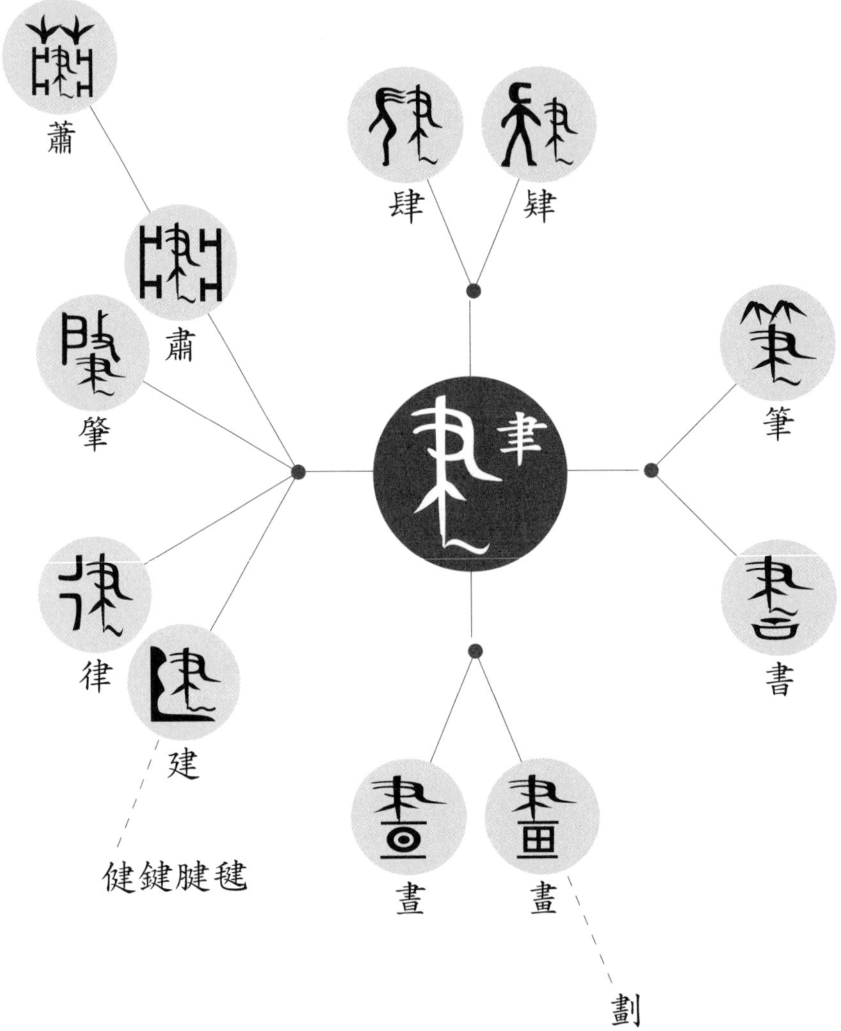

「聿」——握筆的手

古代的筆可分為硬筆與軟筆兩種，刀筆、木筆、竹筆等屬於硬筆，軟筆則以毛筆為代表。甲骨文是使用刀筆刻在龜甲或獸骨上，而木筆與竹筆則是以木、竹條沾漆寫字。秦朝之前，筆有許多名稱，但在漢字裡，主要以「聿」來表達，如筆、書、畫等字都包含聿的構件。代表「竹子枝條」，添加一隻手後成為「支」。古人要利用竹子主幹建造房子或製作竹器，必須先把枝條去除。（支）就是描寫以「手」除去「竹子枝條」的景況。

「聿」的甲骨文及金文、表示「手」持「竹子枝條」沾漆寫字，篆體在竹子枝條底下加上一橫，表示畫出線條。聿的本義是筆，引申為書寫、訂定、規畫等。

筆 ㄅㄧˇ bǐ

手持「竹」桿製成的「筆」。

秦朝大將軍蒙恬以一小撮羊毛插在竹管上寫字，意外發明了「毛筆」。毛筆寫字，筆劃流暢，改善了硬筆的缺點。為了有別於傳統的硬筆「聿」，蒙恬稱它為「弗聿筆」。自此之後，「筆」成為文人喜愛的寫字工具，後人逐漸以「筆」來代替「聿」。另一個篆體（笔）則表示羊「毛」插在「竹」桿上的東西，這個構形更寫實地詮釋秦朝蒙恬所造的毛筆，以「竹」製桿，以羊或狼「毛」做筆頭。現今，「筆」簡體字為「笔」。

律 ㄌㄩˋ lǜ

用「筆」（，聿）規劃「道路」（，彳）。

引申為訂定應遵行的道路，法規、規範，相關用詞如法律、定律、旋律等。

篆

建 ㄐㄧㄢˋ jiàn

在內壁凹陷（，或）處用一支筆（）在陶土上繪彩紋。

「建」的金文、代表在內壁凹陷（）處用一支筆（）在陶土（土）上繪彩紋，這是古代製陶的重要程序之一。「建」引申為規劃、興築、陳述，相關用詞如建立、建築、建議等。（請參見「廷」，第二章。）

金 篆

畫 ㄏㄨㄚˋ huà

用「筆」（）描繪「田界」（）。

甲骨文（）是一支筆在地上畫線；金文（）添加了「田」；篆體（）表示用「筆」（）描繪「田界」（）；另一個篆體（）（画）則表示田（田）的四周圍界線。「畫」簡體字為「画」。「畫」的本義為劃分田界，引申為繪畫，相關用詞如繪畫、圖畫、規畫等。《說文》：「畫，界也，象田四界，聿所以畫之。」

甲 金 篆

書 ㄕㄨ shū

用「筆」把「口述」的內容寫下來（請參見「曰」，第七章）。

晝 ㄓㄡˋ zhòu

用、「筆」（）劃出「太陽」（）的「四圍界限」（）。

古人把一天劃分為白晝與黑夜，有日光照射的時段稱為白晝，而沒有日光照射的時段稱為黑夜。相關用詞如白晝、晝夜等。《說文》：「晝，日之出入，與夜為界。」「晝」簡體字為「昼」。

金 篆

肅 ㄙㄨˋ sù

在「左右高牆」（）隔離下，專心「書寫」（）謀劃。

所謂的「蕭牆」，本作「肅牆」。古人在書寫或辦事時，為了避免受到直接的干擾，因此設立此屏障，外人求見則須先在屏風外通報。此屏障也設在君臣之間，因此東漢鄭玄說：「蕭之言肅也；牆謂屏也。君臣相見之禮，至屏而加肅敬焉，是以謂之蕭牆。」可見，所謂的「蕭牆」就是指宮室內為了隱私或隔離干擾所設立的牆垣或屏風。而「蕭牆之禍」就是指宮廷內部爭鬥所引起的禍害，如《論語》：「吾恐季孫之憂，不在顓臾，而在蕭牆之內也。」「肅」本意是指隔離用的牆垣或屏風，引申為恭敬、靜穆等，相關用詞如肅靜、嚴肅等。另一個篆體表示一個跪坐的人（）在專「心」（）「書寫」（）謀劃。《說文》：「肅，持事振敬也。」「爿」代表木製的牆。

蕭 ㄒㄧㄠ xiāo

生長在「荒涼」之地（）的野「草」（）。

艾蒿，又稱為蕭艾，味苦，後人將它運用在針灸術中，艾蒿點燃後可用來薰蒸穴道。「肅」的本義是有高牆隔離的地方，在此引申為人煙稀少的荒涼之地。「蕭」引申為蕭條淒涼的草地，相關用詞如蕭瑟、蕭條。

金 

篆 

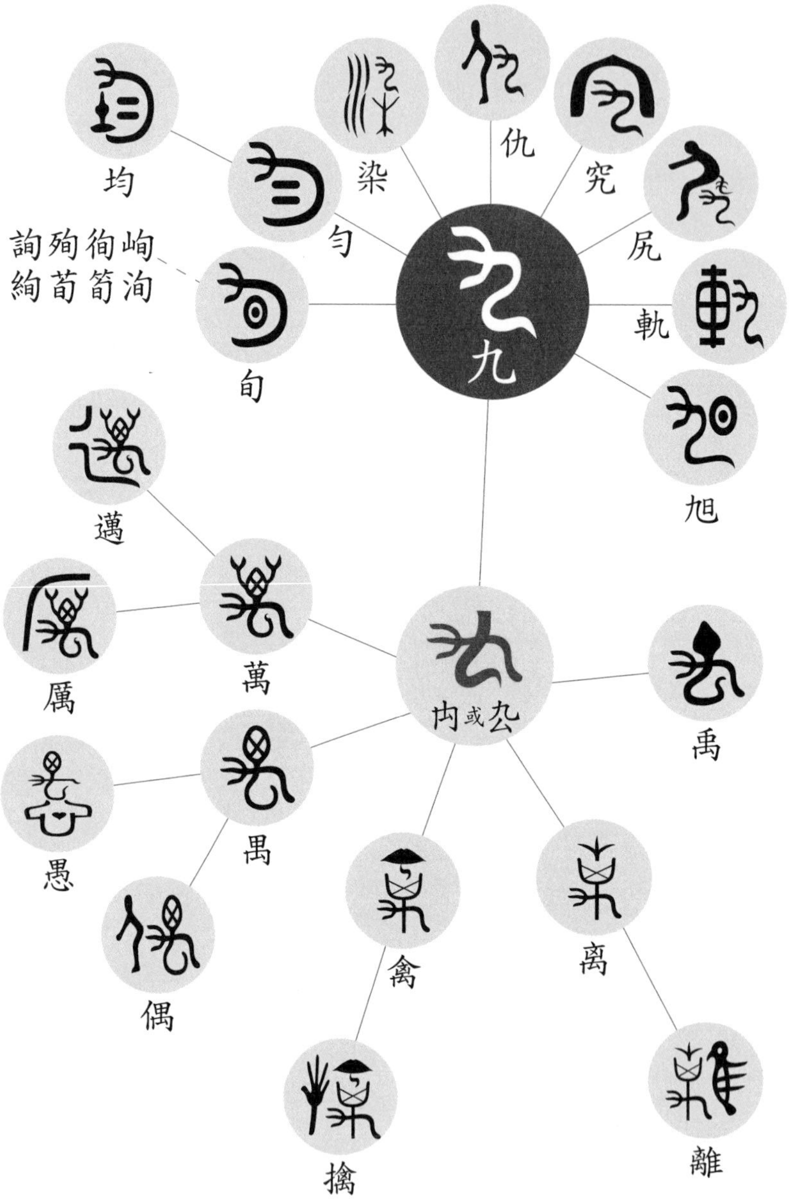
均
匀
染
仇
究
尻
軌
旭
詢 殉 徇 峋
絢 荀 筍 洵
旬
九
邁
萬
厲
禸或厹
禹
禺
愚
偶
禽
离
擒
離

九 ㄐㄧㄡˇ jiǔ

極度伸展的手臂。

引申為伸長到極致、長遠的。

甲 金 篆

究 ㄐㄧㄡˋ jiù

「伸長手臂」（，九）到洞「穴」（）裡探尋。

仇 ㄔㄡˊ chóu

「伸長手臂」（）去追討的「人」（）。

有深仇大恨的人，無論他逃到天涯海角，都要抓到他。

尻 ㄎㄠ kāo

長長的脊椎「一直伸展」（）到「尾」端（）。「尻」就是尾椎。

金 篆

勻 ㄩㄣˊ yún

兩隻相等長度（）的長手臂（）。幾乎每一個人的兩隻手臂伸長後都是一樣長的。

引申為齊平，相關用詞如均勻、勻稱等。「二」的古字（）是以兩條相等長度的線條來表示。《玉篇》：「勻，齊也。」

金 篆

均 ㄐㄩㄣ jūn

「齊平」（，勹）的分配「土」地（）。

相關用詞如平均、均分、均等。《周禮》：「以土均之法，均齊天下之政。」

金 篆

旬 ㄒㄩㄣˊ xún

太陽（）的一個完整週期（）。

一個成年人能用單隻手臂環抱著孩童或器物。甲骨文是環繞成一圈的長手臂，代表一個完整週期，金文添加了「日」，代表一個完整的日子。古人認為，「十」是一個完整數字，因此，每十日為一旬，如上旬、中旬、下旬；就年齡而言，每十年為一旬，如八旬老母。

甲 金 篆

染 ㄖㄢˇ rǎn

從樹「木」（）中流出許多「綿長的」（）「汁液」（）。

古人很早就懂得從漆樹中提取染料。馬王堆古墓所出土的竹器、木器，器物表面的紅漆，經過兩千年後仍然鮮豔如新。

軌 ㄍㄨㄟˇ guǐ

「車」子（）壓過去，留下「長遠的」（）痕跡。

金 篆

旭 ㄒㄩˋ xù

清晨的「太陽」（）發射出一條條「細長的」（）光芒，旭日東升也。

内 ㄖㄡˊ xún

或厶。「伸長手臂」（，九）去抓動物的軀幹（，厶）。

在漢字中，内（九厶）並非一個完整的字，它是從「禹、萬、禺、禽」等字擷取其中相同的構件而成，因為這些漢字都含有一個相同意義的符號，那就是伸長手臂去抓某種動物。

禹 ㄩˇ yǔ

「伸長手臂」（，九）去抓「大蛇龍」（，虫）的人。

「禹」的金文代表持「叉」（）對抗大「蛇」（）的人。先秦典籍將大禹描寫成對抗蛇龍的英雄，而漢畫像磚上所繪之大禹像也是手持一支雙齒大叉。另一個金文及篆體則是描寫伸長手臂去抓大蛇的人。由此可見，大禹的意思就是擒龍人（或抓大蛇的人）。

四川三星堆文化保留了夏朝的文明，其中的青銅立人像，雙手各圈成一個大圓圈，表示伸手抓大蛇龍。此人的耳朵各有一個大耳洞，這是大禹的獨有特徵。古書提到大禹有耳漏（耳洞）、身體枯瘦、出生於四川石紐，這些都符合青銅立人的形象與背景。中國十大民間收藏家朱文燦所收藏的大禹手抓大蛇龍的三星堆玉器，更說明了大禹就是擒龍人。青銅立人雙手所抓的大蛇，直徑二十公分，就比例而言，應該是一條長度四到五米的巨蟒。我國雲南、四川一帶的巨蟒與緬甸蟒應屬相近類別，一條緬甸蟒飼養一年半就可長到三米長。四千年前的大禹時代，巨蟒應是極為普遍的。

篆

金

篆

萬 ㄨㄢˋ wàn

「伸長手臂」（，九）去除「蠍子」（），毒蠍子也。

禺 ㄩˊ yú

或ㄡˇ，ǒu。「伸長手臂」（，九）去抓「大頭長尾」（）的猿猴。

（請參見「禺」，第六章）。

禽 ㄑㄧㄣˊ qín

「伸長手臂」（，九）抓著「長柄網子」（）去獵捕「可食之物」（，今）。

禽，本意為獵捕可食用的動物，包含飛鳥與走獸，但現在多指飛鳥。《白虎通》：「禽者何？鳥獸之總名。」相關用詞如家禽、禽獸。甲骨文、是手持長柄網子的象形文，金文及篆體則將添加了「今」，「今」代表含在嘴裡，在此代表食用。「今」也是聲符。

擒 ㄑㄧㄣˊ qín

捉拿（，扌）「鳥獸」（，禽）。

离 ㄌㄧˊ lí

「伸長手臂」（，九）抓著「長柄網子」（）捕捉「樹梢」（）上的動物。離的本字。

篆

離 ㄌㄧˊ lí

「伸長手臂」（，九）抓著「長柄網子」（）捕捉「樹梢」（）上的鳥（，隹）。

由於樹梢上的動物不易捕獵，故引申為走開，相關用詞如分離、離家、離職等。

篆

「手」——五指手

甲骨文出現許多三根手指的手（），卻不見五根手指的手（），所以可推知古人是先創造出三指手（），然後再創造出五指手（）。也就是說，是由所衍生。

「手」的金文及篆體都描繪一隻五根手指的手。由於五根手指的手是比較晚出現的字，所以絕大多數都是用來組成形聲字，很少用來建構象形字或會意字。

失 ㄕ shī

東西從「手」（）中「滑落」（）。

篆體及都是由一隻手及一條不規則之曲線所組成，此曲線表示東西向下滑落的路徑。相關用語如失去、遺失、失明、失足、失

篆

手、失信、失敗、過失等。以「失」為義符所衍生的字有跌、佚、軼等。「跌」表示「失足」；「佚」表示「隱逸」之「人」。以一條不規則的曲線來表達東西向下滑落的構字概念也出現在漢字「少」。少（）表示「小」（）東西「滑落」（）了，因此東西變少了。隸書則將這些不規則曲線簡化為一撇。

拜 ㄅㄞˋ
bài

「手」（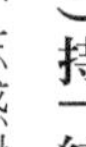）持「結滿麥穗的植物」（）向神拜謝。

五穀豐收，不忘感謝神的恩賜。「拜」引申為拱手彎腰的行禮儀式，相關用詞如拜謝、敬拜、拜年等。

甲 

金 

篆 

找 ㄓㄠˇ
zhǎo

手（）持「武器」（，戈）搜尋獵物。

拿 ㄋㄚˊ
ná

「合」（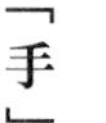）「手」（）也。將手合起來，就能把東西抓住。

以手為形（義）符所衍生的形聲字有掌摩摹摯擘擊擎拳攀，而採提手旁（扌）的常用形聲字則非常多，如按控扔扒扣扑扛托扳抗抖扯抒技扶扮抹扭抓把扼抑挑抄抱拌拈拘抨拄拖拗拂押拐抬拒拙拇披拍抵拔拼拭批持掛指拱拷拯栓捆捏挺捐捎挪挾挫振挨捕捍搗捌掬掩排掏捲掀掖挂捻捫接推搶援掘掄授掙揮撐採捱捶揉揆揍換插楸揣揹揭描搞搗搪搭搬搏搜摟摑搾攙摻摘摔撤搓搔搖摸摺摧撰措撓擅播撿擼擄據撼捷擋擔擁擒撲撫撈撐攬攤攜攪攝攔攘攏擾擲擴擷擠擱擭擰擇擬捧拾揚拆拉掉捉損撥撞挖掠撬提探揚拾拓等。

訛變為手的漢字

折 ㄓㄜˊ zhé

以斧頭（，斤）將樹木的主幹砍成兩截（）。

甲骨文、金文可以清楚看見一棵樹木斷為兩截。篆體將兩截斷木寫的非常接近，中間只留下一個細微斷痕。到了隸書，為了書寫便利，竟然將這兩截斷木接合起來，以至於訛變為手（，扌）。折引申為把東西弄斷或減低其價值，相關用語如折斷、折損、折扣等。

「折」的構字概念與「析」相近。「折」是將樹木砍斷，「析」是將砍斷的樹木加以分解。

甲 金 篆

析 ㄒㄧ xī

以斧頭（，斤）分解樹「木」（）。

「析」是描寫樵夫將一棵大樹砍下之後，再繼續將它分解成可燒飯的木柴。「析」引申為分解，相關用詞如離析、分析等。《說文》：「析，破木也。」

甲 金 篆

「叉」——分叉的手指

叉 ㄔㄚ chā

分叉的手指。（以箭頭指向手指的分叉處）。篆體以指事法強調手指間的分岔處。「叉」引申為交錯、分支，相關用詞如交叉、叉子等。

朮 ㄕㄨˋ shù

叉（）分（）而出。白朮（ㄓㄨˊ）或赤朮為藥用植物，枝葉分叉繁茂。

篆

術 ㄕㄨˋ shù

許多叉分（，朮）而出的「道路」（，行）。

「術」引申為方法、手段、策略。相關用詞如醫術、算術等。《說文》：「術，邑中道也。」「術」簡體字為「术」，失去了代表主要意義的符號「行」。「行」為四通八達的道路（請參見「行」，第九章）。

篆

述 ㄕㄨˋ shù

在叉分（，朮）的道路上「行走」（，辶）。

「述」引申為有條理或詳細地說明，相關用詞如敘述、著述等。另一個引申義是遵循，所謂「述祖」就是遵循先祖。《說文》：「述，循也。」《漢書註》：「述，道徑也，心之所由也。」

篆

殺 ㄕㄚ

shā

「手持長棍」（，殳）在叉分（，朮）而出的肢體上左揮右砍（）。金文表示在人（）的右腳上砍兩刀。「殺」的本義是砍人手腳，引申為致人於死地。

剎 ㄔㄚˋ

chà

或殺，shā。手持「刀」（）在叉分（，朮）而出的肢體上迅速地左揮右砍（）。引申為瞬間，「一剎那」是形容短暫的時間。另一個引申義是制止。

「丑」——扭轉的手

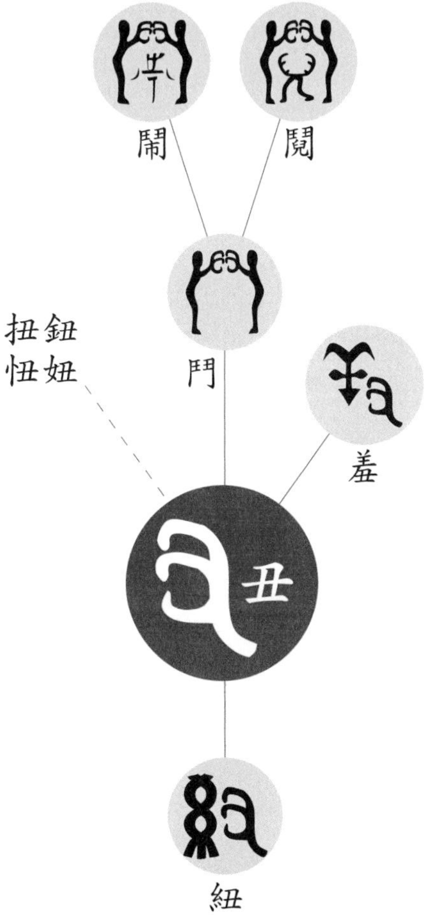

丑 ㄔㄡˇ chǒu

一隻抓著物體扭轉的手。

丑為「扭」與「紐」的本字。紐（）表示以手扭轉（，丑）線繩（），這是古代製作線或繩的過程。

甲 金 篆

羞 ㄒㄧㄡ xiū

手裡「扭」（）著一隻「羊」（）。牽羊請罪也。

《左傳》記載，春秋時期，鄭伯得罪當時的霸主楚莊王。楚莊王興師問罪，經過三月圍城之後，攻破鄭國。鄭伯為了表示認罪悔改，於是牽了一隻羊，除去頭上的髮簪，裸露上身向楚莊王認罪並獻出鄭國。此舉的誠意感動了楚莊王，於是撤兵離去。李煜（李後主）投降宋朝趙匡胤時，也是肉坦牽羊以逆，表示臣服。不料，多年後，北宋滅亡。徽、欽二帝被金人俘虜，又是同樣地肉坦牽羊跪拜在金人的太祖廟前。

鄭伯為什麼要向楚莊王獻羊呢？因為羊是非常順服的動物，獻羊表示絕對順服與認罪，所以藉此引申出羞愧難當的意思，相關用詞如害羞、嬌羞、羞恥等。

甲 金 篆

鬥 ㄉㄡˋ dòu

兩個人在扭打（）。

鬥，相爭，相關用詞如搏鬥、鬥爭、鬥智等。然而，「鬥」簡體字為「斗」，完全失去了兩人爭鬥的意象。「斗」是測量穀物的用具，十升為一斗。

金 篆

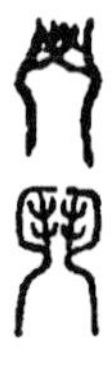

鬧 ㄋㄠˋ nào

兩個人在扭打（）。在「市」場（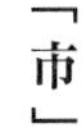）中與人相「鬥」（）。

古人造這個「鬧」字真有趣，「市」場原本就是人多的地方，再加上「鬥」，可就熱鬧非凡了，圍觀看好戲的人，除了起鬨，搞不好還會加入戰場。鬧，引申為吵雜、招惹事端，相關用詞如熱鬧、鬧事、鬧飢荒、鬧洞房等。《禮記》記載，有一次，子夏問孔子：「應如何看待殺父仇人呢？」孔子回答：「殺父之仇，不共戴天，即使在市場中遇見他，不必等回家拿兵器（以免錯失機會），直接衝上去與他相鬥。」《說文》：「鬧：不靜也。从市、鬥。」《禮記》：「子夏問於孔子曰：居父母之仇如之何？夫子曰：寢苫枕干，不仕，弗與共天下也；遇諸市朝，不反兵而鬥。」

金 

篆 

鬩 ㄒㄧˋ xì

「兒」（）子們在爭「鬥」（）。

古代中國宮廷裡常上演皇位之爭，權貴子弟爭奪父親的權位、遺產等。「鬩」相互爭鬥，相關用詞如兄弟鬩牆等。「鬩」簡體字為「阋」。

篆 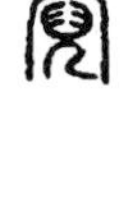

其他以單手表達的漢字

隻 ㄓ zhī

「手」裡（）抓著一隻「鳥」（，隹）。

「隻」的本義是一隻鳥，引申為量詞、孤單一人，相關用詞如隻身等。《說文》：「隻，鳥一枚也」。「隻」簡體字為「只」。

甲 
金 
篆 

雙 ㄕㄨㄤ shuāng

「手」（）中有「二鳥」（）。

「雙」引申為成對、匹配或當作量詞，相關用詞如成雙、無雙等。「雙」簡體字為「双」，表示兩隻手為一双。

秉 ㄅㄧㄥˇ bǐng

以手（）持禾（）。

引申為執、持，相關用詞如秉持、秉燭等。

甲 
金 
篆 

兼 ㄐㄧㄢ jiān

單手（）持兩禾（）。

引申為同時取得或涉及兩件事物，相關用詞如才德兼備、兼併等。

金 
篆 

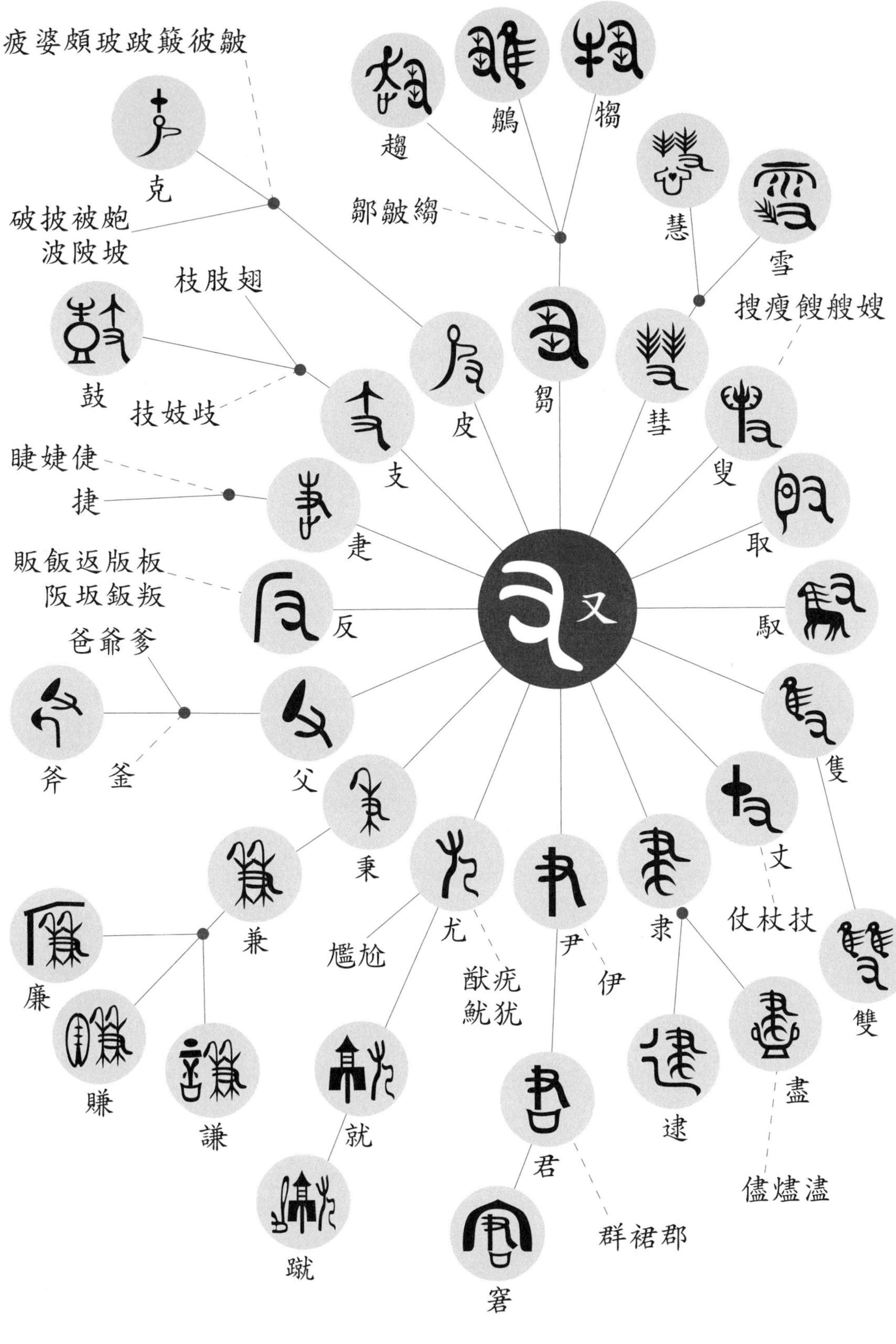
又
疲婆頗玻跛簸彼皺
克
破披被皰
波陂坡
趨
鶵
犓
芻
鄒皺縐
慧
雪
彗
搜瘦餿艘嫂
叟
皮
枝肢翅
鼓
技妓歧
支
睫婕倢
捷
疌
取
販飯返版板
阪坂鈑叛
反
馭
爸爺爹
斧
釜
父
隻
秉
兼
尤
尹
隶
丈
仗杖扙
雙
廉
尷尬
猷疣
魷狁
伊
賺
謙
就
逮
盡
儘燼濜
蹴
君
群裙郡
窘

廉 ㄌㄧㄢˊ lián

在店家屋棚下（，广），可讓人「單手取兩禾」（，兼）。

同樣的價格，卻能得到兩倍的收穫，的確是很划算。「廉」引申為便宜、不貪心等，相關用詞如廉價、廉讓等。「广」本義為屋棚下，在此代表「店」家門前的屋棚。

賺 ㄓㄨㄢˋ zhuàn

一「貝」（）買「兩禾」（，兼）。

俗話說，一分錢一分貨，然而，此人花一分的金錢竟能得到兩分的收穫，誠然是划算極了。賺引申為從買賣中得到利益，相關用詞如賺錢、賺得等。賺與廉具有相近的購字意義，賺就是以廉價取得。

謙 ㄑㄧㄢ qiān

有兩分的財富（，兼），卻只說一分話（）。

「謙」就是「有兩分的本事（或財富），卻只說一分話。」謙虛的人，說話特別保守，驕傲的人，說話特別誇張，有一分，說兩分。朱熹對「謙」的詮釋是「有而不居」，明明是有，卻一點都不誇耀、不自滿。相關用詞如謙虛、謙讓、謙遜、謙恭有禮等。《朱子・本義》：「謙，有而不居之義。」《玉篇》：「讓也。」《史記》：「君子以謙退爲禮。」

隶 ㄉㄞˋ dài

手抓（）動物「尾」巴（）。

「隶」為「逮」的本字。及乃「尾」的篆體。

篆

篆

逮 ㄉㄞˋ dài

「走」去（，辶）**「抓住某動物的尾巴」**（）。
引申為捉住、及，相關用詞如逮捕、未逮等。

盡 ㄐㄧㄣˋ jìn

「手持動物毛」（）**刷洗器「皿」**（）。
吃完飯了，就要去清洗碗盤等器皿。「盡」引申為器皿空了、東西用完了、完全、終了，相關用詞如盡力、盡頭、自盡等。「盡」簡體字為「尽」。

甲 金 篆

彗 ㄏㄨㄟˋ huì

一隻「手」（）**將兩支「茂密的植物」**（，丰）**組合成掃帚。**
「彗」的本義為製作掃帚，引申為掃帚，如彗星，又名掃把星，因為彗星靠近太陽時會產生長長的尾巴，形狀猶如掃把。《廣韻》：「彗，帚也」。

金 篆

慧 ㄏㄨㄟˋ huì

一個懂得「製作掃帚」（，彗）**者的「心」智**（）。
相傳遠古時代有個人名叫杜康，他除了懂得釀酒以外，也發明了畚箕與掃帚，是個有智慧才幹的人。善於利用普通材料製作出有價值的用具，必定是有智慧的人，所以「慧」引申為有聰明才幹，相關用詞如智慧、慧眼等。《說文》：「古者少康初作箕、帚、秫酒。少康，杜康也。」

金 篆

雪 ㄒㄩㄝˇ xuě

「手持掃帚」（）**除去「從天降落的東西」**（，雨）。
每到冬雪來臨時，家家戶戶都忙著掃雪。紐約大雪常造成交通阻塞，極為煩人，但對於古代詩人而言，掃雪卻別有一番韻味，如宋朝詩人

甲 金 篆

陸游《晚春記事》：「日永東齋淡無事，閉門掃雪只焚香。」雪，引申為白色的、除去，相關用詞如雪白、雪恥等。

芻 ㄔㄨˊ chú

以手拔草。

引申為割草餵食、糧草，相關用詞如芻秣（供牛羊吃的糧草）、反芻等。「芻」簡體字為「刍」。

甲 金 篆

犓 ㄔㄨˊ chú

「拔草」（，芻）餵「牛」（）。「犓牛」就是弄碎草料來餵牛。

篆

鶵 ㄔㄨˊ chú

或雛。無法自行覓食，需要他人「拔草」（）餵食的小鳥（）。幼鳥也。

「雛」簡體字為「雏」。

金 篆

趨 ㄑㄩ qū

快「走」（）去「拔草」（）。

在農業社會裡，田間的草長高了，長輩總會敦促年輕人快去拔草。引申為快走、前往等，相關用詞如趨行、趨避、趨近等。「趨」簡體字為「趋」。

篆

支 ㄓ zhī

「手」（）持「竹子枝條」（）。

在古代，竹子是非常實用的植物。主幹可以用來製作各式家具，枝條可以用來作掃帚。要取主幹要先去其枝條，所以產生「手抓竹子枝條」的構字背景。支本來的意思是竹子的枝條，引申為各種分支。衍生字「枝」為樹木的分支；「肢」是身體的分支；「翅」為鳥體的分支。《說文》：「去竹之枝也。」

反 ㄈㄢˇ fǎn

翻轉「手」掌（）抓住「山崖或堤岸」（）。

古人沿河而居，時常需要下河汲水、捕魚、洗衣等。爬上岸的時候，手掌必須翻轉，掌心向下並牢牢抓住堤岸才能登上岸。反的本義是翻轉手掌，引申為背面、倒推回去，相關用詞如相反、反手、反覆、反回（同返回）等。

甲 金 篆

馭 ㄩˋ yù

以「手」（）控制「馬」匹（）。

金文表示手持（）馬韁繩（左右對分的線條）以控制馬匹（）。篆體簡化為以手（）控制馬匹（）。相關用詞如駕馭、馭馬等。

金 篆

皮 ㄆㄧˊ pí

手（）剝蛇（）皮（）。

吃蛇肉之前必須先剝蛇皮，先將蛇頭掛在樹上，從頭部畫一小口，撕開，就能將蛇皮從頭到尾剝下來。甲骨文是一張蛇皮，金文是一隻「手」在剝蛇皮。字形中的「口」是蛇頭或大嘴，一豎是蛇身，「三角形」是剝離

甲 金 篆

的蛇皮。篆體是一隻「手」（）連著一張「長長的蛇皮」，還有一個固定蛇皮的掛鉤。

「皮」引申為物體的表面，相關用詞如皮膚、皮毛、皮鞋等。以皮為義符所衍生的字有破、波、陂、皺、皰等。「破」是爬山時，「皮」膚被岩「石」磨破；「被」是披在「皮」膚上的「衣」物；「披」是用「手」將衣物攤開遮住「皮」膚；「波」是「水」上方起伏的「表面」；「陂」是「陡坡」的「表面」。以「皮」為聲符所衍生的字有疲、彼、頗、玻、跛等。

克 ㄎㄜˋ kè

「十」（）張「蛇皮」（）。

、、分別為「十」的甲骨文、金文及篆體，因此，「克」的古字、、清楚的表達十張蛇皮的概念。古代，蛇龍為患，所以，古人以一個人能殺死十條蛇來表示攻佔大蛇所盤據之地。隸書做了一點變革，改成了「十」「口」「儿」，表示戰勝「十口人」，也就是說能夠以一剋十。「克」引申為戰勝，相關用詞如克服、克敵制勝等。

現代漢字	甲骨文	金文	篆體	構字意義
皮				手剝蛇皮
克				十張蛇皮

甲 金 篆

父 ㄈㄨˋ fù

或斧，fǔ。手握長石。這個長石應該是無柄石斧。

石器時代的先民以敲打及研磨方式製作石斧、石鋤等用具。男子是家族守護者、狩獵者、勞動者，所以手裡隨時都握著一塊石器。古人以之形象來刻畫家中男主人——父親。除此以外，父也用來稱呼有才德的長者，例如稱管仲為仲父，孔子為尼父。

甲 金 篆

斧 ㄈㄨˇ fǔ

「父」（）親手裡所拿的「斧頭」（，斤），父也是聲符。「斤」是有柄的石斧。

金 篆

尹 ㄧㄣˇ yǐn

「手」（）持「笏板或玉圭」（）的人，大臣也。

在古代，笏板及玉圭是治理人民的權力象徵。黃帝時期的倉頡手持玄圭（黑色玉圭）。《禮記》記載著朝廷議事時，天子手持玉笏（玉製笏板），諸侯手持象笏（象牙製的笏板），卿大夫則手持竹笏（竹製的笏板）。笏板是用來記錄天子的命令，或用作上奏時的備忘提示。因此，手持玉圭或笏板就成為大臣的最佳寫照，於是「尹」成了殷商時期的官稱，如輔佐商湯的伊尹，伊是姓氏，尹為官稱。又如當時稱史官為「作冊尹」，稱族長為族尹。「尹」引申為治理。《廣韻》：「笏，一名手版，品官所執。」《禮記．玉藻》：「笏，天子以球玉（美玉也），諸侯以象（象牙也），大夫以魚須文竹……，凡有指畫於君前，用笏，造受命於君前，則書於笏。」《釋名》：「笏，忽也，備忽忘也。」

甲 金 篆

君 ㄐㄩㄣ jūn

「手裡拿著玉笏」（）、「口」（）中發話的人。

君與尹這兩個字都是描寫君臣在朝中商議國家大事的情景。君有三個主要引申的意涵，第一個是「一國之君」，因為他手持玉笏且口發命令，相關用詞如君主、君王等。第二個意涵是「王公貴族」（諸侯），因為他手持象牙笏且口中獻策，如戰國時期的諸侯平原君、孟嘗君等。第三個意涵是「對他人的尊稱」，例如稱呼有智慧與德行者為君子，或稱別人為某君。有趣的是，君雖然貴為尊者，但若是落難逃到洞「穴」（）裡，就成了「窘」（）。以「君」為聲符所衍生的常用字有群、裙、郡等。《說文》：「君，尊也，從尹，發號故從口。」《說文》：「窘，迫也。」

甲 金 篆

尤 ㄧㄡˊ yóu

一隻異於常人的長手臂。

金文是一隻手，但手指長度超乎常人，所以在手指上加上一橫，這是古人常用的指事造字法。篆體、是在一隻手臂旁邊添加一條曲線，這條線是測量手臂長度的「繩尺」，（相同的構字概念請參見「尺」，第二章），表示一隻長度超乎常人的手臂。「尤」引申為更加、特別、怪異，相關用詞如尤其、尤物等。就、抛、尷尬是以「尤」為義符所衍生的字，都隱含長手臂的意涵。「尷尬」表示因為擁有怪異的身材而顯得難堪。「尤」是義符，怪異也。「監」與「介」是聲符。

金 篆

就 ㄐㄧㄡˋ jiù

以異於常人之「長手臂」（，尤）攀登到「極高的城樓」（，京）。

「就」引申為達到、靠近，相關用詞如就近、就位、就職等。蹴——以

篆

「足」「就」近某物，如一蹴可成。抛（）表示以「長手臂」（，尤）用「力」（）投（，扌）出去。

疌 ㄐㄧㄝˊ jié

「手」（）持「三叉戟」（）快速向前「行走」（，止）的人。

「疌」引申為戰勝、手腳迅速。「疌」是「捷」（）的本字，相關用詞捷報、捷運等。

丈 ㄓㄤˋ zhàng

「十」（）隻「手」掌（）的寬度。

古人定十尺為一丈。一尺約一隻手掌的寬度。因此，十隻手掌的寬度就是一丈。「尺」的長度各朝代不一，從早期約十六公分不斷演變一直到現今約三十公分，可說是差異相當大。古人所稱的「大丈夫」就是指身高約一丈的男子漢，一般認為是大約一百八十公分的身高。以丈為聲符所衍生的字有仗、杖、扙。

叟 ㄙㄡˇ sǒu

手（）持燈火（）在屋內巡視的老人。

甲骨文、表示「手」（）持「火把」（）在「屋」（）內巡視。隸書去除屋宇，然後在火把外圍添加了「臼」。在漢字裡，臼是一個碗狀的容器，在此可能代表裝煤油的燈具。「叟」引申為年老的男人，大概是因為古代都是由年老男子擔任這個工作吧。「叟」衍生的常用字有搜、瘦、颼、餿、艘等。搜（）表示老「叟」伸「手」摸索，搜尋。瘦（）表示「臥病在牀」的老「叟」，瘦弱。「颼」可意會為夜「風」咻咻。《說文》：「叟，老也。」

金

篆

篆

雙手所表達的漢字

兩隻手（或以上）可以產生許多類型的互動關係，如友（）是兩隻志同道合的手；爭（）是兩隻互相拉扯的手；曳（）是兩隻拖拉重物的手；臾（）是急忙逮人的兩隻手；申（）是祈禱的兩隻手；受（）是施予與接收的手；丞（）是拯救他人脫離陷阱的兩隻手；承（）是擁立他人的手；開（）是移走門閂的兩隻手；具（）是捧著錢的兩隻手；算（）是數錢的兩隻手；兵（）是拿斧頭的兩隻手；弄（）是把玩玉器的兩隻手；異（）是變換面具的雙手；輿（）是抬轎的四隻手；興（）是製作土磚建造房屋的四隻手。

廾
眷
圈
倦拳捲蜷券
椿
闇庵
淹掩醃
棒捧
神
奄
奉
卷
舂
電
秦
伸紳砷呻坤
奥
糞
冀
戴
翼
腴萸諛瘐
申
弄
異
臾
盥
開
弈
拯
丞
蒸
輿
昇
承
受
授綬
興
舉
與
友
帥
共
具
戒
俱颶
爰
兵
曳
爭
誡械
援媛暖緩
睜諍錚猙
箏掙淨靜
供拱恭龔
巻
算
洩跩拽

友 ㄧㄡˇ yǒu

兩隻互相幫助的手，彼此合作。

爭 ㄓㄥ zhēng

拔河比賽。

甲骨文是兩隻手在搶奪一只器皿；篆體像一場拔河比賽，兩隻手互相拉扯著一條繩子。「爭」引申為互相奪取，相關用詞如爭取、爭鬥、爭奪等。以爭為聲符所衍生的字有睜、諍、錚、猙、箏、掙等。「爭」簡體字為「争」。

箏 ㄓㄥ zhēng

「爭」（）奪而得的「竹」（）製樂器。

箏是一種以竹片撥弦的樂器。相傳秦朝風俗惡薄，有父子倆人爭奪一個二十五弦的瑟，在互不相讓之下，只好切成兩半，各具十二弦與十三弦，稱之為箏。原文出自於《集韻》：「秦俗薄惡，有父子爭瑟者，各入其半，當時名為箏」。然而，這個傳說的真實性令人懷疑，因此，《釋名》認為箏是因為弦音急促高亢而得名。（箏，施絃高急，箏箏然也。）

甲 
篆 

甲 
篆 

篆 

爰 ㄩㄢˊ yuán

牽引他人。

甲骨文是「上手」拉著一條「繩子」牽引著「下手」；篆體將牽引的繩子改成「于」，表示牽引他人往（）某地。「爰」所衍生的字有援、媛、緩、暖、煖等。「援」表示以手（扌）牽引（爰），相關用詞如援引、援用、援助等。「緩」表示以繩索（糸）牽引（爰），引申為速度太慢，相關用詞如緩慢、緩不濟急等。《說文》：「爰，引也。」

甲 篆

曳 ㄧˋ yè

兩隻手拉著一條綁著重物的繩子。

篆體是兩手拉著一條繩子，繩子末端綁著重物，繩子中間之橫劃是用來強調所拉動的繩子。曳，拖拉，相關用詞如曳引機、拖曳等。以「曳」為義符所衍生的字有洩、拽、跩等，「洩」表示引水而出，如洩水管；「拽」表示以手拖拉；「跩」為拉開腳步行走。

祈禱

申 ㄕㄣ shēn

雙手拿香祈禱。

甲骨文、金文及篆體是跪著的人；金文表示跪著的人（㇁），口中念念有詞（，吅，ㄒㄩㄢ）；篆體產生重大形變，及都是兩手拿香的象形文。古人將帶有特殊氣味的植物點火薰蒸，除了可驅逐蚊蟲

甲 金 篆

之外，也帶來舒適怡人的芳香，稱之為焚香。焚香習俗漸漸也演變為祭祀儀式，周文王升煙以祭天，稱作「煙祀」，漢代更發展香爐以為祭祀用途，因此，焚香使煙氣裊裊上升到天際，便成為向上天祈禱的意象。申的本義是向神祈禱，引申為陳述、說明，相關用詞如申訴、申請等。

神 ㄕㄣˊ shén

人向「至高者」（）「祈禱」（）。

「神」的本字為「示」，後人加上「申」改作神。金文表示一個人向至高神下跪；篆體表示一個人雙手拿香祭拜至高神。神本來是指人所祈禱或敬拜的對象，但在漢字中，「神」也引申為人的精神意識，如心神不定、六神無主等都是用來形容精神不佳的狀態。《說文》：「天神，引出萬物者也」。

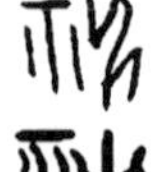
金

篆

電 ㄉㄧㄢˋ diàn

人向神「祈求」（）降「雨」（）。

因神以閃電回應，故引申為閃電。殷商初期，連年乾旱，民不聊生，商湯除了向神祈求赦罪，還親自獻身當作燔祭，結果柴火還沒點燃就雷電交加，天降大雨。這個典故史稱「桑林禱雨」。《呂氏春秋》：「天大旱，五年不收，湯乃以身禱於桑林，曰：『余一人有罪，無及萬夫。萬夫有罪，在余一人。』……於是翦其髮，櫪其手，以身為犧牲，用祈福於上帝。」

金

篆

具 ㄐㄩˋ jù

雙手（）捧錢（，貝）準備買器具。

「具」有兩個構字系統，第一種構字系統是雙手捧著貝幣，如金文及篆體；第二種構字系統是雙手捧著大鼎，如金文及篆體。在古代，鼎是重要器具，也是祭祀禮器，可用以烹煮、煎藥、焚香等。綜合這兩個構字系統可以推知，「具」的本義是準備金錢購買大鼎，引申為準備，相關用詞如具備。因為所購買的大鼎是有用的器材，所以「具」又引申為器材，相關用詞如工具。另外，「具」也代表所購買數量的單位，相關用詞如一具棺材等。以「具」為聲符所衍生的字有俱、颶等。《說文》：「具，共置也，從廾從貝省。」

金 篆

算 ㄙㄨㄢˋ suàn

使用細「竹」棍（）來計算「雙手所捧的錢」（，具）。

「竹算籌」是古代計算的工具，是算盤的前身。竹算籌為等長的細竹棍，透過縱橫交替擺放的方式，就可以擺出任意的數字，如橫放代表五，直放代表一。各個數字的加減法同樣是採逢十進位，原理與算盤一樣。用竹算籌進行計算的方法，稱為「籌算」。考古學家在湖南長沙出土戰國時代竹算籌四十根，每根長十二公分。《前漢・律歷志》：「算法用竹，徑一分，長六寸，二百七十一枚而成六觚，為一握。」「算」引申為計數、推測、承認等，相關用詞如算數、算盤、計算、說話算話等。《說文》：「算，數也。從竹從具。」

篆

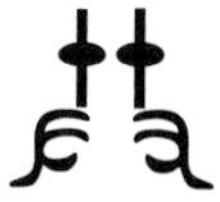

共 ㄍㄨㄥˋ gòng

兩個人（）各拿出「十」（）個以湊成「二十」個物品。

「共」引申為合計、一起分擔，相關用詞如共同、共犯、總共等。為「十」的金文；而為廿（ㄋㄧㄢˋ）的金文，用以表示「二十」。「共」

金 篆

的另一種金文代表兩手共持一物。

巷 ㄒㄧㄤˋ xiàng

「百姓」（）「共」（）用的通道。

篆體表示兩旁的「百姓」（）「共」（）用的通道；另一個篆體將（邑）簡化為。《說文》：「巷，里中道，從邑從共，皆在邑中所共也。」

供奉與承受

承 ㄔㄥˊ chéng

一個人（）被眾手（）舉起，承受眾人的擁立。

甲骨文及金文是一個人被兩隻手高高舉起；篆體又加了一隻手，三隻手表示眾多的意思。「承」的本義為被眾人所擁立，引申為蒙受、接受，相關用詞如承受、承接、繼承、承認等。

奉 ㄈㄥˋ fèng

眾手（）同心獻上「丰」（，）盛的禮物。

古人非常重視秋收後的祭典。為了感謝神賜下豐收，於是將所收獲的穀物、果實獻給神。金文表示以雙手呈獻「豐盛」的禮物，「丰」也是聲符；篆體則又添加了一隻手（），表示眾人同心獻上。「奉」引申為恭敬地呈獻或接受，相關用詞如敬奉、奉養、奉命等。

篆

甲 金 篆

金 篆

受 ㄕㄡˋ shòu

接收他人所遞送的東西。

甲骨文與金文表示接收對方的一艘船；篆體則將船變改成「冂」（），表示將遞送的禮物以一條禮巾覆蓋起來。受的本義為收納他人物品，引申為收納、遭遇，相關用詞如接受、遭受等。（冂）表示覆蓋。

甲 金 篆

拯救

丞 ㄔㄥˊ chéng

雙手（）扶持主人（）到安穩處（），輔佐也。

甲骨文是兩隻手將一個掉進陷阱（，凹地也）裡的人救出來；篆體將陷阱改成山（），表示將他置於高處；另一個篆體則將陷阱變為平地，表示將他安置在平穩的地方。丞有兩個意涵，一個是拯救，後來添加了「手」（扌），改作拯（）。另一個是輔佐，相關用詞如丞相等。

甲 金 篆

蒸 ㄓㄥ zhēng

雙手（）將人（）置於悶燒（）的藥草（）上。

可燃燒的木材稱為「薪」，可燃燒的草桿稱為「蒸」。古人燃燒乾草有多重用途，除了當燭火、燻蚊蟲之外，中醫也常以燻蒸藥草的方法來治病。「蒸」引申為熱氣上升，相關用詞如蒸發、蒸蒸日上等。（篆體調整各構件的位置，丞變成了聲符。）

兵 ㄅㄧㄥ bīng

雙手（ ）持「斧」（ ，斤）。

「斤」是古代的短炳斧頭，也是主要的兵器。「兵」的相關用詞如兵器、士兵、當兵、兵工廠等。

甲 金 篆

戒 ㄐㄧㄝˋ jiè

雙手（ ）握住「兵器」（ ，戈），謹慎防衛以防止敵人突擊。

引申為使免除（危險），相關用詞如戒備、警戒、戒除等。《說文》：「戒，警也，從廾持戈，以戒不虞。」

金 篆

娛樂

弄 ㄋㄨㄥˋ nòng

雙手（ ）把玩「玉」器（ ）。弄的本義為玩耍。

引申為做、攪擾等，相關用詞如玩弄、愚弄等。

金 篆

弈 ㄧˋ yì

兩人的手（ ）在下棋。「亦」（ ）是聲符。

異 一ˋ yì

張開雙手（）抓著面具（）的人（）（請參見「異」與「冀」，第六章）。

四手同工

舁 ㄩˊ yú

「四手」同工。

篆體及都是代表四隻手。「舁」雖然不是常用字，但所衍生的常用字卻不少，如與、輿、興等。

與 ㄩˇ yǔ

或ㄩˋ，yù。「四手」（）持「勺」（）互相分食。

引申為給、參加，相關用詞如給與、參與等。

金 篆

輿 ㄩˊ yú

「四人」（）同抬「木擔架」（），抬轎也。

篆體代表「四手」（）同抬一「車」（）。令人不解的是，車子既然有輪子可以行走，又何需扛抬呢？原來，它的甲骨文是四手同抬一個「木擔架」（，東），木擔架可以用來抬重物，但若用來抬人則成了轎子。由於，車子與木擔架的功能是相同的，都是用來運輸的，因此，篆體將「東」改成「車」。

甲 金 篆

輿的另一種篆體是一個可四面扛抬的轎子，而篆體則添加了聲符「与」。輿的本義是抬轎或轎子，但後來廣泛成為陸上交通工具的總稱，又引申為眾人的（取其多人扛抬護駕的意義）、地理（取其車子所經道路的意義），相關用詞如乘輿、輿論、地輿等。轎子的記載最早出現在《尚書》：「予乘四載，隨山刊木。」其中的「四載」，就是四個人扛抬的轎子。

興 ㄒㄧㄥ xīng

「四隻手」（）同心「製作土磚」（，同）以建造房屋。（請參見「凡」，第七章）。

其他以雙手表示的漢字

盥 ㄍㄨㄢˋ guàn

雙手（）自「盆」（，皿）中舀「水」（）洗臉，盥洗。

金 篆

臾 ㄩˊ yú

擒拿（）逃奔的人（）。

甲骨文表示「追」（）「拿」（）逃奔的人；金文及篆體也都表示擒拿（）逃奔的人（）。是追的甲骨文。

甲 金 篆

「臾」的本義是追拿奔逃的人，引申為極短的時間，錯過了就抓不到了。相關用詞如須臾。

開 ㄎㄞ kāi

雙手（）拉起門「門」（），把門打開。

「開」簡體字為「开」。

篆

帥 ㄕㄨㄞˋ shuài

雙手（）將一長條（）綸「巾」（）繫在頭上。

以青絲巾綁頭似乎是古代武將的標誌。宋・蘇軾《念奴嬌・赤壁懷古》形容東漢諸葛亮：「羽扇綸巾，談笑間，檣櫓灰飛烟滅。」「帥」就是一個像諸葛亮一般指揮若定、瀟灑從容的大將軍。

金

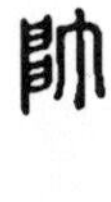

篆

舂 ㄔㄨㄥ chōng

「雙手」（）拿者「杵棍」（）在「臼」（）中搗米。

甲

金

篆

第九章

腳與道路

漢字中與行走有關的主要構件為「止」與「行」。止（）是一隻腳掌，行（）是一條四通的道路。「止」衍生出許多與「腳」有關的基礎構件及常用字，「行」則衍生出與「道路」有關的基礎構件及常用字。」等。

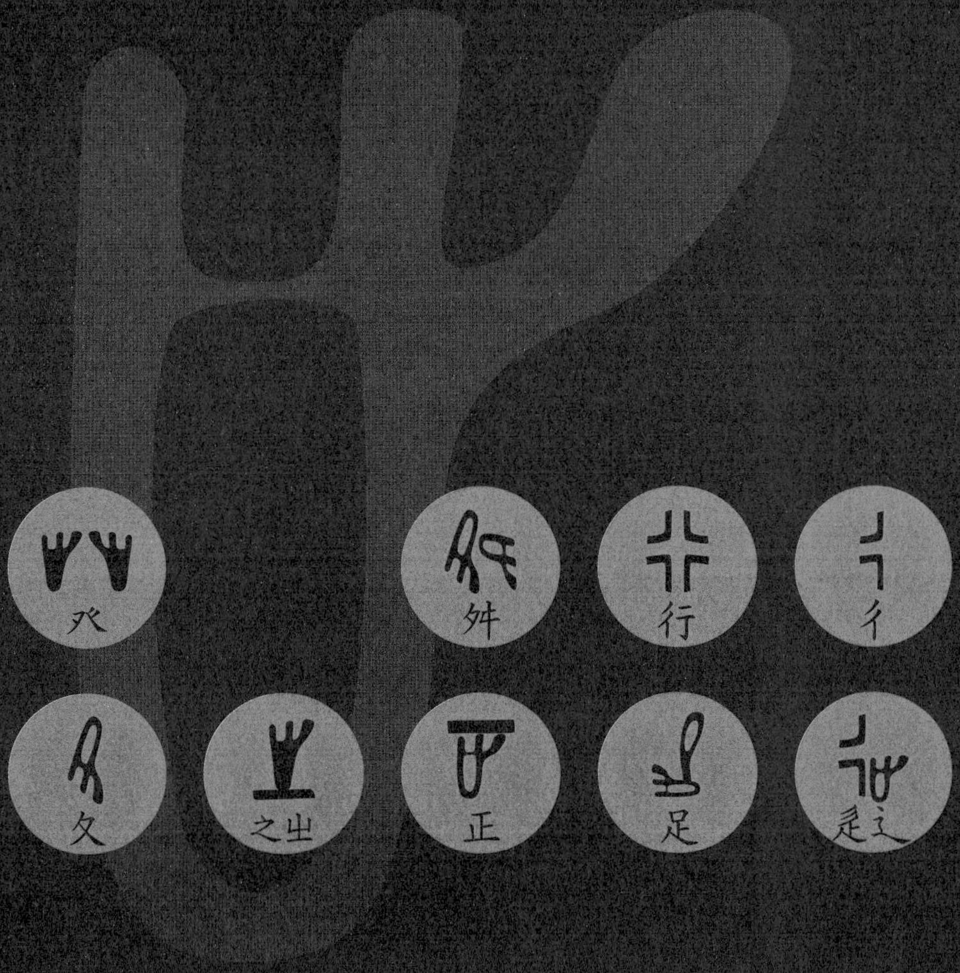
癶
舛
行
彳
夂
之㞢
正
足
辵辶

「止」的衍生字

甲骨文是腳掌（）的象形文，像人的腳丫子。上半部是腳趾頭，下半部是腳掌。古人以三代表多，所以用三趾代替五趾。此構字概念與手（）相同，也是用三指手代替五指手。金文及篆體是調整筆順後的結果。止的本義是腳，引申為到達、停住，相關用詞如蒞止、停止、言行舉止等。

由「止」所衍生之重要基礎構件包含夂、夊、之、正、足、辵、癶、舛。（夂、夊）是往下行走的腳掌；（之）表示出發前往某地；（正）表示準確地到達目的地；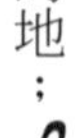（足）是一隻有腳掌、小腿與大腿的下肢；（辵）表示在路上行走；（癶）是攀登階梯的兩隻腳；（舛）是踩著凌亂步伐的兩隻腳。

「夂」——往下行走

（）是一隻腳趾向下（或向後）的腳掌，分化出兩部首，夂（ㄓˇ）表示往下行走，夊（ㄙㄨㄟ）表示緩緩而行，但因這兩部首的字形實在是太相近，現在繁簡字體一律採用「夊」。

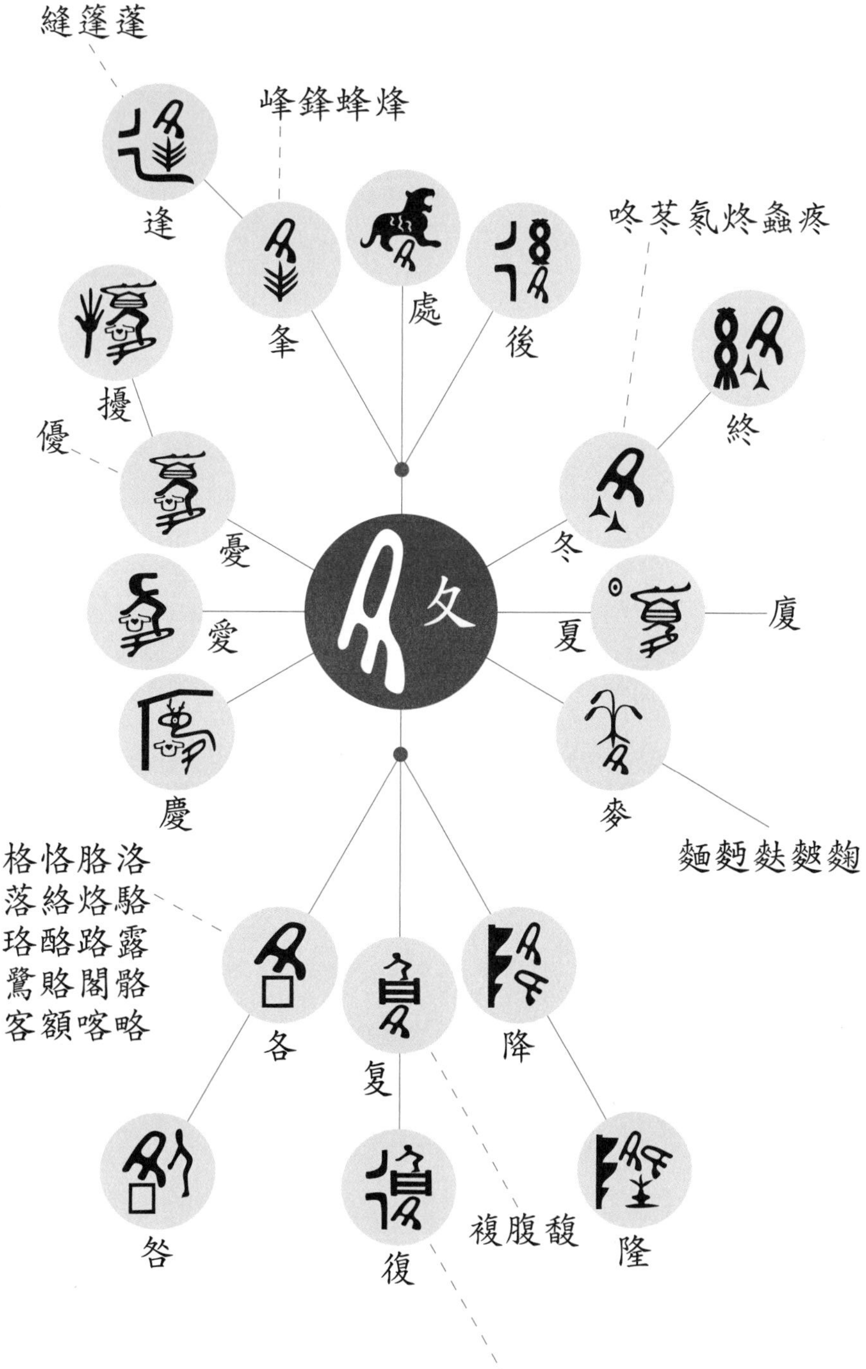

縫篷蓬
逢
峰鋒蜂烽
夆
處
後
咚苳氡炵螽疼
終
冬
攖
優
憂
愛
夂
夏
廈
慶
麥
麵麪麩麬麴
格恪胳洛
落絡烙駱
珞酪路露
鷺賂閣骼
客額喀略
各
复
降
咎
復
複腹馥
隆
覆履

走下坡道

降 ㄐㄧㄤˋ jiàng

或ㄒㄧㄤˊ，xiáng。兩隻腳「走下」（）**「陡坡或城牆」**（，阝）。降的本義是往下行走，引申為貶低、壓制，相關用詞如降雨、降職、降伏、降魔等。

甲 金 篆

隆 ㄌㄨㄥˊ lóng

天子「降」（）**「生」**（）。篆體（）是由「降」（）「生」（）所組成的會意字，意表天子降生，《荀子》說：「天子生則天下一隆。」天帝之子降生，是何等大的喜事，故引申為崇高、盛大，相關用詞如德隆望尊、隆恩、興隆、雷聲隆隆等。

篆

走回穴居處

复 ㄈㄨˋ fù

一個「人」（）**「走下」**（）**「階梯」**（）**回到穴居處。**這是「復」的本字。早期漢人居住在黃土高原的洞穴內，每天都需要在階梯之間上下來回走動。甲骨文（）表示人往「下走」（）回自己的「亞」（）穴中。（亞）字型是古代大型穴居常見的布局。河南安陽西北岡殷商遺址的

甲 金 篆

一〇〇一號帝王大墓，就是一個規模龐大的亞字型墓穴。另一個甲骨文及金文表示「向下走」（）回「穴居處」（、）。及是古代穴居的簡易布局，中間的方形或圓形為穴居處，穴居處前後各有一個對外的階梯。「复」是「復」（）的本字，相關用詞如往復、回復、復原、復活等。

回家與離家

「各」的甲骨文與「出」的甲骨文呈現非常對稱的關係。是回家，是離家。

出 ㄔㄨ chū

從「凵」居處（）「往上走」（），外出也。

古人採半穴居，離家時必須向上攀登階梯而出。甲骨文與金文都是表示從「凵」居處（）「往外走」（）。「出」引申為由裏到外，相關用詞如出門、出口等。

各 ㄍㄜˋ gè

每個人「向下走」（）回自己的「居所」（）。

聚會結束了，各自回家吧！從考古遺跡可發現，穴居是古代中原地區主要的居住型態。穴居的發展從橫穴、袋穴、坑穴，逐漸演化到半穴居。西安半坡仰韶文化即出現半穴居的建築型態。先在地上挖掘淺坑，然後在坑上搭建柱子及茅草屋頂，就可以住人了。半穴居具有冬暖夏涼、防強風等優點。蘭嶼島的傳統建築仍保留半穴居的風貌。居民回家便向下走進凵居中。外出便向上走離凵居。

甲骨文表示「向下走」（）回「凵」居處（）。凵為向下凹陷的地形。後來漸漸不住洞穴，所以字形稍微做了調整，將「凵」改成「口」，但仍然表示居處。篆體表示各自「走回」（）自己的「居所」（）。各引申為個別地或分別地，相關用詞如各抒己見、各行其是、各行各業等。以各為聲符所衍生之漢字有格、恪、胳、洛、落、絡、烙、駱、珞、酪、路、露、鷺、賂、閣、骼、客、額、喀等。

咎 ㄐㄧㄡˋ jiù

每個「人」（）「各」自（）承擔後果。

咎引申為罪過或災禍，相關用詞如歸咎等。《說文》：「咎，災也，從人從各。」

緩步行走在烈日下或冬雪上

夏 ㄒㄧㄚˋ xià

一個「人」（，頁）在「烈日」（）下「緩步行走」（）。

「夏」的金文描寫一個有頭、手及腳的人，在左上角有一個太陽（）。這是描寫一個在太陽底下行走的人，又像是一個人在迎接太陽。中國人一向以「在太陽下生活的人民」自居，因此自稱為華夏民族。篆體僅剩頭（）及緩步行走的腳（）。夏，本義為在烈日下緩步行走的人，引申義為酷熱的季節，相關用詞如夏天、仲夏之夜等。大禹所建立的夏朝，是中國第一個王朝。大禹為什麼將國名稱為「夏」呢？因為堯舜時期歷經洪水，雨水從天而降，長期遮蔽了太陽。大禹為了消除水患，耗盡了一生歲月，犧牲了健康與家庭，因此，當上國王後，第一個願望就是希望不再有大洪水。充分顯露了大禹的心聲，然而，遺憾的是，夏朝的最後一個君主夏桀暴虐無道，苦

難的百姓各個哀嘆：「這個太陽何時殞滅呢？」（《尚書》：「時日曷喪？」）

冬 ㄉㄨㄥ dōng

「緩步」（）踩在「冰」（，仌）上的季節。

商周時期，「冬」與「終」同字。甲骨文及金文都以「一條繩子」的「兩個端點」來表達冬及端點，表示一年的「終端」或「最末的一個季節」。篆體以一條線來標示繩子的兩個末端；另一個篆體添加了「仌」（，冰也），表示下雪的季節。後來，冬的形與義出現重大的變革，以替代了，於是變形成，表示緩步踩（）在冰（）上的季節。另外，冬原本具有冬天及繩子端點兩個意涵，後來為了區別，所以加上了「糸」而成終（），表示繩子（）的端點（）。以「冬」為聲符所衍生的字有咚、苳、氡、鼕、炵、螽、疼。《說文》：「冬，四時盡也。從仌從夂。」

禮物自天上緩緩而來

來 ㄌㄞˊ lái

麥穗。

甲骨文及金文表示有許多「麥穗」落在「禾」（）上；篆體則是調整筆順後的結果。

「來」的本義是長滿麥穗的小麥，但因為周朝人相信麥穗是上天送來的禮物，所以引申為從遠方到此，相關用詞如來臨、往來、回來等。《說文》：「來，周所受瑞麥來麰，一來二縫，象芒束之形，天所來也。」在古代，小麥叫做「來」，大麥叫做「麰」，皆為上天所賜，因此《詩經》說：「貽我來麰。」

麥 ㄇㄞˋ mài

緩緩行（）來的「麥穗」（，來）。

以「麥」為義符所衍生的字有麵、麪、麩、麴、麹等。《說文》：「麥，芒穀，……，從來有穗者，從夊。臣鉉等曰：『夊，足也，周受瑞麥來麰，如行來，故從夊』。」「麥」簡體字為「麦」。

甲 金 篆

為何腳步遲緩？

憂 ㄧㄡ yōu

「心」裡（）愁苦，「頭」（，頁）低垂，「腳步遲緩」（，夊）。

（請參見「憂」，第五章）

擾 ㄖㄠˇ hòu

出「手」干預（，扌），造成他人之「煩惱」（，憂）。

引申為出手干預他人或造成他人之煩惱，相關用詞如干擾、擾亂、困擾等。《新序》：「減吏省員，使無擾民也。」《風俗通義》：「其後匈奴數犯塞，侵擾邊境。」

篆

後 ㄏㄡˋ hòu

在行進隊伍末端緩步前行。

金文及篆體表示在路上（，彳）行進隊伍（，幺）的末端緩步前行（）。表示緊緊相連的繩索。後的相關用詞如落後、退後、後代等。「後」簡體字為「后」。

金 篆

愛 ㄞˋ
ài

心（**）中愛慕，頻頻回頭（****），不忍離去（****，緩步也）。**（請參見「愛」，第五章）

慶 ㄑㄧㄥˋ
qìng

誠「心」（**）地「緩步」（****）呈獻「鹿皮」（****）到他人家中祝賀。**（請參見「慶」，第五章）

處 ㄔㄨˋ
chù

老「虎」（**）腳踏（****，夊）之地。**

本義為老虎出沒的地方，引申為需謹慎活動的地方，相關用詞如處所、居處、處理、處罰、相處等。

夆 ㄈㄥ
fēng

在長滿「茂盛植物」（**，丰）的叢林裡「緩慢前行」（****）。**

以夆（ㄈㄥ）為聲符所衍生的字有逢、峰、鋒、蜂、烽等。由「逢」又衍生出縫、篷、蓬等。

金 

篆 

篆 

「之」或「ㄓ」——腳踏起跑線

ㄓ ㄓ zhī

或之。腳（ ）踏起跑線（ ），準備前往某地。

甲骨文 及金文 都是在「止」（ ， ）的後腳跟處添加「一橫劃」（出發地），表示出發前往某地。另一個金文 的流線造型似乎有「前往」的動態感。以「之」為義符所衍生的字有乏、先等。

甲 金 篆

蚩 ㄔ chī

會傷人「腳」（ ）的「虫」（ ），毒蛇也。

蚩尤與黃帝可說是中國創世紀的人物。蚩尤氏是東夷部族中極為強悍的部落，蚩尤氏顧名思義就是崇尚「長蛇」的部族，「尤」是一隻長手臂（請參見「尤」，第八章）。蚩的甲骨文 、金文 是描寫一條會傷人「腳」的「蛇」。

蚩尤象徵一條大蛇，然而，民間的蚩尤卻被畫成牛頭形象。因為，蚩尤生長在冀州，冀州人擅長於角鬥，蚩尤更是其中的佼佼者，故民間演蚩尤戲時，飾演蚩尤的人，頭上都戴者牛角面具（請參見「冀」，第六章）。

甲 金 篆

志 ㄓˋ zhì

「心」（ ）之所「往」（ ，之），引申為心中的願望。

相關用詞如志向、志氣、志願、志同道合等。以志為聲符所衍生的漢字有誌、痣等。隸書將其中的「之」（ㄓ）訛變為士。

金 篆

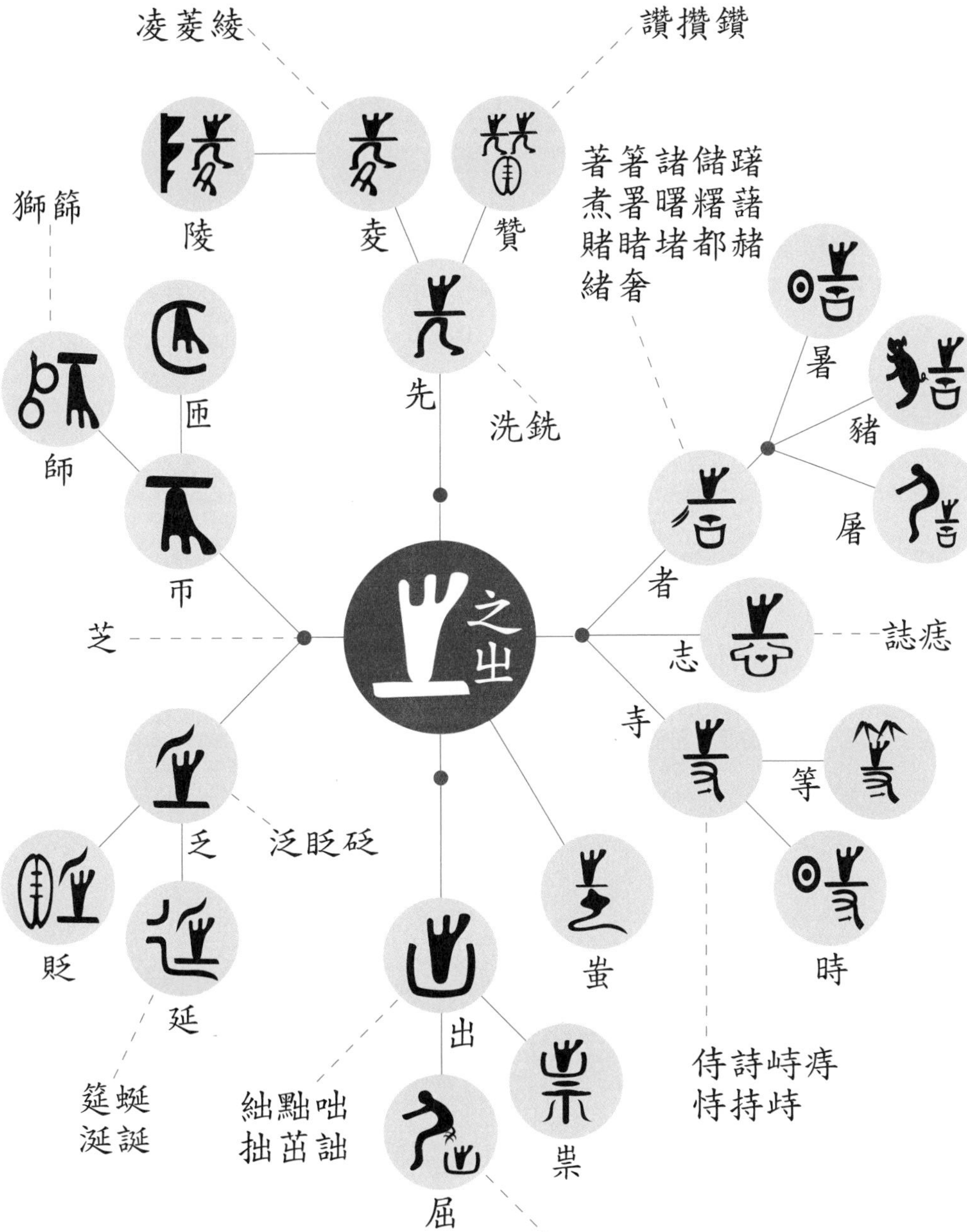
凌菱綾
讚攢鑽
陵
夌
贊
著箸諸儲躇
煮署曙糬藷
賭睹堵都赭
緒奢
獅篩
先
洗銑
匝
暑
師
豬
屠
巿
者
之
出
芝
志
誌痣
寺
等
乏
泛貶砭
時
貶
蚩
延
出
筵蜒
涎誕
絀黜咄
拙茁詘
祟
祟
屈
掘堀倔崛窟
侍詩峙痔
恃持峙

先 ㄒㄧㄢ xiān

在眾「人」（儿）來到之前已有他人走過（之）。

引申為在前、已逝的，相關用詞如先進、祖先等。

甲 金 篆

夌 ㄌㄧㄥˊ líng

在前頭（先）踩踏（夊）。

夌引申為超越、欺壓，後人改成「淩」或「凌」，相關用詞如凌駕、凌越、欺凌、凌辱等。以「夌」為聲符所衍生的字有菱、綾、棱等。

贊 ㄗㄢˋ zàn

覲見君王時，「兩個走在隊伍前頭的人」（兟）。獻上「財」物（貝）以表敬意與擁護。

「贊」是描寫古代諸侯國覲見君王時獻上禮金或禮品的禮節。兩人捧著禮物走在前頭，而諸侯等緊接在後。贊引申為頌揚（同讚）、稱許、支持、願意從旁輔助，相關用詞如贊成、讚揚、贊助等。以贊為聲符所衍生的字有讚、攢、鑽、纘等。《說文》：「贊，見也，從貝從兟。臣鉉等曰：兟（ㄒㄧㄣ），進也，執贄而進，有司贊相之。」

陵 ㄌㄧㄥˊ líng

在前頭踩踏（夌）以登上「陡坡或城牆」（阝）。

甲骨文代表一個「人」（）攀登「陡坡」（），他的腳「踩踏」（）在階梯上。篆體將「人」改作「先」。陵引申為大土山、攀登，相關用詞如丘陵、山陵、陵墓等。

甲 篆

乏 ㄈㄚˊ fá

欲「前往」（，之）某地，卻因為「疲勞或走偏了」（，丿）而無法到達目的地。

金文是在「之」（）上頭添加了一條「歪斜線」（），表示欲前往（）某地，卻因「疲勞或走偏了」而無法到達。篆體則是以左右相反的「正」（）來表達（請參見「正」），「正」是準確到達目的地，「乏」（）則是無法到達目的地。「乏」引申為疲勞、缺少，相關用詞如疲乏、缺乏、貧乏等。以乏為聲符所衍生的字如泛、貶、砭等。

金 篆

延 ㄧㄢˊ yán

因路途太「遙遠」（，廴，長路也）而「未能到達目的地」（，乏）。

「延」引申為伸長（因為路的延伸）、暫緩（因為尚未到達目的地），相關用詞如延長、延展、拖延、延遲、延期、延誤等。以「延」為義符所衍生的字有蜒、筵、涎、誕等。「蜒」是描寫虫（蝸牛等）行過留下的痕跡，長遠又曲折。「涎」是描寫垂延三尺的口水。「誕」是描寫瞎掰一篇荒誕離奇的故事。「筵」是描寫鋪在地上供賓客坐臥地竹蓆，連接成一長排，盛大宴席也。《說文》：「延，長行也。」

金 篆

貶 ㄅㄧㄢˇ biǎn

「價值」（，貝）缺「乏」（）。

「貶」引申為降低、不好的批評，相關用詞如貶低、貶值、貶損、貶謫、褒貶等。《說文》：「貶，損也，從貝從乏。」

返回到出發地

帀 ㄗㄚ zā

從目的地返回。

「帀」的篆體與「之」或「㞢」的篆體，兩者呈現垂直對稱的構形。之（）表示從起點到終點，帀（）表示從終點回到起點。

「帀」是「匝」（）的本字，「匝」引申為繞了一圈回到原點，相關用詞如匝道。師（）表示一群人「追」隨（）領袖「走了一大圈」（）。《說文》：「帀，周也，从反之。」

「正」——準確到達

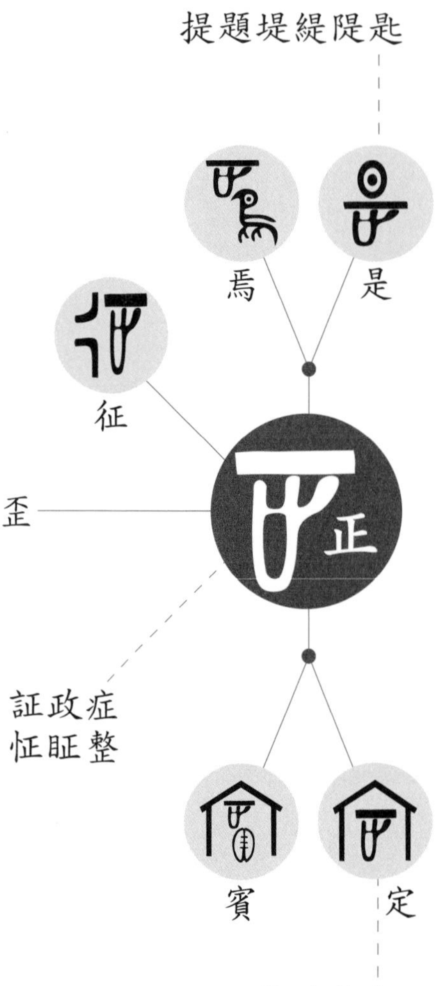

篆

正 ㄓㄥˋ zhèng

「腳掌」（，止）準確地觸及「目的地」（）。

甲骨文及金文都是在「止」的上端添加一「矩形」，表示腳掌（）準確地觸及「目的地」（）。篆體則將「目的地」簡化為「一」。正引申為不偏不倚、不多不少、剛剛好，相關用詞如正方形、正三角形、端正、正巧、午正、訂正等。以正為聲符所衍生的字有証、政、症、征、怔、眐、整等。

定 ㄉㄧㄥˋ dìng

「到達」（）可安穩「居住」（，宀）之地。

引申為安穩，相關用詞如安定、定居、定案、定律等。

征 ㄓㄥ zhēng

在「前往目的地」（）的「路途」（，彳）中。

相關用詞如征途、遠征等。

是 ㄕˋ shì

日（）正（）當中也。

古字有兩種構字系統。第一種構字系統，金文及篆體表示「太陽」（）剛好「到達」（，正）天空中央。第二種構字系統，金文及篆體表示已經是「早」晨（）了，應該「上路」了（）。另一個金文添加了一隻「手」，表示已經是早晨，應該上路去工作了。綜合兩構字系統所表達的意涵。「是」引申為剛剛好、正確、贊同、肯定、應該，相關用詞如是的（yes）、是非曲直、是否等。以

「是」為聲符所衍生之漢字有提、題、堤、緹、隄、匙等。

焉 ㄧㄢ yān

美麗的鳥（）飛往（，之）天上（）去了。

金文代表「鳥」（）往「上」（）飛「走」（，之）了，篆體則將鳥頭省略了，並將簡化為，代表「鳥」（）飛往（，之）天空（）去了。將簡化為的漢字還有「天」，天的甲骨文、金文，簡化後就變成、，兩者都代表人頭上的天空。「焉」引申為某地、哪裡？相關用詞如心不在焉（心不在那裡），焉知、焉能？「嫣」是形容女子驚鴻一瞥的美麗舉止，如嫣然一笑。《說文》：「焉鳥。黃色，出於江淮。」

金 篆

賓 ㄅㄧㄣ bīn

客人帶著錢（，貝）走到（，正）我家（，宀）。

甲骨文、代表鄰國人（，方）前來，金文代表鄰國人帶著「錢」（）而來，篆體將代表鄰國人的「方」省略。

賓，本義為鄰國人向中國進獻貴重禮物，引申義為必須以禮接待之客人，相關用詞如貴賓、迎賓等。賓，也有進貢或臣服的意涵，如《國語》說：「蠻、夷、戎、狄，其不賓也久矣。」意即蠻夷戎狄之邦，已經好久沒有向我們進貢稱臣了。

甲 金 篆

一趟旅途的造字遊戲

古人藉著「之、乏、正、帀」四漢字，有系統地詮釋了一段旅途。首先，當他一腳踏出家門檻（），他就造了一個（之），表示從起點出發。走了一天仍然無法到達目的地，疲倦的他只好找個旅店住宿。在旅店裡他在「之」上畫了一撇便衍生出（乏），表示因疲乏無法到達終點。第二天中午，他終於準確地到達目的地。當他的「腳掌」前端碰觸到「終點」時，他腦海就浮現了（正）。過了幾天，他準備回家了。他想到回程正好跟來程相反，於是將「之」倒轉過來就產生了（帀），表示從終點返回到起點。

以上四個古字，古人僅藉由腳掌（止）、一橫線（起點、終點）就完整地描述了一趟旅途，顯見古人造字是非常有邏輯概念的。可惜，現代漢字構形失去了這些重要符號訊息。

現代漢字	示意圖	構字意義
之		從起點（出發地）前往終點（目的地）
正		準確到達終點
乏		因疲乏無法到達終點
帀		從終點返回到起點。帀（ㄗㄚ），同匝。

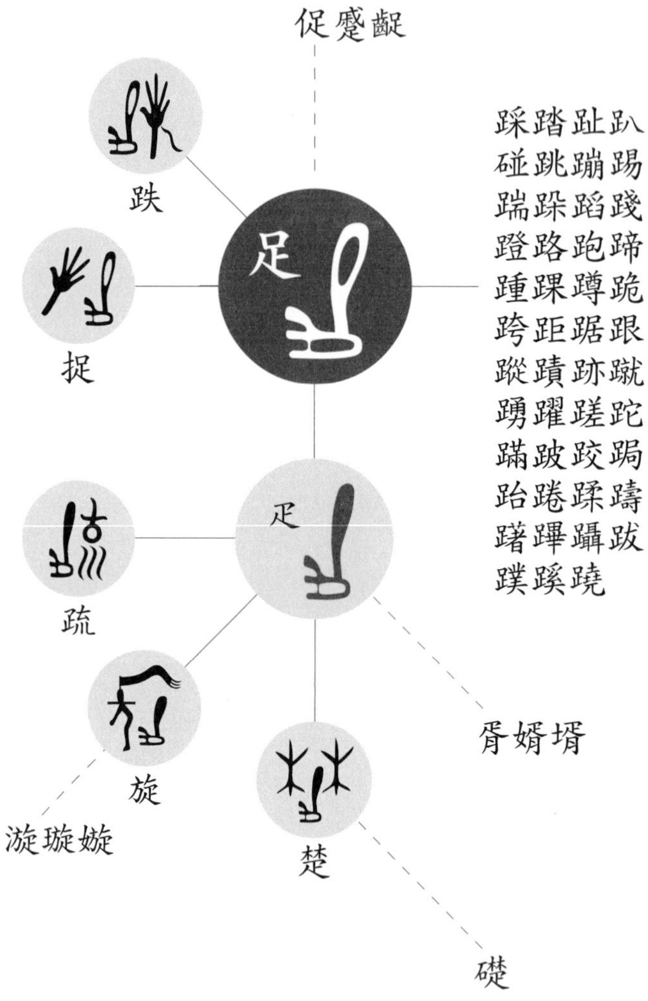
促蹙齪
跌
捉
足
踩踏趾趴
碰跳蹦踢
踹跺蹈踐
蹬路跑蹄
踵踝蹲跪
跨距踞跟
蹤蹟跡蹴
踴躍蹉跎
蹣跛跤踻
跆踡蹂躊
躇蹕躡跋
蹼蹊蹺
疋
疏
旋
漩璇嫙
楚
礎
胥婿壻

「足」——下肢

「足」代表人或動物的下肢。甲骨文是由腳掌（）及腿部所組成。金文及篆體則將腿部簡化為「口」。「足」（ㄗㄨˊ）的篆體是由「足」變形而來，構形與「足」幾乎一樣，意義也相同。以足為義符所衍生的字有足、趺、踩、踏、趾、趴、碰、跳、蹦、踢、踹、跺、蹈、踐、蹬、路、跑、蹄、踵、踝、蹲、跪、跨、距、踞、跟、蹤、蹟、跡、蹴、踴、躍、蹉、跎、蹣、跛、跤、跼、跆、跪、蹂、躊、躇、蹕、躡、跋、蹼、蹊、蹺等；以足為聲符所衍生的字有捉、促、蹙、齪等。其中，足也是以足為義符所衍生的漢字部首。

跌 ㄉㄧㄝˊ dié

失（）足（）。

相關用詞如跌倒、跌落、跌跤、下跌等。

篆

楚 ㄔㄨˇ chǔ

腳（，足）踏荊棘叢「林」（）。

甲骨文表示「走」到（）長滿「荊棘叢」（三株有尖刺的植物）的「國家」（）。這正是描寫周朝的「楚國」，因為遍地荊棘，所以又稱為荊國，位於湖南湖北一帶；金文及篆體表示「腳」踏「荊棘叢林」。楚的本義為「荊棘」（牡荊），也是古代一種責打學生的枝條，引申為痛苦、明白（責打使其明白也），相關用詞如苦楚、清楚等。

甲 金 篆

「辵、辶」——在路上行走

返迴近迥遁逃避逢逍遙逞迫迅速迷遇違逆透
過邂遘逛遠遭週遊遍導遴選遼邁遐邇迤逗遛
遨遜邈迄迨逕遮迪巡邏還達迂迭述迢邊通途
遏逾邋遢迆邐逮邀遷遞遲逼逝適這

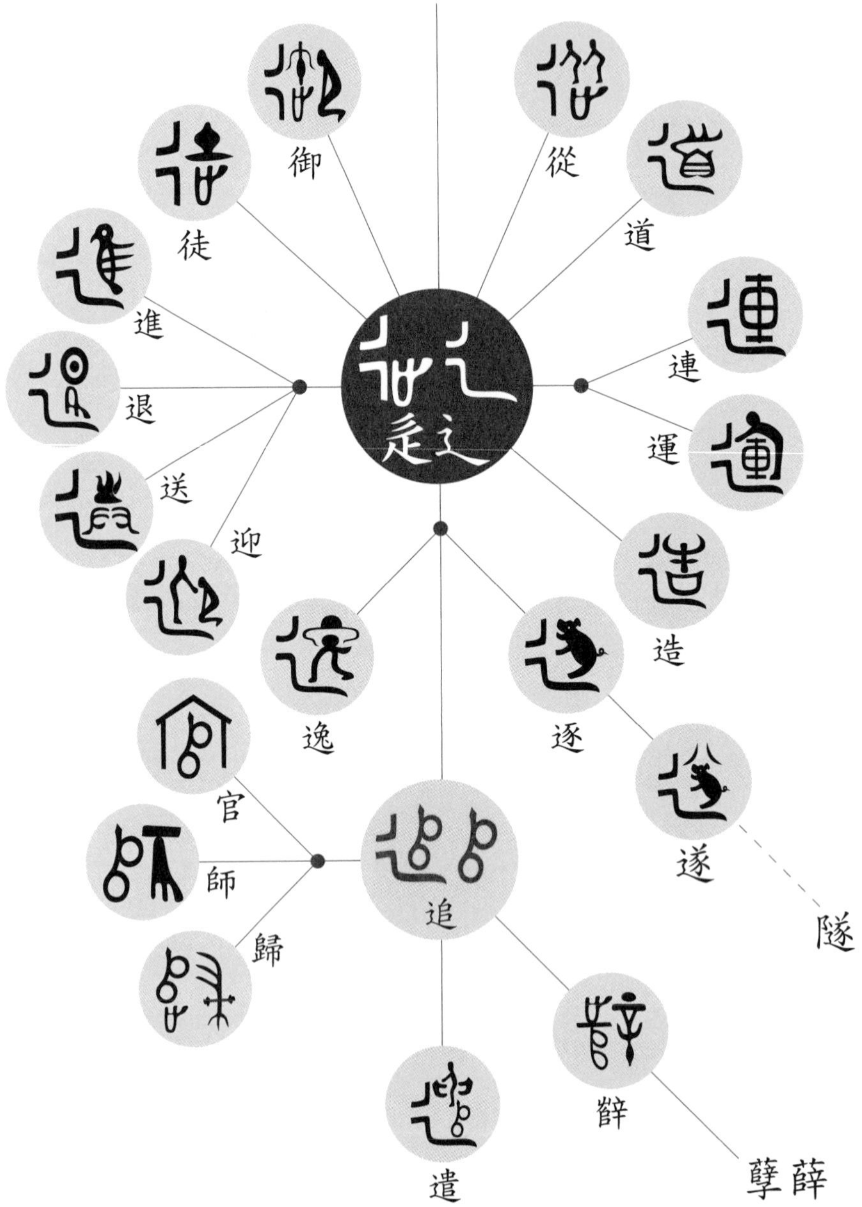

辵 ㄔㄨㄛˋ chuò

一隻「腳」（ ）行走在「路上」（ ，請參見「彳」）。

甲骨文 描寫一隻「腳」（ ）行走在「大道」上（ ，請參見「行」），金文將它簡化為 （辵）。隸書再將「辵」簡化為「辶」（ ）。

甲 金 篆

進 ㄐㄧㄣˋ jìn

一隻「鳥」（ ，隹）在「路」上「行走」（ ，辶）。

古人發現鳥飛翔或走路時，只會往前而不會往後，因而創造此字。進的本義為向前走，引申為走到前面、裡面，相關用詞如前進、進步、先進、請進來、進貨等。「進」簡體字為「进」。

金 篆

送 ㄙㄨㄥˋ sòng

雙手（ ）拿著「火」把（ ）「行走在路上」（ ），護送他人也。

另一個篆體 則添加了一個人，表示手持火把護送他人行走在路上，引申為傳遞、贈與，相關用詞如護送、送別、傳送、贈送等。

金 篆

逐 ㄓㄨˊ zhú

野豬（ ）在路上奔跑（ ）。

甲骨文 、金文 及篆體 都有一隻「腳掌」（ ）在「豬」（ 、 、 ）的後面追趕。逐引申為追趕，相關用詞如追逐、逐鹿、放逐等。另外，古代獵人發現一個追捕野豬的秘訣，那就是分路包抄。「遂」（ ）代表「分」路（八）追「逐」野豬（ ），引申為成功實現，相關用詞如順遂、遂心等。

「遂」與「彘」的構字充分呈現出殷商時期之田獵生活。彘，本義為射殺野豬，甲骨文 是一支「箭」（ ，矢）射向一隻「豬」（ ）。金文 及篆體 則將豬改以一張嘴及兩隻爪來表示。彘引申為野豬，是獵人射殺的對象。

甲 金 篆

「追」——追隨

甲骨文及金文將一前一後之兩物件連在一起，表示後者緊緊追隨前者。所衍生的字有追、師、官、歸等。「追」像是官兵追強盜，「師」是學生追隨老師，「官」是臣子追隨君主，「歸」是妻子追隨丈夫。古人充分地藉這些字描寫古代社會、學界、政界與家庭的倫理關係，顯見商周時期的倫理教育是普遍推行的。

官 ㄍㄨㄢ guān

在宮「室」裡（，宀）「追隨」（）君王。

古代官員的職責就是要完成君王或上級長官所交辦的任務，因此官員們必須緊緊跟隨並留意上級長官的指示。相關用詞如官吏、官府、官方消息等。《說文》：「官，吏，事君也。」

追 ㄓㄨㄟ zhuī

兩人「一前一後」（）地在「路」上「行走」（，辶），表示在後緊緊追隨。

甲骨文及金文將一前一後之兩物件連在一起，表示後者緊緊追隨前者，這是「追」的本字。另一個甲骨文、金文及篆體則表示兩人一前一後（）的在路上（）行走（）。相關用詞如追趕、追隨、追討等。

師 ㄕ shī

一群人「追隨」（）領袖「走了一大圈」（，請參見「帀」**）。**

好老師如耶穌、蘇格拉底、孔子，總有許多人願意跟隨效法。「師」包含兩個引申義，一個是他人學習與效法對象，相關用詞如教師、律

甲 金 篆

甲 金 篆

金 篆

師、師範大學、師法他人等；另一個是軍隊，因為領袖能號召廣大群眾，陣容好像一支軍隊。在古代，一旅約有五百人，而一師約有一萬人，相關用詞如率師東征、師出無名等。「師」簡體字為「师」。

有不少學者認為是兩個山丘，與阜（）同義，並以此來詮釋「師」。也有學者將解為人的兩臂或兩層樓的房子，並以此詮釋「官」。但如果把所有的衍生字整合在一起推敲、比對、考證之後，「緊緊追隨」應該是最合理的解釋。

遣 ㄑㄧㄢˇ

qiǎn

派人前往「追」捕（）「緝拿」（）。

甲骨文及金文表示有權勢者「下令」（）追（、）拿（）。相關用詞如遣散、遣送、遣返等。

甲
金
篆

辥 ㄒㄩㄝ

xuē

或辥。「追」捕「罪犯」。（請參見「辛」，第三章）。

歸 ㄍㄨㄟ

guī

女人拿起掃「帚」（），「追」隨（）著丈夫的「腳步」（）。

（請參見「女」，第四章）。

連 ㄌㄧㄢˊ lián

許多「車」子（）在「路上行進」（，辶）。

由於馬路上行進的車子是絡繹不絕，所以引申為聯結、聯結的人或物，相關用詞如連接、連續不斷、牽連等。

金 篆

運 ㄩㄣˋ yùn

「軍」隊（）在「路上行進」（）。

由於軍隊拔營遷徙，需要搬運許多糧食及軍需品，所以引申為物品的搬遷，相關用詞如搬運、運輸、運動等。「運」簡體字為「运」。

篆

軍 ㄐㄩㄣ jūn

被許多戰車（）包覆（）的行進隊伍。

當大批軍車揚塵而過，居民立刻就會聽見轟隆轟隆的響聲，因此，古人很自然地以大批的人與車來描寫軍隊。《說文》：「圜圍也，四千人為軍，從車從包省，軍兵車也。」

金 篆

徒 ㄊㄨˊ tú

「走」（）在泥「土」（）「路」上（）。

徒的本義為步行。因為不藉助任何交通工具，所以引申為僅僅、空空地，相關用詞如徒步、徒手、徒具形式、徒勞無功等。

甲 金 篆

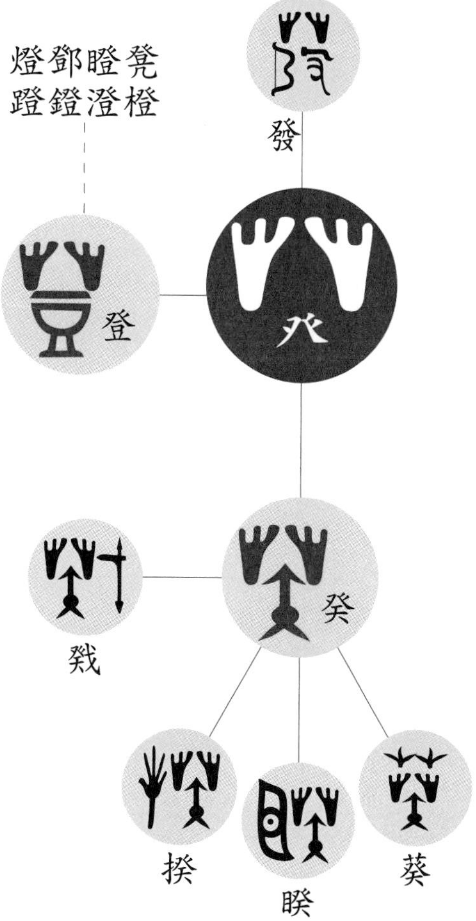

「癶」（ㄅㄛ）是攀登階梯的兩隻腳掌。因為古人捧祭品登祭壇時，為表示恭謹，每登上一個階梯，兩腳就會併攏一次。

登 ㄉㄥ dēng

捧著盛滿祭品的「豆器」（）「攀登」（）祭壇。（請參見「豆」，第七章）。

癸 ㄍㄨㄟˇ guǐ

「登」上（，癶）高台向四面八方發射弓「箭」（，矢）。這是「連弩機」的象形文。

考古家發現可同時對著多個方向發射許多支箭的連弩機最早出現於戰

國時期，然而甲骨文顯示在商朝就有同時向各方發射弓箭的概念。甲骨文、金文、、都是描寫向四面八方射擊的箭（，矢），篆體將許多支箭簡化為一支箭（，矢），又添加了「癶」（），表示登上高台發射弓箭。可惜，隸書為了書寫簡便，將「矢」改成「天」，以致於失去了原意。「癸」是「揆」的本字，癸後來轉作天干的第十位。

發 ㄈㄚ
fā

「登」（，癶）上高處發射「弓」箭（）與長「殳」（）。

引申為把物體送出去。（請參見「殳」，第八章）。

戣 ㄎㄨㄟˊ
kuí

可同時發射弓箭（，癸）的「武器」（，戈）。

《周禮》：「侍臣執戣，立于東垂（侍衛拿著連弩機，站在東堂的台階）」。

揆 ㄎㄨㄟˊ
kuí

「手」持（，扌）「連弩機」（，癸）。

在高台上的弩機手，隱含著全方位防守的意思，故引申為全面考量，相關用詞如揆度、閣揆（需要全方位施政的首相或行政院長）。

金 篆

葵 ㄎㄨㄟˊ
kuí

花葉向四方發散（，癸）的菜蔬（）。

向日葵除了隨著太陽移動外，它的的花瓣也都是向外擴展成圓形。古人認為，葵花隨著太陽移動的原因是為了保護自己的根莖部，因此《左

金 篆

傳》說：「葵猶能衛其足。」《王禎・農書》：「葵，陽草也（太陽草）。」

睽 ㄎㄨㄟˊ kuí

拿著「連弩機」（，癸），「眼睛」（，目）盯著敵人的動靜。
引申為怒目相視、分離、瞪視，相關用詞如睽違、眾目睽睽等。

金
篆

有趣的雙腳組合

現代漢字	圖像字／示意圖／古字	構字意義
癶	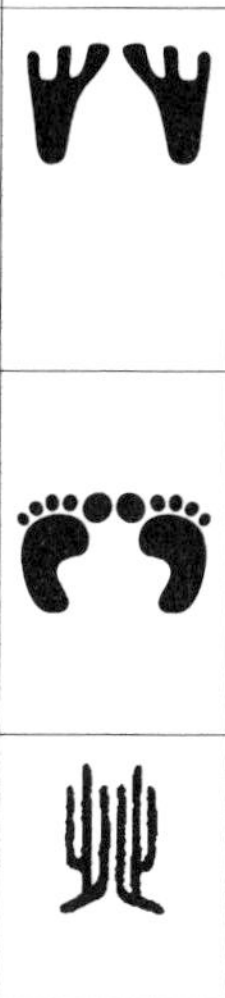	攀登階梯的雙腳
舛		踩著雜亂的舞步
步		步行的雙腳
降	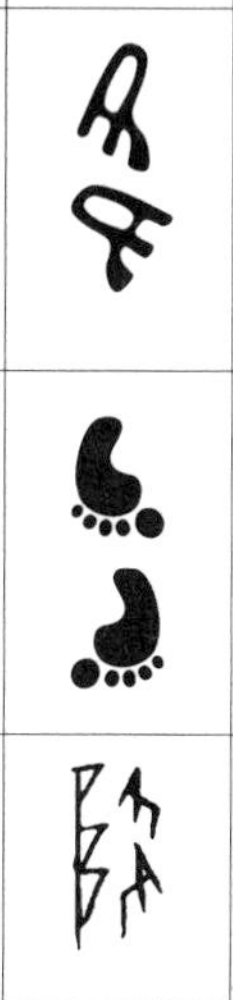	走下山坡的雙腳
徙	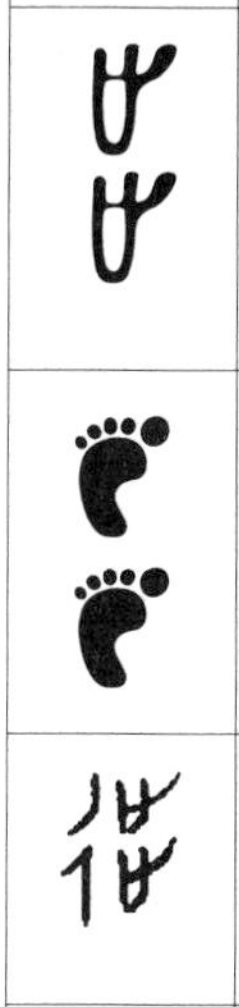	同行的兩人

「舛」——踩著凌亂步伐

舛（，，舛）是踩著凌亂步伐的兩隻腳。引申為錯亂、不順利，相關用詞如舛錯、乖舛。以「舛」為義符所衍生之漢字有桀、乘、粦、舞、韋等。

踩高蹺的雙腳

桀 ㄐㄧㄝˊ jié

兩隻腳（）站在「木」（）頭上。踩高蹺也。

古代秧歌舞流傳久遠，觀眾在扭秧歌中總能看見踩高蹺的舞者在表演雜技。中國關於踩高蹺最早的記載是出於《列子》。在春秋時代，宋朝有一個身懷絕技的浪人在國君面前獻藝。他把腳綁在兩隻比自己長兩倍的木棍上，又走又跑，而且他手中還同時拋接七把劍，空中始終有五把劍飛躍而不落地。一旁觀賞的國君讚嘆不已，立刻以金帛賞賜該浪人。《列子》:「宋有蘭子者，以技幹宋元。宋元召而使見其技。以雙枝長倍其身，屬其脛，並趨並馳，弄七劍迭而躍之，五劍常在空中，元君大驚，立賜金帛。」

篆體（）是由一對「腳」（，止）所組成，此腳底下還有兩枝木桿（木腳）；另一個篆體（）則是站在木（）頭上的兩隻腳（）。桀引申為特出、高出、凶悍，相關用詞如桀驁不馴、桀傲、桀木等。「夏桀」為夏朝的暴君，能赤手空拳與虎豹搏鬥且擅長辯論。可惜，剛愎自用，完全聽不見忠臣的諫言。取名為「桀」，頗能襯托其高傲的性情。傑（）的本義是踩高蹺的人，引申為才智出眾的人，相關用詞如傑出、傑作、地靈人傑等。

篆 篆

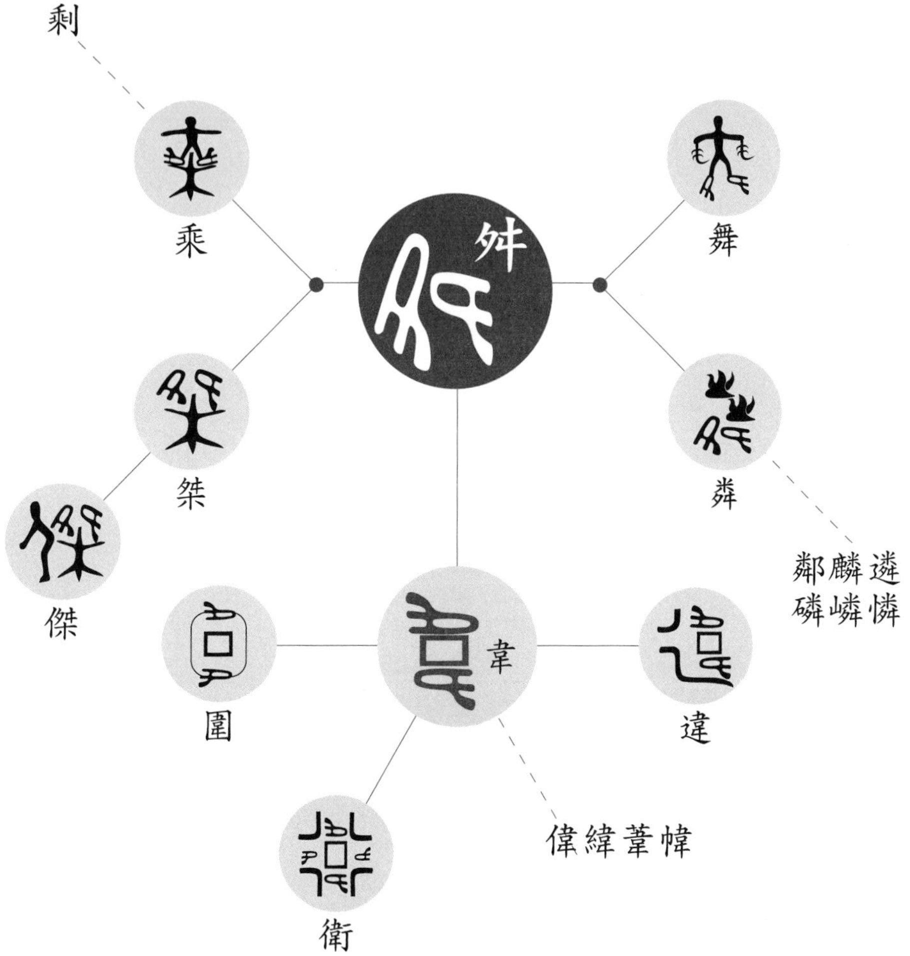

剩
乘
舛
舞
桀
粦
傑
鄰 麟 遴
磷 嶙 憐
韋
圍
違
偉 緯 葦 幃
衛

騎乘在樹上的人

乘 ㄔㄥˊ chéng

兩腳（）踏在樹（）上的人（）。

甲骨文是一個「人」（）站在「樹」上（）。金文則添加了兩隻腳（舛）以強調踩踏的字義。篆體為求對稱，而調整了筆順。到了隸書，「舛」再變形為「北」，至此已失去雙腳踩踏的義涵了。乘引申為登車、利用等，相關用詞如乘車、乘人之危等。

甲 
金 
篆 

踩著凌亂步伐的鬼火

粦 ㄌㄧㄣˊ lín

兩團燐「火」（）踩著「凌亂的步伐」（），跳動的鬼火（燐火）。

金文及篆體都是由「兩個火」（）及「兩隻踩踏的腳」（）所組成，表示兩團燐火踩著凌亂的步伐。可惜隸書調整筆順之後，將兩個「火」變形為「米」，已失去原始義涵。以「粦」為聲符所衍生的字有鄰、磷、遴、麟、鱗、燐、嶙、潾、憐等。《說文》：「鬼火也，兵死及馬牛之血爲粦」。《博物志》：「戰鬭死亡之處有人馬血，積年爲粦，著地入草木，如霜露不可見。有觸者，著人體便有光，拂拭即散無數」。

金 
篆 

變換不定的舞步

舞 ㄨˇ

wǔ

一個「人」（）兩手拿著牛「尾」（）且「兩腳踩著變換不定的步伐」（）。

持牛尾而舞可能是商朝的一種祈雨舞蹈。《呂氏春秋．古樂》紀載：「昔葛天氏之樂，三人操牛尾，投足以歌八闋。」《周禮．司巫》也記載：「若國大旱，則帥巫而舞雩。」甲骨文表示一個「人」（）兩手拿著牛「尾」（，請參見「尾」，第二章），這個甲骨文也是「無」的本字。金文及篆體則加了兩隻腳（），表示踩著變換不定的步伐。

在城外移動的各種腳步

韋 ㄨㄟˊ

wéi

城（）外有兩隻「腳掌」（）。（請參見「韋」，第七章）

其他由「止」所衍生的字

漫步過河

步 ㄅㄨˋ bù

「左腳」（）「右腳」（）輪流踏出去。

步引申為行走、行走時左右腳之間的距離、做事的程序，相關用詞如步行、散步、步伐、步驟等。

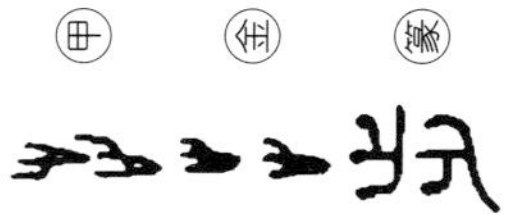

涉 ㄕㄜˋ shè

「水」（）中踏「步」（）。

甲骨文及篆體都是描寫過河的象形文，在河的兩岸各有一隻腳。金文是兩隻腳踏在水中；另一個篆體則表示在水中行走。相關用詞如涉水、涉險、涉足等。

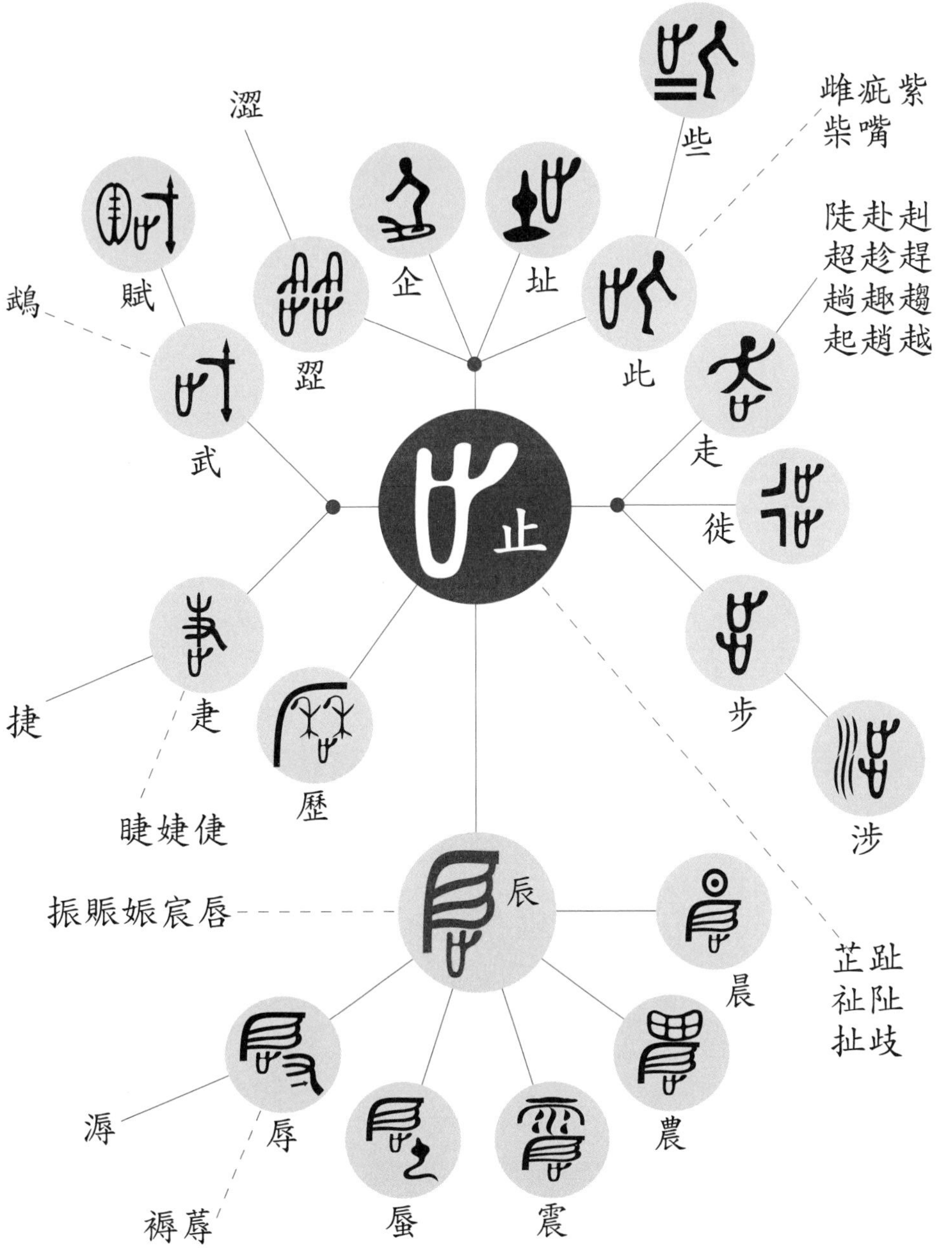
止
此
些
雌疵紫
柴嘴
址
企
歰
澀
賦
武
鵡
走
陡赴赳
超趁趕
趟趣趨
起趙越
徙
步
涉
歷
疌
捷
睫婕倢
芷趾
祉阯
扯歧
辰
振賑娠宸唇
晨
農
震
蜃
辱
溽
褥蓐

腳踏之地

些 ㄒㄧㄝ

xiē

「靠近身邊」（）的這「兩個」（，二）。

中國人以「兩」代表少數的幾個，因此，「些」引申為不確定的小數目。

篆

此 ㄘˇ

cǐ

「人」（）現在所「踏」（）的地方。

古人將靠近身邊的東西稱為「此」，而遠離身邊的東西稱為「彼」。相關用詞如彼此、此時、如此等。以「此」為聲符所衍生的字有雌、疵、紫、柴等。

甲 金 篆

沿著河岸開墾農田

先民沿著黃河流域開墾農田，建立富庶家園，繁衍子孫。「辰」的金文表示「前往」（）「河岸邊開墾農田」（），後來又衍生出農、晨、震等字。

辰 ㄔㄣˊ

chén

「前往」（）「河岸」（）邊開墾「一畝畝的農田」（）

甲骨文及金文是「一畝畝不規則的農田」從「河岸」延伸到內陸，另外兩個金文、添加了腳掌（、止），表示「前往」（）「河岸」邊開墾「農田」。篆體則是調整筆順後的結果。農夫得早起下田工作，

甲 金 篆

「辰」因此引申為時光，相關用詞如良辰、時辰。一天中最佳的耕作時辰為七點到九點之間，此正所謂「辰時」。

晨 ㄔㄣˊ chén

「太陽」（）升起就前往「河岸邊開墾農田」（）。

金文是在「辰」（）上頭添加了「兩隻耕作的手」，這兩隻手好像是在移除一塊塊石頭或瓦礫，生動地描繪出開墾農地的景象，篆體是逐步調整筆順的結果。另一個篆體將「雙手」改成「日」，表示「太陽」升起就前往「岸邊開墾農田」。引申為清早太陽出來的時候。

農 ㄋㄨㄥˊ nóng

在彎「曲」（）的河岸邊開墾出一畝畝良田（，辰）。

金文、是在「辰」（、）上頭添加一個「田」（）。田（）表示已規劃完善的農田。篆體將「田」改成「曲」。秦漢以前之古籍有「曲水、曲岸、曲隄」之記載，「曲」的甲骨文、金文及篆體是許多農田排列在彎曲河岸的象形文。

震 ㄓㄣˋ zhèn

「開墾農田」（）時，響起一陣「雷」（）「雨」（）。

農民在開墾或耕作時，突然來了一陣雷雨。措手不及的農夫們，紛紛尋找可避雨的地方。聽著巨雷打在河水洶湧的河岸邊，腳底感受到大地的震動。黃河中下游有個「雷澤」，又稱雷夏澤，這地方以雷聲而聞名。《山海經》說：「雷澤中有雷神，龍身而人頭。」《史記》也記載：「舜耕歷山，漁雷澤。」

蜃 ㄕㄣˋ shèn

在「河岸邊開墾」（）時常會遇到的「虫」類（）。

蜃，貝類生物。

郭沫若認為「辰」是「蜃」的本字，徐中舒認同這個說法，並進一步指出「辰」就是「蚌鐮」。這個說法被許多學者引用，但若仔細比對甲骨文與金文，就會發現他們是錯把（厂）看成蚌殼，也錯把沿著岸邊一畝畝的田看成蚌肉。而且，這個說法還有幾個疑點：古人用蚌鐮、骨刀、青銅鐮收割的考古證據相當充分，並不限於蚌鐮。而且農耕之事包含整地、播種、育苗、鋤草等等，光用收割來代表農業顯然是太過侷限。另外，以連著蚌肉的蚌殼來割稻，這不是很荒謬嗎？

篆

辱 ㄖㄨˇ rǔ

親「手」（，寸）做「農事」（，辰）。

因親手下田耕種手腳都會被弄髒，故辱引申為汙穢，相關用詞如污辱、辱沒等，另外，辱也引申為浸濕，通「溽」，如《禮記》：「土潤辱暑。」

甲 篆

歷 ㄌㄧˋ lì

「前往」（）巡視並整理「河岸」（）邊的「禾田」（）。

古代先民圍繞在黃河流域開墾農地，辛勤的農夫每天都會到自己的田裏巡視一番。甲骨文表示「前往」（）巡視並整理「禾田」（）。金文及篆體表示「前往」（）巡視並整理「河岸」（）邊的「禾田」（）。「歷」引申為巡遍、以往的（已走過的），相關用詞如經歷、歷練、歷史等。

「秝」（ㄌㄧˋ）的金文及篆體以兩棵排列整齊的「禾」草（）來表示「禾場」或「禾田」。厤（，ㄌㄧˋ）表示「河岸」邊的「禾田」。以「厤」為聲符所衍生的字有壢、曆、靂、瀝等。《說文》：「歷，過也，傳也。」「歷」簡體字為「历」。

甲 金 篆

拿著兵器前往戰地

武 ㄨˇ

wǔ

拿著「兵器」（，戈）「前往」（）戰地。

引申為打鬥、勇猛的、軍事的，相關用詞如動武、武士、武裝、武器、武功等。

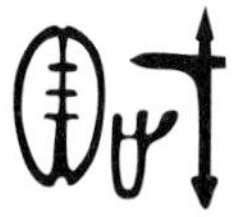

賦 ㄈㄨˋ

fù

收取「金錢」（，貝）以充實「軍備」（，武）。

古代實施稅賦制度。「稅」是向人民徵收糧食，「賦」是向人民收錢以支應前方戰事。《前漢．法志》說：「畿方千里有稅有賦，稅以足食，賦以足兵」。從「稅」與「賦」的構字本義也清楚表達出稅賦的功用。

神出走了，鬼魅便來作怪

歰 ㄙㄜˋ

sè

難以前進及後退的腳，引申為不光滑、不通暢。「澀」的本字。

「行」——四通的道路

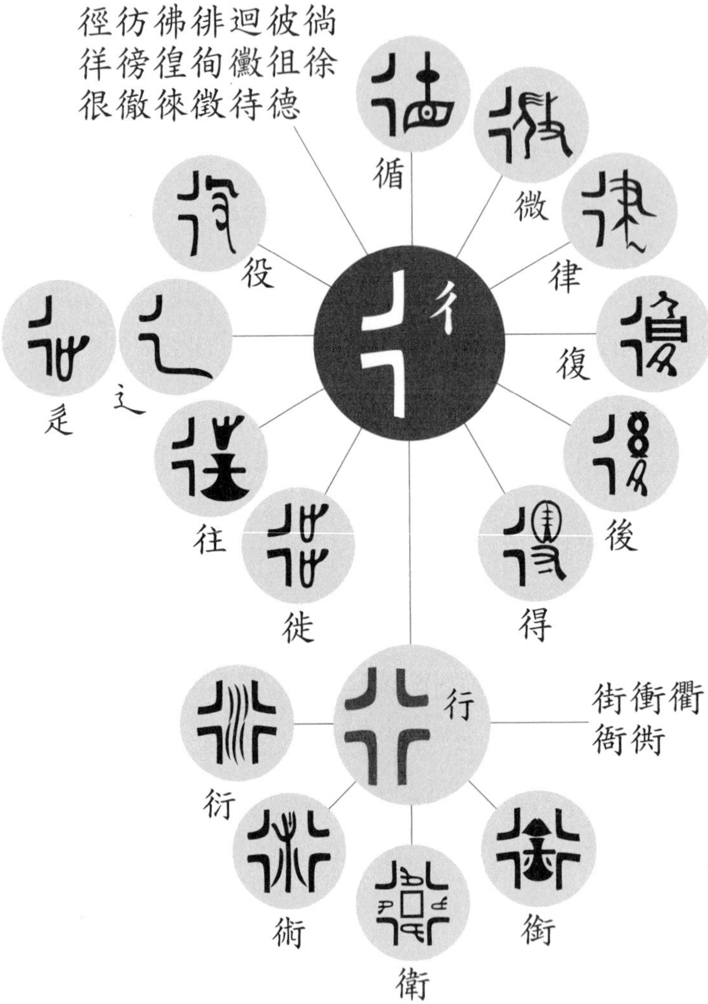

甲骨文及金文都描繪一個四通的道路。中間為主幹道，左右各有一條分岔道路；篆體則是調整筆順後的結果。「行」是是漢字的基礎構件，而且又可衍生出彳、廴、辶等基礎構件。（彳）是取（行）左半邊而衍生的基礎構件（也可視為將「行」的右半邊省略），意義與「行」相同，表示一條具有分支的道路。（辵）則是將「彳」及「止」兩部首合併所衍生的基礎構件，表示路上（）行走（），但後來也簡化為（辶）。辶的衍生字，前面已介紹過，本節不再贅述。

衍 ㄧㄢˇ yǎn

大「水」（）向四處竄「行」（），不斷產生新水道。

由大水道衍生出小支流，所以衍引申為擴增、延伸、產生等，相關用詞如衍伸、衍生、繁衍等。

銜 ㄒㄧㄢˊ xián

裝在馬口中用以控制馬「行」走（）的「金」屬（）器具，馬勒。

引申為含著、安置、連接，相關用詞如銜草、銜接、銜命、頭銜等。

《說文》：「銜，馬勒口中，從金從行，銜，行馬者也。」

以「行」為義符所衍生的字有街、衢、衝、術、衙、衖等，都與街道有關。街（）是四通的道路，「圭」聲（現今的閩南語還保留這個音）。衢（）是四通八達的大道（），「瞿」聲。衝（）是「重」要（）的通道（），「重」聲。衙（）是設置在「大道」（）旁的政府機構，「吾」聲；衖則是小巷道，同「弄」。

甲 金 篆

篆

派遣士兵將「通往四方的道路」（）「圍」（）起來（請參見「囗」，第七章）。

衛 ㄨㄟˋ

wèi

衡 ㄏㄥˊ

héng

一個人頂著一袋東西（，奐）在路上「行」走（）。

金文、代表一個人頂著一袋東西（，奐）在路上行走（）。負重者除了要估量自己所能承受的重量，又要保持平衡，故引申為估計重量、保持水平等，相關用詞如衡量、平衡等。

「彳」——道路

是的左構件，表示一條具有分支的道路，引申為道路。（彳）俗稱雙人旁，但它的構字義涵與人並沒有關聯。以「彳」為義符所衍生的基礎構件主要為「廴」及「辶」，所衍生的字有徙、徒、從、征、微、德、循、得、後、復、律、御、役等。

徙 ㄒㄧˇ

xǐ

兩隻「左腳」（）在「路」上（）行走。

古人以此來表示兩人同行，似乎象徵夫妻倆在遷徙的途中。「徙」引申為遷移，相關用詞如遷徙、徙居。古代的遷徙活動相當頻繁。商朝的國都不斷遷徙，直到盤更遷殷之後才穩定下來，而黃帝時期的戰亂及堯舜時期的洪水氾濫，人民遷徙的情況也很普遍。

甲 金 篆

國王出巡

往 ㄨㄤˇ

wǎng

君「王」（）在「路上」（，彳）「行走」（，止）。

「王」也是聲符。隸書將「王」「止」合為「主」。

甲 金 篆

微 ㄨㄟˊ

wéi

「拿掉髮簪」（，攴）垂下「長髮」（）行走在「路上」（），隱匿行蹤也。

甲骨文及金文是由一個長頭髮的人及「攴」所組成，篆體添加了「彳」。另一個篆體又添加了「見」，表示不希望被見到。古人為了掩飾行蹤，所以拿掉髮簪垂下長髮以遮住面容。「微」似乎描寫古代君王或大臣微服出巡的情景。因為大人物偽裝成小人物，所以引申為使其渺小、隱匿行蹤的意思，相關用語如微小、卑微、微行等。《說文》：「微，隱行也。」

甲 金 篆

索引

綠蠹魚 YLC72

漢字樹2 人體器官所衍生的漢字地圖

作者——廖文豪
主編——吳家恆
編輯協力——郭昭君、陳芯怡
美術構成——吉松薛爾
總監暨總編輯——林馨琴

發行人——王榮文
出版發行——遠流出版事業股份有限公司
地址——台北市南昌路二段八十一號六樓
劃撥——0189456-1
電話——02-2392-6899
傳真——02-2392-6658

著作權顧問——蕭雄淋律師
製版印刷——中原造像股份有限公司

初版一刷——二〇一三年二月一日
二版七刷——二〇一九年五月一日
新台幣售價——二百六十元（如有缺頁或破損，請寄回更換）
ISBN——978-957-32-7145-1

遠流博識網
http://www.ylib.com
www.ebook.com.tw
e-mail: ylib@ylib.com

國家圖書館出版品預行編目（CIP）資料

漢字樹2：人體器官所衍生的漢字地圖 / 廖文豪作. -- 初版. 臺北市：遠流, 2013.02
288面；17X23公分（綠蠹魚：YLC72）
ISBN 978-957-32-7145-1（平裝）
1. 漢字 2. 中國文字
802.2 102000517